古典詩歌研究彙刊

第五輯

龔鵬程 主編

第 1 冊

從賦的文體定位
論中國敘事詩的形成與發展（上）

王晴慧 著

國家圖書館出版品預行編目資料

從賦的文體定位論中國敘事詩的形成與發展（上）／王晴慧
著 — 初版 — 台北縣永和市：花木蘭文化出版社，2009〔民
98〕

目 4+174 面；17x24 公分（古典詩歌研究彙刊 第五輯；第 1 冊）

ISBN 978-986-6528-50-7（精裝）
1. 中國詩 2. 敘事詩 3. 辭賦 4. 詩評

820.91 98000871

ISBN - 978-986-6528-50-7

9 789866 528507

古典詩歌研究彙刊
第五輯 第 一 冊 ISBN：978-986-6528-50-7

從賦的文體定位論中國敘事詩的形成與發展（上）

作 者 王晴慧
主 編 龔鵬程
總 編 輯 杜潔祥
出 版 花木蘭文化出版社
發 行 所 花木蘭文化出版社
發 行 人 高小娟
聯 絡 地 址 台北縣永和市中正路五九五號七樓之三
　　　　　 電話：02-2923-1455／傳眞：02-2923-1452
網 址 http://www.huamulan.tw 信箱 sut81518@ms59.hinet.net
印 刷 普羅文化出版廣告事業
初 版 2009 年 3 月
定 價 第五輯 20 冊（精裝）新台幣 28,000 元

從賦的文體定位
論中國敘事詩的形成與發展（上）

王晴慧　著

作者簡介

王晴慧，國立中正大學文學博士候選人，現任職於亞洲大學通識教育中心。主要研究方向為佛教文學與中國文學之關係、中國古典詩歌及敘事文學中的詩歌類與童話等。所撰《六朝漢譯佛典偈頌與詩歌之研究》，於 2001 年獲頒行政院國家科學委員會傑出研究獎勵乙種獎項（中國文學類）。發表論文另有〈顧況道儒式思想發微──在儒家與道教間之徘徊〉、〈試析六朝詩歌所蘊含之佛教文學特色〉、〈淺析六朝漢譯佛典偈頌之文學特色──以經藏偈頌為主〉、〈論《像法決疑經》在隋唐的流傳及其時代意義〉等。

提　　要

　　本文的研究目的，主要在於揭示賦的文體屬性，並進而由賦的文體屬性論述其為中國敘事詩之成員改成；而後，以賦的文體屬性及表現手法的敘事性作為研究角度切入，以重新詮釋中國敘事詩的形成與發展。

　　為求正本溯源，故辭賦的研究範圍便設定戰國兩漢為主要取材對象，之所以如此安排，乃是因為戰國時期的辭賦不僅像徵了新體詩時代的來臨，且居於宗主地位的屈賦，其作品的敘事性取向，向來未被充分開發與探討，故本文遂將研究主要範圍的第一步設定於屈賦作品，以明晰戰國時期敘事詩之表現及屈賦之所以為中國敘事詩之原由。而漢賦，乃是漢代文學的代表，也是辭賦史上光輝燦爛之代表時期，故此時期之賦作，自必為主要研究範圍。

　　此外，本文研究得出賦為中國敘事詩之一員後，對於歷來文學史或詩歌史中的敘事詩發展概況，自是有其重新詮釋的必要。而為求勾勒出中國敘事詩的形成與發展歷程，對於屈賦之前的《詩經》，亦有重新檢討之需要，以求明瞭敘事詩雛形階段之作品為何，故本文將《詩經》列為次要研究範圍取材對象，於第五章中論述。本文第五章主要是屬於文學史、詩歌史之探討，之所以將敘事詩之發展歷程，斷代於六朝，主要是因為辭賦的題材與內容，大多已完備於此時期；六朝之後的唐代、宋代，雖然在賦的形態上，又有律賦、散文賦等之類別，但於題材、內容及賦作的敘事表現手法等，大體皆不出戰國兩漢暨六朝之範疇，故六朝時期以敘事詩之姿展現的賦體，亦列入本文次要研究範圍。本文研究範圍之主從界定，便是基於上述思考角度著眼。

　　本文之章節安排共分六章。第一章為「緒論」，說明本文的研究動機與目的，以及研究範圍的界定和研究方法。

　　本文第二章為「中西詩歌關於“敘事”特質的表現方式」，此章之成立，主要是因為「中國敘事詩」之名稱，乃是五四時期借鑑西方文學理論而來，故早期在定義中國敘事詩時，總易發生就西方文學理論來規範中國敘事詩之誤引，故本章擬先辨明中西敘事之不同，及其敘事性作用在「詩體」之上的同異表現（亦即中西"敘事詩"之同異），以求定位清楚中國敘事詩的本色為何，而後再由第三章起論述「賦」為何可視為中國敘事詩成員之因由。故第二章在研究方法上，擬先論述"敘事"在中西文學中所代表的意涵，而後再以之探察中西敘事詩的不同表現方式，並進而重新詮釋中國詩歌的敘事定位。在章節安排上，第一節「敘事界說」擬先論述中西「敘事」界說，以求辨析中西"敘事"觀點的區別與貫通。而由於東方學界，常有以西方史詩定義來規範中國敘事詩之誤引情形，故第二節「西方敘事詩的定義及其與史詩之關係」，主要在於辨明西方史詩為何、其與西方敘事詩之關係為何，以作為釐清中西敘事詩各自特質與面貌之前置作業。第三節「中國敘事詩的定義與其主要表現特徵」，則立基於前二節之研究結論，以之進一步論述中國敘事詩之定義及其表現特徵，以作為本文立論依據。

　　本文第三章為「屈賦的敘事詩特質分析」，所論述之屈賦篇章，主要是以代表性文本為主，以見一般。在結構編排上，本章分為四節，以論述屈賦的敘事詩特質。在研究方法上，擬先釐清屈賦本為詩之屬性，再分析其敘事性展現，以求將屈賦為中國敘事詩一員之文學事實述明清楚。故第一節「屈賦本為詩之體製」，擬先辨明屈賦之體製為何，經由論證得出屈賦為詩體之後；再於其後各節論述屈賦代表性作品所展現的敘事特色，及其之所以可視為中國敘事詩之原由。故第二節「以第一人稱敘事法表現的自傳體敘事詩──〈離騷〉、〈涉江〉、〈遠遊〉等屈賦」，便在於論述屈賦中以第一人稱敘事法表現的自傳體敘事詩。第三節「人神雜糅的宗教敘事詩──《九歌》」，則分析與自傳體敘事法迥然不同的《九歌》的敘事詩面貌。而後，第四節「以第三人稱全知視角呈現對話情節的〈卜居〉、〈漁父〉」，則再論述〈卜居〉、〈漁父〉獨特的敘事詩手法，及其利其於敘事表現之因由。

　　本文第四章為「漢賦的敘事詩特質分析」，延續第三章所論述的戰國辭賦為詩歌體裁之成員的理路，本章第一節「詩為賦心，賦為詩體」，再辨明漢賦本就是"詩"的一種體裁；而後於此認知基礎之上，於第二節「漢賦的敘事性特色及其淵源」中，以文本分析來揭示漢賦的敘事特質；最後再於第三節「漢賦的興盛標誌中國早期敘事詩的黃金時期」中，論析漢賦的興盛標誌著中國早期敘事詩的黃金時期。

　　本文第五章為「重新詮釋敘事詩在中國詩歌史的發展歷程」，此章之成立，主要是因為透過前述二、三章的論述後，得出屈賦與漢賦實為中國敘事詩之成員後，以往文學史或詩歌史上的敘事詩發展概況，自是有其重新詮釋的必要。故本章概分為三節，第一節「戰國以前源起於敘事而後以抒情為主的詩歌歷程」，主要在於論述戰國以前的敘事詩發展歷程。第二節「浪漫主義敘事詩在戰國兩漢的蓬勃發展及其文學主流地位」，則論述敘事詩在戰國兩漢的蓬勃發展，並以此時期所呈現的浪漫主義特色作為切入點以論述之。第三節「六朝以後抒情敘事雙向並行的詩歌發展軌跡」，則論述六朝以後敘事抒情雙向並行的詩歌發展軌跡；最後總結說明賦之存在即象徵敘事詩存在之文學現象。

目

次

上 冊

第一章　緒　論

一、研究動機與目的

　　中國是詩的國度，但長期以來，詩歌研究多偏重於抒情詩作品，敘事詩研究一直是未被重視的園地。學術界盛行的看法，總認爲中國古代敘事詩是不發達的，但其立論基點主要都是自狹義性詩歌〔註1〕範疇內取材並歸納而出的結論，故若以此觀點來審視中國敘事詩，則其數量自是不多，尤其是長篇敘事詩能夠列舉出來者如：〈孔雀東南飛〉、〈木蘭辭〉、〈長恨歌〉、〈琵琶行〉、〈圓圓曲〉、〈雙鴆篇〉、〈蘭陵女兒行〉等，就詩歌總量而言，更是顯得寥寥無幾，微乎其微。故文學史或詩歌史之向來主張，總認爲中國詩歌是以抒情爲主流的，甚且說中國詩歌是抒情的天下。

　　目前所出的中國敘事詩選集〔註2〕或關於中國敘事詩之研究論

〔註1〕爲便於論述，本文將詩歌概分爲狹義性詩歌與廣義性詩歌，所謂狹義性詩歌，係指傳統形式的詩歌，例如古詩或近體詩等。而廣義性詩歌，則包含狹義性詩歌以及辭賦、詞、曲等文體屬性本爲詩者。

〔註2〕茲列舉要者如下（按出版時間排序）：
△蘇添穆著，《敘事詩選》，台北：神州書局出版，1956年9月。
△邱燮友著，《中國歷代故事詩》上冊，台北：三民書局，1971年7月三版。
△彭功智編，《中國歷代著名敘事詩選》，河南：黃河文藝出版社，

著〔註3〕，也都是將取材範疇界定在狹義性詩歌上，而對於文體定位本就歸屬於"詩體"的"賦"，則絲毫未加以青睞。之所以如此，主要是因爲長久以來，在詩歌史裡，"賦"始終不被列入詩林之中，一

1985 年 6 月第一版。

△丁力選，喬斯析，《歷代敘事詩》，廣州市：花城出版社，1985 年 11 月第一版。

△路南孚編著，《中國歷代敘事詩歌──先秦兩漢魏晉南北朝編》，山東：山東文藝出版社，1987 年 10 月第一版。

△簡恩定等編著，《敘事詩》，台北：空中大學出版，1990 年。

△吳慶峰著，《歷代敘事詩賞析》，濟南：明天出版社，1990 年 4 月第一版。

〔註 3〕茲列舉要者如下（按時間排序）：

△梁榮源著，《唐代敘事詩研究》，國立臺灣大學中國文學系研究所碩士論文，1971 年。

△吳國榮著，《中國敘事詩研究》，中國文化大學中國文學研究所碩士論文，1984 年。

△黃錦珠著，《吳梅村敘事詩研究》，國立臺灣師範大學國文研究所碩士論文，1985 年。

△林明珠著，《白居易敘事詩研究》，東吳大學中國文學研究所碩士論文，1989 年。

△陳來生著，《史詩·敘事詩與民族精神》，上海：上海社會科學院出版社，1990 年 6 月第一版。

△田寶玉著，《中國敘事詩的傳承研究──以唐代敘事詩爲主》，國立臺灣師範大學國文研究所博士論文，1993 年。

△王仿、鄭碩人著，《民間敘事詩的創作》，上海：上海文藝出版社，1993 年。

△林彩淑著，《漢魏敘事詩研究》，中國文化大學中國文學研究所碩士論文，1998 年。

△洪順隆著，《抒情與敘事》，台北市：黎明文化事業股份有限公司出版，1998 年 12 月。

△游佳容著，《晚唐五代敘事詩研究》，國立中正大學中國文學系碩士論文，2002 年。

△邱曉淳著，《白居易敘事詩研究》，國立高雄師範大學國文學系碩士論文，2000 年。

△高永年著，《中國敘事詩研究》，南京：江蘇教育出版社，2002 年 9 月第一版。

△程相占著，《中國古代敘事詩研究》，桂林市：廣西師範大學出版社出版，2002 年 11 月第一版。

般的文學史，多半將"賦"視爲一種非詩非文的特殊文體，或將其視爲介於詩與文之間的中間文體，甚或將之視爲近於「文」的文體。然班固在〈兩都賦序〉中曾云：「賦者，古詩之流也。〔註4〕」劉勰也認爲"賦自詩出"，他在《文心雕龍・詮賦》篇即云：「詩有六義，其二曰賦。」，又曰：「賦也者，受命於詩人，拓宇於楚辭也。〔註5〕」〈詮賦〉篇的"贊"亦云：「賦自詩出，分歧異派。寫物圖貌，蔚似雕畫。抑滯必揚，言庸無隘。風歸麗則，辭翦美稗。〔註6〕」此外，劉熙載於《藝概・賦概》中，對於"賦"與"詩"的關係，亦說：「詩爲賦心，賦爲詩體。詩言持，賦言鋪，持約而鋪博也。……賦起於情事雜沓，詩不能馭，故爲賦以鋪陳之。……賦無非詩，詩不皆賦。故樂章，詩之宮商者也；賦，詩之鋪張者也。〔註7〕」由這些文獻資料，可知"賦"原本就是詩歌之體製，且其特質正在於"鋪陳敘事"，亦即透過敘事描寫的鋪陳，將情志或事件的千態萬狀更具體地呈現出來，達成「吐無不暢，暢無或竭」的效果。

所以，日本漢學家吉川幸次郎在《中國詩史》一書中，便將「賦」與「史書」標舉爲中國兩大敘述文學〔註8〕。而朱光潛先生於《詩論》中，亦認爲若要將賦與一般的詩比較的話，那麼賦可說是"一種大規模的描寫詩"，例如在《詩經》中可以幾句話寫完的，表現爲賦時，總是以較長的篇幅來描寫事物，恣意鋪陳事件之發展〔註9〕。此外，李師立信於〈論賦的文體屬性〉一文中，更從賦的外在形式特點（押

〔註4〕詳參周啓成等註譯，《新譯昭明文選》，台北市：三民，1997年初版，頁4。

〔註5〕詳參劉勰著，周振甫注，《文心雕龍注釋》，台北市：里人書局，1984年，頁137。

〔註6〕前揭書，頁139。

〔註7〕詳參劉熙載著，《藝概・賦概》，頁122。

〔註8〕詳參吉川幸次郎著，劉向仁譯，《中國詩史・中國文學史概說》，台北市：明文書局，1983年4月初版，頁7。

〔註9〕詳參朱光潛《詩論・中國詩何以走上「律」的路（上）──賦對於詩的影響》，台北市：國文天地雜誌社，1990年，頁245～246。

韻、駢句、齊言、對仗、麗詞與用典等）、寫作習慣（同題共作、唱和、應詔、贈答、擬作等）、詩賦關係等角度逐一切入，透過科學的統計方式，在材料的量化分析與佐證下，精闢地論證出“賦與詩是具有濃厚血緣關係的同一文體”之結論。以是之故，既然賦為詩歌，且又是專主於鋪陳敘事，則其與中國敘事詩之關係，實值吾人重視，因為此課題不僅是詩史上應重新釐清之議題，亦是文學史上應正視之課題。本文之撰述，便是立基於以上認識而展開研究，希冀由賦的文體定位及敘事性切入，將賦在中國詩歌史上所扮演之角色與功能進一步探析，以求更清楚地瞭解中國敘事詩並不僅止於狹義性詩歌所體現之風貌，並期望通過此研究重新詮釋中國敘事詩之發展歷程。

二、研究範圍

本文之研究取向乃是由賦的文體定位論述中國敘事詩及其主要發展，故對於辭賦﹝註10﹞的取材範圍乃是攸關本文走向之關鍵。為求正本溯源，故辭賦的研究範圍便設定戰國兩漢為主要取材對象，之所以如此安排，乃是因為戰國時期的辭賦（屈、宋賦）不僅象徵了新體詩時代的來臨，且居於宗主地位的屈賦，其作品的敘事性取向，向來未被充分開發與探討，故本文遂將研究主要範圍的第一步設定於屈賦作品，以明晰戰國時期敘事詩之表現及屈賦之所以為中國敘事詩之原由。而漢賦，乃是漢代文學的代表，也是辭賦史上光輝燦爛之代表時期，故此時期之賦作，自必為主要研究範圍。此外，本文研究得出賦為中國敘事詩之一員後，對於歷來文學史或詩歌史中的敘事詩發展概

﹝註10﹞“辭賦”一詞最先出現在《史記·司馬相如列傳》中，之後，諸如《漢書》之〈枚乘傳〉、〈王褒傳〉、〈揚雄傳〉及王逸《楚辭章句》等，屢見沿用。在漢代典籍中，“辭”、“賦”之單稱或“辭賦”並稱，並無區別，如司馬遷於《史記》中，既在〈太史公自序〉中稱屈原之作為“辭”，又在〈屈原列傳〉中稱其為“賦”。劉向在編輯《楚辭》時，稱屈騷為“辭”，又在《別錄》中稱其為“賦”。故本文採漢人說，將“辭”、“賦”、“辭賦”之稱，皆視為同一文體之稱呼。

況，自是有其重新詮釋的必要。故爲求勾勒出中國敘事詩的形成與發展歷程，對於屈賦之前的《詩經》，亦有重新檢討之需要，以求明瞭敘事詩雛形階段之作品爲何，故《詩經》亦列爲研究範圍取材對象。本文第五章主要是屬於文學史、詩歌史之探討，之所以將敘事詩之發展歷程，斷代於六朝，主要是因爲辭賦的題材與內容，大多已完備於此時期；六朝之後的唐代、宋代，雖然在賦的形態上，又有律賦、散文賦等之類別，但於題材、內容及賦作的敘事表現手法等，大體皆不出戰國兩漢暨六朝之範疇，故本文研究範圍之界定，便是基於上述思考角度著眼。

三、研究方法

　　本研究主要在於印證賦乃是中國敘事詩，故對於“敘事詩”之界定，乃是首要需辨明之處。中國古代雖有“敘事”一詞，但並無“敘事詩”之名，“敘事詩”名詞之生成主要是中國人借鑒西方的文學理論之後所形成的觀念，因此，本文之研究起點便由此切入，先釐清“敘事”在中西文學中所代表的各自意涵，比較出中西方“敘事”觀點之區別，導正過去學界以西方史詩定義規範中國敘事詩之訛誤，並進而重新詮釋中國敘事詩之定位及其發展。

　　此外，在“敘事理論”的援引上，除了自古籍文論及今人研究基礎中歸納而得之理論外，亦借鑒西方敘事理論以爲分析，以求更趨完善地將賦實爲中國敘事詩之理路表述完整。當然，中西文化生成及文學表現有極大之不同，故中國敘事詩的論斷依據絕不能完全套用西方敘事詩對於“敘事性”的衡量標準，但西方敘事學中對於“敘事理論”的建構，若能援引得當，不啻可因此而發掘學界傳統分析中未曾正視的面向。故本文於分析賦的敘事詩特質上，除了以中國文論中本然已有之敘事理論爲主外，亦借鑑西方敘事學中之較具普世性之適當理論，以期全面透析賦之所以爲敘事詩之因由。

第二章　中西詩歌關於“敘事”特質的表現方式

　　「中國敘事詩」之名稱，乃是五四時期借鑑自西方文學理論而來的，故早期在定義中國敘事詩時，總易發生就西方文學理論來規範中國敘事詩之誤引，故本章擬先辨明中西敘事之不同，及其敘事性作用在「詩體」之上的同異表現（亦即中西“敘事詩”之同異），以求定位清楚中國敘事詩的本色爲何，而後再由第三章起論述「賦」爲何可視爲中國敘事詩成員之因由。故本章在研究方法上，擬先論述“敘事”在中西文學中所代表的意涵，而後再以之探察中西敘事詩的不同表現方式，並進而重新詮釋中國詩歌的敘事定位。故在章節安排上，本章第一節擬先論述中西「敘事」界說，以求辨析中西“敘事”觀點的區別與貫通。而由於東方學界，常有以西方史詩定義來規範中國敘事詩之誤引情形，故第二節擬先辨明西方史詩爲何、其與西方敘事詩之關係爲何，以作爲釐清中西敘事詩各自特質與面貌之前置作業。第三節則立基於前二節之研究結論，以之進一步論述中國敘事詩之定義及其表現特徵，以作爲本文立論依據。

第一節　敘事界說

一、西方學者對“敘事”的觀點

　　“敘事”，又稱“敘述”，現今已蔚爲一門學科，可見其內涵之具有系統性及包羅萬富。1969 年法國茨維坦・托多洛夫（Todorov,Tzventan）第一次提出敘事學（Ntrratology）這個術語〔註1〕，至今雖才三十多年，然這三十多年的時間裡，敘事學以法國爲中心，迅速地發展至世界各國，至今這門學科在各方面來說，仍是處於形成的過程中，各家學說紛呈。

　　西方敘事學發展到目前，已有許多卓然有成的敘事學家，大抵而言，有兩大敘事學家可爲西方敘事學的代表：一是以法國茨維坦・托多洛夫爲代表的觀點，他認爲敘事學研究的對象是敘事的本質、形式、功能等，無論敘事採取的是什麼媒介（例如文字、語言、圖像或雕塑），它著重研究的是敘事的普遍特徵，尤其是故事的語法。其二，法國另一位著名的敘事學家熱拉爾・熱奈特（Genette,Gerard），則認爲敘事學研究的範圍只應侷限於敘事文學，他著重於以語言爲媒介的敘事作品，對於托多洛夫所著重研究的故事語法並不青睞，其專著《敘事話語》〔註2〕主要是研究反映在故事與敘事文本關係上的敘事話語，例如時序、語式、語態等等。持平而言，托多洛夫與熱奈特各自強調的敘事觀點，都可算是敘事的不同面向。托多洛夫強調的是對於故事的研究，並認爲一切敘事行爲中，都可發掘出敘事特性；而熱奈特則將敘事學的範疇鎖定於文學作品上，強調對於敘事話語的研究。事實上，這兩位學者所開闢的研究取向，都是當今西方敘事學研究的

〔註1〕1969 年，托多洛夫在他所發表的《〈十日談〉語法》一書中說：「這部著作屬於一門尚未存在的科學，我們暫且將這門科學取名爲敘事學，即關於敘事作品的科學。」從此，敘事這一學科的名稱由此得以確定。(參見張德寅編選《敘述學研究》，北京：中國社會科學出版社，1989 年版，頁 1～2。)

〔註2〕熱拉爾・熱奈特著，王文融譯，《敘事話語・新敘事話語》，北京：中國社會科學出版社，1990 年初版。

主要走向〔註3〕。概括言之，敘事學就是關於敘事本文的理論，它在對意義構成單位進行切分的基礎上，探討敘述本文內在構成的機制，以及各部分之間相互關係與內在的關連，從而尋求敘事本文區別於其他作品的獨特規律〔註4〕。當我們研究敘事文學時，西方敘事學開闢出來的方法論，也可適當地提供我們另一種文學視察角度。

　　“敘事”究竟是什麼呢？在中國文學裡，它是否存在已久？

　　美國浦安迪教授於 1989 年在北京大學演講時，曾對“敘事”一詞作如下的之說明：「“敘事”又稱“敘述”，是中國文論裡早就有的術語，近年用來翻譯英文的“narrative”一詞。〔註5〕」浦安

〔註3〕除上開兩位學者的專著外，亦可參閱以下學者專著：

張寅德編選，《敘述學研究》，北京：中國社會科學出版社，1989 年版。

（美）華萊士·馬丁著，伍曉明譯，《當代敘事學》，北京：北京大學出版社，1991 年 5 月第二次印刷。

（以色列）施洛米絲·雷蒙——凱南著，賴干堅譯，《敘事虛構作品：當代詩學》，福建：廈門大學出版社，1991 年 8 月第一版。

羅鋼著，《敘事學導論》，昆明：雲南人民出版社，1995 年 7 月第二次印刷。

（荷）米克·巴爾著，譚君強譯，《敘述學：敘事理論導論》，北京：中國社會科學出版社，1995 年 11 月第一次印刷。

史蒂文·科恩，琳達·夏爾斯著，張方譯，《講故事：對敘事虛構作品的理論分析》，〔台北縣〕板橋市：駱駝出版社，1997 年 9 月一版一刷。

（美）J.希利斯·米勒著，申丹譯，《解讀敘事》，北京：北京大學出版社，2002 年 5 月第一次印刷。

譚君強著，《敘事理論與審美文化》，北京：中國社會科學出版社，2002 年 9 月第一版。

（美）戴爾·赫爾曼主編，馬海良譯，《新敘事學》，北京：北京大學出版社，2003 年 6 月第二次印刷。

（美）詹姆斯·費倫著，陳永國譯，《作為修辭的敘事：技巧、讀者、倫理、意識型態》，2003 年 6 月第 2 次印刷。

（英）柯里著，寧一中譯，《後現在敘事理論》，北京：北京大學出版社，2003 年 8 月第一次印刷。

〔註4〕參見譚君強著，《敘事理論與審美文化》，頁 1～2。

〔註5〕詳參浦安迪著，《中國敘事學·導言》，北京：北京大學出版社，1996

迪的演講內容，北京大學後來將之集結出書為《中國敘事學》，此書主要是探索西方的"narrative"（敘事）觀念在中國古典文學中的運用。

> 當我們涉及"敘事文學"這一概念時，所遇到的第一個問題就是：什麼是敘事？簡而言之，敘事就是"講故事"。……首先，我們要肯定，"講故事"是"敘事"這種文化活動的一個核心功能。古往今來的不少批評家都注意到了講故事作為人類生活中一項必不可少的文化活動的意義，不講故事則不成其為人。〔註6〕

浦安迪的上述說法，歸納起來，有三個要點，其一是明確認同中國文學理論裡，早已有"敘事"概念及其應用；其二是指明所謂的"敘事"即是「講故事」，"敘"在此的釋義，主要是發揮「說」、「講」或「敘述」的功能性，而"事"即所謂的「故事」也；其三則指出有人類的地方，就有"敘事"活動在進行，整個人類文明的發展，總是伴隨著"敘事"進行的。所以他總結說道：

> 敘事就是作者通過講故事的方式把人生經驗的本質和意義傳示給他人。〔註7〕

浦安迪為敘事所下的定義，顯然是較為廣義的說法，他提供給我們的訊息是：凡是透過講述故事的方式，將人世生活中的種種經驗或其意義傳遞給他人的載體，皆是在進行所謂的敘事活動。而這個敘事的"載體"，自然不一定侷限在哪一類的文學作品或非文學作品。只要這個"載體"是包含著故事，那不論它是以哪一種媒介來表現，皆可說它是表現出敘事特質的。

研究敘事理論的史蒂文・科恩和琳達・夏爾斯兩位教授亦說：「敘事的顯著特徵是將事件編為故事的線型組織。〔註8〕」由此可知，"敘

年3月第一版，頁4。
〔註6〕前揭書，頁4～5。
〔註7〕前揭書，頁5～6。
〔註8〕詳參史蒂文・科恩和琳達・夏爾斯著，張方譯《講故事：對敘事虛

事”與故事的密切關係。所謂故事即由事件所組成的線性組織；而所謂的「線型組織」，其意義即是指“展示事件的時間演變過程”，亦即浦安迪教授所說的：「敘事文側重於表現時間流中的人生經驗，或者說側重在時間流中展現人生的履歷。〔註9〕」綜上而言，“敘事”乃是側重於表現時間流中的人生經驗，通過敘事，展現出某一事件從某一點開始，經過時間流程，而到某一點結束。而因爲展現出時間的流動性，表現出事件的起迄和轉折，所以「敘事」無疑是一個充滿動態的過程。此處關於“敘事”的看法，也是本文研判敘事詩的參酌觀點。

　　法國另一位敘事學家，也是結構主義分析最有影響力的提倡者——羅蘭・巴特（Roland Barthes 1915-1980），也以廣義的說法，在其〈敘事的結構主義分析導論〉(Introduction to the Structural Analysis of Narrative)一文中明確地指出“敘事”是無所不在的：

> Narrative is first and foremost a prodigious variety of genres, themselves distributed amongst different substances——as though any material were fit to receive man's stories. Able to be carried by articulated language, spoken or written, fixed or moving images, gestures, and the ordered mixture of all these substances; narrative is present in myth, legend, fable, tale, novella, epic, history, tragedy, drama, comedy, mime, painting（think of Carpaccio's *Saint Ursula*）, stained glass windows, cinema, comics, news item, conversation. Moreover, under this almost infinite diversity of forms, narrative is present in every age, in every place, in every society; it begins with the very history of mankind and there nowhere is nor has been a people without narrative.〔註10〕

構作品的理論分析》，台北縣板橋市：駱駝出版，1997年9月一版一刷，頁55。
〔註9〕詳參浦安迪著《中國敘事學・導言》，頁6。
〔註10〕詳參 Roland Barthes，"Introduction to the Structural Analysis of

上述引文意在說明「敘事」源起之時，即是有各種類型的，它分佈在各種不同的媒介上，只要任何可以承載人類故事的媒介，它們都可以是敘事的類型；「敘事」可以被表達在流利的語言中，不論是言說或書寫的、不論是固定的或流動的影像，或是上述各種媒介的有次序之混合。「敘事」被呈現在傳說、神話、民間故事、小說、史詩、歷史、戲劇、喜劇、繪畫、玻璃彩繪、電影、漫畫、新聞、日常會話中。此外，在這些幾乎無止盡的多元形式之下，敘事它還被呈現在任何一時代、每一地方、每一社會，它始於人類歷史之初，沒有哪個地方、哪個民族沒有敘事存在的。羅蘭‧巴特在"Introduction to the Structural Analysis of Narrative"一文中對「敘事」的看法，無疑地昭示了敘事被表現在各種媒介中，是跨文類、跨時代、跨民族的一種存在現象。

浦安迪教授於《中國敘事學‧導言》中，亦援引並認同上述羅蘭‧巴特對「敘事」的看法，且進一步認為研究敘事的角度應是多元化，以求全面地瞭解「敘事」在各種媒介上所展現的面貌：

> 法國當代文論家羅蘭‧巴特（Roland Barthes 1915-1980）在
> "敘事文的結構主義分析導論"（*Introduction to the Structural Analysis of Narrative*）一文中曾經這樣說："敘事是在人類開蒙、發明語言之後，才出現的一種超越歷史、超越文化的古老現象。敘事的媒介並不侷限於語言，可以是電影、繪畫、雕塑、幻燈、啞劇等等，也可以是上述各種媒介的混合。敘事的體式更是十分多樣，或神話、或寓言、或史詩、或小說，甚至可以是教堂窗戶玻璃上的彩繪，報章雜誌裡的新聞，乃至朋友之間的閒談。它從遠古時代就開始存在，古往今來，哪裡有人，哪裡就有敘事。"因此，研究敘述的視角可以相當多元，不妨從歷史學、心理學、社會學、文化人類學、美學等各種不同的角度去分析

Narrative"（敘事的結構主義分析導論）一文，收錄於其著作 Image-Music-Text，S.Heath. London：Fontana，1979，頁 79（羅蘭‧巴特著，《意象‧音樂‧文本》，S.Heath 編譯，London：Fontana 出版，1979 年）。

去討論。即使我們將討論的範圍僅僅侷限于文學性敘事，
研究的角度也依然五花八門。〔註11〕

浦安迪與羅蘭‧巴特，基本上都認爲“敘事”不必然都是經由語言或
文字來展現的，且敘事並不侷限於文學性的範圍中，若稍加留心，我
們可發現在生活中、文化中，處處存在著“敘事”的蹤跡。我們依此
角度來審視「敘事」，確實可發現「敘事」透過不同的媒介來呈現其
「講故事」的本質：例如以音樂爲例，貝多芬的交響曲“降 E 大調第
三號交響曲──英雄”，即是一首敘事作品：此首樂曲氣魄恢宏如狂
風疾雨般，呈現出熱情澎湃的情感怒潮，並交織出英雄在黑暗與絕望
中疾呼的勇氣與抗爭，以及光輝榮耀的勝利。此交響曲被譽爲音樂史
上最高傑作，同時也是貝多芬的交響曲開始邁入成熟的階段，作品中
所表現的音樂情感，有熱情與溫柔，有憤怒與幽默，人間的一切喜怒
哀樂，都可藉以淋漓盡致地描繪出來。此首交響曲是貝多芬爲其心目
中的英雄拿破崙所作，可說是以音樂爲媒介的敘事作品〔註12〕。而若
以繪畫爲例，則米開朗基羅的“大洪水”〔註13〕也是一幅敘事作品，
繪畫中表現出人類的絕望和受上天懲罰的戲劇性場面，通過那些迷途
罪人的姿態和表情展現出來，有的人互相幫助，有些人則爲苟延性命
而痛苦掙扎著。綠色、藍紫色和粉紅色之間的色彩反差，更增強了大

〔註11〕浦安迪著，《中國敘事學》，頁 5。

〔註12〕在貝多芬的心目中，叱吒風雲屢建奇功的拿破崙，是位樹立自由精
　　　　神，解放人類的新時代英雄。因此貝多芬將他的敬仰轉化成音符，
　　　　創作了第三號交響曲，想要呈獻給拿破崙。但不久之後，突然傳來
　　　　拿破崙自立稱帝的消息，這使得貝多芬感到憤怒與絕望，於是便將
　　　　原已寫好「獻給拿破崙」的樂譜封面給撕了，另題「爲紀念一位偉
　　　　人而作──英雄交響曲」，轉而將作品獻給羅布可契公爵。

〔註13〕「創世記」神話中的九個故事，裝飾了西斯汀禮拜堂天花板的最高
　　　　部分。其中五個畫面稍小些，周圍有四個裸體人像各占一角。這些
　　　　畫面分別是：「諾亞之醉」「諾亞的獻祭」「創造夏娃」「分開海水與
　　　　陸地」以及「分開光明與黑暗」。另外四幅大一些的壁畫被安排在幾
　　　　對拱弧之間，即：「大洪水」（280×570cm）、「原罪」、「創造亞當」
　　　　和「創造眾星」。

難臨頭的氣氛。看著這些由於受磨難而表情滯重的人物，邁著沈重腳步向前行進，我們幾乎能聽到狂風搖撼樹枝時的呼嘯，幾乎能感覺到上帝憤怒時的恐怖氣氛。若以雕塑爲例，則敦煌石窟中的壁畫，也都是有關於佛教的敘事作品，例如莫高窟第 323 窟石佛浮江的壁畫，便是敘述石佛南渡的故事〔註14〕。所以羅蘭·巴特才說敘事的媒介並不侷限於語言文字，在整個歷史形成過程裡，"敘事"具體地體現在文化各個層面中。

　　以上是 1969 年以後，西方學者對"敘事"的代表性看法；至於1969 年以前，西方對"敘事"之看法，則以亞里斯多德的《詩學》爲主。《詩學》一書論及「敘事」者，以悲劇及希臘史詩爲主，但此部分因牽涉到晚近學者援引西方史詩之傳統看法來規範中國敘事詩之誤引問題，故本文擬於第二節中，再予以深入探討，此先不贅。此外，關於中國典籍中，對於"敘事"的論點，本文擬說明於後，以資比較中西「敘事」表現之異同。

二、"敘事"概念在中國典籍中的演化過程

　　中國典籍中，記載"敘事"一詞者，最早出現在《周禮·春官》中：

> 馮相氏掌十有二歲、十有二月、十有二辰、十日、二十有
> 八星之位，辨其敘事，以會天位。冬夏致日，春秋致月，
> 以辨四時之敘。……内史掌王之八枋之法，以詔王治。一
> 曰爵，二曰祿，三曰廢，四曰置，五曰殺，六曰生，七曰
> 予，八曰奪。執國法及國令之貳，以考政事，以逆會計。

〔註14〕這是個覆斗型(像倒轉的漏斗)洞窟，開鑿於距今 1300 多年前的初唐，繪畫了家傳户曉的佛教歷史人物，其中"石佛浮江"的故事，主要是透過繪畫雕塑來敘事：西晉時期，江南地區有民眾發現兩個石佛浮在江面上，岸邊僧人和民眾紛紛向佛像下跪禮拜，並將之迎到寺裡供奉。佛教傳入中國的初期，大致在中國北方流佈，西晉時，很多高僧南下弘教，"石佛浮江"的故事主要是預兆西晉將滅，華北將有戰亂，並表示佛教將在江南隆盛。

> 掌敘事之法，受納訪，以詔王聽治。凡命諸侯及孤、卿、
> 大夫，則策命之。凡四方之事書，内史讀之。王制祿，則
> 贊爲之。以方出之，賞賜，亦如之。内史掌書王命，遂貳
> 之。〔註15〕

《周禮・春官》的“敘事”，主要是說明內史依照尊卑次序的行事法
則，將臣下謀議之事，轉告帝王處治，故曰「掌敘事之法，受納訪，
以詔王聽治」，此處的敘事，即有“依序行事”之意。又，中國文字
的早期發展中，“敘”字與“序”字相通，如《周禮・地官・鄉師》
云：「凡邦事，令作秩敘」，“秩敘”即“秩序”。又如《周禮・春官・
樂師》云：

> 樂師掌國學之政，以教國子小舞。……凡樂，掌其序事，
> 治其樂政。〔註16〕

唐代賈公彥疏即說：「掌其敘事者，謂陳列樂器及作之次第，皆序之，
使不錯謬。」這裡亦證明了“序事”即“敘事”，說明陳列樂器及演奏
樂曲皆須有其次序、次第，依序行事，不能有所錯誤。故“序”及“敘”
字，在中國文字中的原義，乃是含有“次序”、“順序”之意涵。

　　而“敘”字除了有“次序”、“順序”之意外，亦有目前最通用
的“記敘”、“敘述”的動詞含義，例如《國語・晉語三》所說：

> 紀言以敘之，述意以導之。〔註17〕

此處的“敘”字，即指敘述、敘說之意。

　　再者，《說文解字注》中，段玉裁又說“序”字可與“緒”字同
音假借：

> 《周頌》：繼序思不忘。傳曰：序，緒也。此謂序爲緒之假
> 借字。〔註18〕

所以，楊義《中國敘事學》即總結說：「由於在語義學上，敘與序、

〔註15〕參見《周禮・春官》宗伯第三。
〔註16〕參見《周禮・春官・樂師》，卷廿三。
〔註17〕參見《國語・晉語三》，頁155。
〔註18〕參見許慎著，段玉裁注《說文解字》。

緒相通，這就賦予敘事之敘以豐富的內涵，不僅字面上有講述的意思，而且暗示了時間、空間的順序，以及故事線索的頭緒，敘事學也在某種意義上是順序學、或頭緒學了。〔註19〕」

而"事"字，於《說文解字注》中，與"史"同部，所謂記事亦可說是記史也；所以王國維先生認為殷商時尚無"事"字，乃是以"史"為"事"，故《說文解字注》將"史"解釋為"記事者也"〔註20〕。此與中國史官即職司記述的官員義同。

"敘事"在中國文化的發展中，不曾斷絕，直至唐代，更在史傳撰寫方式中，成為一種寫作法度，此時的"敘事"意涵更為精緻系統化。唐代劉知幾的《史通》裡，特設〈敘事〉篇，將"敘事"作為一種文體，並分析其運作在史書寫作上，可概分為四種方式：

> 蓋敘事之體，其別有四：有直紀其才行者，有惟書其事跡者，有因言語而可吞得，有假贊論而自現者。至如古文《尚書》，稱帝堯之德，標以"允恭克讓"；《春秋左傳》，言子太叔之狀，目以"美秀而文"。所稱如此，更無他說，所謂直紀其才行者。又如《左氏》載申生為驪姬所譖，自縊而亡；《班史》稱紀信為項籍所圍，代君而死。此則不言其節操，而忠孝自彰，所謂惟書其事跡者。又如《尚書》稱武王之罪紂也，其《誓》曰："焚炙忠良，刳剔孕婦。"《左傳》紀隨會之論楚也，其詞曰："篳路藍縷，以啓山林。"此則才行事跡，莫不闕如，而言有關涉，事便顯露，所謂因言語而可知者。又如《史記·衛青傳》後，太史公曰："蘇建嘗責大將軍不

〔註19〕 參見楊義著，《中國敘事學》，嘉義縣大林鎮：南華管理學院出版，1998年6月，頁12。
〔註20〕 參見王國維著，《觀堂集林·釋史》：「古之官名，多由史出。殷周間王室執政之官，經傳作卿士，而毛公鼎、小子師敦、番生敦作卿事，殷墟卜辭作卿史，是卿士本名史也。又天子諸侯之執政，通稱御事，而殷墟卜辭則稱御史，是御事亦名史也。又古之六卿，《書·甘誓》謂之六事。司徒、司馬、司空，《詩·小雅》謂之三事，又謂之三有事。《春秋左氏傳》謂之三吏。此皆大官之稱事若吏即稱史者也。」中華書局出版，1959年版，第一冊，頁269～270。

> 荐賢待士。"《漢書‧孝文紀》末，其贊曰："吳王詐病不
> 朝，賜以几杖。"此則紀之與傳，並所不書，而史臣發言，
> 別出其事，所謂假贊論而自現者。〔註21〕

劉知幾是唐代的史學家，〈敘事〉篇主要在於將唐代以前的史書寫作
手法，歸納分類爲四種敘事方式。就其內容來看，所謂的"敘事"，
即記述史實之意，所記之對象，即歷史中的人物言行。

　　而後，南宋眞德秀編選的《文章正宗》裡，亦明列"敘事"一文
體，卷首〈綱目〉對"敘事"特別說明道：

> 按敘事起於古史官，其體有二：有紀一代之始終者，《書》
> 之《堯典》、《舜典》，與春秋之經是也，後世本紀似之。有
> 紀一事之始終者，《禹貢》、《武成》、《金縢》、《顧命》是也，
> 後世志記之屬似之。又有紀一人之始終者，則先秦蓋未之
> 有，而於漢司馬氏，後之碑志事狀之屬似之。今於《書》
> 之諸篇與《史》之紀傳，皆不復錄，獨取《左氏》、《史》、
> 《漢》敘事之尤可喜者，與後世記序傳志之典則簡嚴者，
> 以爲作文之式。若夫有志於史筆者，當深求春秋大義而參
> 之以遷、固諸書，非此所能該也。〔註22〕

此處的"敘事"，仍是將敘事與史書連在一起說，認爲敘事作爲一種
寫作手法，主要是作用在史書的撰寫之上，強調所謂的"敘事"，主
要是敘述一代、一事、一人之始終者；然，所謂"始終"，即寓含了
時間的流動、空間的移轉，可說是紀錄一動態的過程；而無論是一代
或一事，其故事皆脫離不了人物在其中，所以展現人物在時間、空間
中的故事發展，可說是中國敘事的主要特質。

　　唐宋之後，對於"敘事"的探討，大體上仍是延續《史通》、《文
章正宗》的看法，例如明代王維楨的《史記評鈔》和吳訥《文章辨體‧
凡例》中，都把「敘事」當作一種文體來看。再如清代劉熙載的《藝

〔註21〕參見浦起龍著，《史通通釋》，江蘇廣陵古籍刻印社影印，1991 年，
　　　　頁 80。
〔註22〕參見南宋眞德秀編選，《文章正宗》。

概》，於其卷一〈文概〉中，亦云：

> 敘事之學，須貫《六經》九流之旨；敘事之筆，須備五行
> 四時之氣。維其有之，是以似之，弗可易也。
>
> 大書特書、牽連得書，敘事本此二法，便可推擴不窮。敘
> 事有寓理，有寓情，有寓氣，有寓識。無寓，則如偶人矣。
>
> 敘事有主意，如傳之有經也。主意定，則先此者為先經，
> 後此者為後經，依此者為依經，錯此者為錯經。
>
> 敘事有特敘、有類敘、有正敘、有帶敘、有實敘、有借敘、
> 有詳敘、有約敘、有順敘、有倒敘、有連敘、有截敘、有
> 豫敘、有補敘、有跨敘、有插敘、有原敘、有推敘，種種
> 不同。惟能線索在手，則錯綜變化，惟吾所施。
>
> 敘事要有尺寸，有斤兩，有剪裁，有位置，有精神。
>
> 史莫要於表微，無論紀事纂言，其中皆須有表微意在。
>
> 為人作傳，必人己之間，同弗是，異弗非，方能持理之平，
> 而施之不枉其實。
>
> 傳中敘事，或敘其有致此之由而果若此，或敘其無致此之
> 由而竟若此，大要合其人之志行與時位，而稱量以出之。
> 〔註23〕

《藝概》一書分六卷（文概、詩概、賦概、詞曲概、書概、經義概），
主要探討中國傳統詩詞歌賦書法及文章經義的藝術技巧與發展流
變，每一卷都包含了對該門文字藝術的理論、批評和歷史論述。上文
所引，主要是論述史傳文章敘事手法的技巧。劉熙載認為敘事手法有
多種，諸如實敘、詳敘、順敘、倒敘、插敘等，可見敘事手法在歷史
的萃煉中，已愈形精緻。他又強調敘事之筆，貴在於能剪裁得宜，寓
作者之情、理、氣、識於其間，才算是史傳敘事之美者；此點與西方
自亞里斯多德以來強調作者要外於敘事作品，盡量客觀化陳述、而不
將主觀注入作品之中的寫作手法，自是有很大的分別，而這也正是中
西敘事詩的分別之處，此點容下兩節再探討，此先不贅。

〔註23〕上引數句，參見劉熙載著，《藝概》卷一〈文概〉，台北市：金楓出
版社，1986年12月，頁66～67。

但除了探討"敘事"在史傳文章寫作上的技巧之外，《藝概》卷二〈詩概〉，則已將"敘事"從史傳的寫作手法一範疇上，轉移到評價詩歌的寫作手法上，例如：

> 杜陵五七古敘事，節次波瀾，離合斷續，從《史記》得來，而蒼莽雄直之氣，亦逼近之。畢仲游但謂杜甫似司馬遷而不繫一辭，正欲使人自得耳。〔註24〕

此處主要是稱讚杜甫的五七古詩善於敘事，並推論其善於敘事的詩歌風格乃源自《史記》，可見詩中運用"敘事"手法，早已是事實。此外，卷二〈詩概〉又云：

> 詩，一種是歌，「君子作歌」是也；一種是誦，「吉甫作誦」是也。《楚辭》有「九歌」與「惜誦」，其音節可辨而知。

> 「九歌」，歌也；「九章」，誦也。詩如少陵近「九章」，太白近「九歌」。

> 誦顯而歌微。故長篇誦，短篇歌；敘事誦，抒情歌。

> 長篇宜橫鋪，不然則力單；短篇宜紆折，不然則味薄。

> 長篇以敘事，短篇以寫意，七言以浩歌，五言以穆誦。〔註25〕

此處說明詩歌有可歌者、可誦者，長篇則誦，短篇則歌，並已將詩歌分類爲敘事與抒情，認爲敘事詩宜誦、抒情詩宜歌，**長篇詩歌主要在於敘事鋪陳**，短篇詩歌則主要在於迂迴寫意。姑且不論劉熙載的分類與所言是否爲當，但從以上各引文中，我們得以確知"敘事"的歷史發展軌跡——在中國的文化發展中，"敘事"語詞的含義，最初是與政治的奏事或行政次序的範疇相關的，主要在於發揮"依序行事"的特質；其後，逐漸體現在史書的撰寫這一範疇上，成爲史傳書寫方式的主要表徵。至於，敘事運用至文學範圍，歷代文論中雖討論不多，但由現有之資料來看，亦知"敘事"與"詩"結合，在古詩中已是確

〔註24〕前揭書，卷二〈詩概〉，頁90。
〔註25〕上引數句，參見前揭書，卷二〈詩概〉，頁108～109。

然之事，即便無敘事詩之名，亦早已有敘事詩存在之實。

三、中西"敘事"觀點的區別與貫通

　　經由上述說明，我們得以比較出中西方"敘事"觀點之區別：西方的敘事定義，有廣狹之分，"敘事"的主要特質在於"述說故事"或"呈現出故事"，廣義上來說，敘事活動並不單表現在文學作品上，而是體現在人類文化發展中的各個層面；狹義上來說，目前所稱的敘事作品，大都是指以語言文字建構的文學作品，此外，西方的"敘事"範疇，並不侷限在僅表現真實歷史，其虛構的敘事作品──如小說、舞台劇、敘事詩〔註26〕等──反而是敘事文學中的主流。而中國的敘事觀點，由於民族性、文化性的關係，"敘事"在發生意義上來說，無論是原初的敘事定義或是將敘事當成史傳寫作法度，都是較側重於體現真實、表述信史、反映社會現況這一功能上；而後，"敘事"由史學範疇擴大運用到文學範疇，"敘事"也成為詩歌寫作手法之一，或者應該說"緣事而發"本就是詩歌寫作手法之本然面貌。

　　但若由宏觀的角度來看，中國的敘事觀點與西方的敘事觀點，事實上是有其同質性的，因為在所敘之"事"上（亦即敘事內容），無論是西方所標舉的"敘述故事的發展過程"，抑或中國的"紀一代之始終者"、"紀一事之始終者"、"紀一人之始終者"〔註27〕，廣義上來說，皆可說是敘述事件的發展過程（將事件的發展過程綜合起

〔註26〕　詳參 Aristotle 著，Aristotle's Rhetoric and Poetics, by W. Rhys Roberts, Random House 出版，1954 年，Chapter 24，頁 259「Homer more than any other has taught the rest of us the art of framing lies in the right way.」。另，亞里斯多德著，陳中梅譯注，《詩學》第廿四章：「教詩人以合宜的方式講述虛假之事的主要是荷馬」（台北：台灣商務印書館出版，2003 年 11 月初版二刷，頁 169）。希臘吟遊詩人荷馬，有兩部偉大傳世的史詩──《伊利亞特》及《奧德賽》，也是西方現存最早的詩歌（大約是西元前九至八世紀的作品），這兩部史詩自然是敘事詩，不僅被盛讚為西洋詩歌的先驅，也被當成西方敘事詩的寫作典範。

〔註27〕　指上文所引述《文章正宗》的敘事觀點。

來，即是故事），其敘事角度雖不同——或是由整個朝代切入，或是由一件主要事情切入，或是以人物爲中心來敘寫——但其內容都是展示該朝代、該事件或該人物的事蹟或故事，此亦可說是中西方敘事觀點——“表現出事件發展的動態過程”——的相通之處。

　　對於中西方的“敘事”定義有一初步瞭解後；以下再比較中西方敘事詩的定義及表現方式，以作爲本文的立論依據。

第二節　西方敘事詩的定義及其與史詩之關係

一、西方現存最早的敘事詩及其表現方式

　　西方現存最早的敘事詩，乃是希臘盲詩人荷馬〔Homer〕所吟唱的詩歌——《伊利亞特》〔The Iliad〕〔註28〕和《奧德賽》〔The Odyssey〕〔註29〕，這兩首詩是用韻體表現的口傳詩歌〔註30〕，內容浩瀚博大，

〔註28〕《伊利亞特》共一萬五千多行，分爲廿四卷，集中敘述特洛伊戰爭進行到第十年時的其中五十天所發生的事件，其故事梗概是：特洛伊王子帕里斯，在阿佛洛迪特女神的幫助下，拐走了希臘斯巴達國王墨涅奧拉斯的美麗妻子海倫，並帶走了大批財物。希臘各部落便公推邁錫尼王阿伽門農爲聯軍統帥，攻打特洛伊。而後，阿基琉斯因爲不甘主帥阿伽門農的欺負，一怒退出戰場，希臘軍隊於是屢戰屢敗，戰爭進行了十年，眾神各助一方。但當阿基琉斯得知好友被敵軍赫克托耳殺死後，悲痛欲絕，決定再度走向戰場以報戰友之仇，最後，奧德修斯設計了一具可以內藏勇士的巨大木馬，並將之棄在城外，假裝撤兵。特洛伊人於是把木馬拖進城內；夜晚來臨時，希臘士兵從木馬出來，打開城門，裡應外合地攻下了特洛伊城，阿基琉斯殺了赫克托耳，並將其屍體拖在戰車後奔馳，以悼亡友，赫克托耳的老父在神的指示下，跪求阿基琉斯歸還他兒子的屍體，阿基琉斯對喪子之痛的老王產生同情，歸還了屍體，最後，以特洛伊人爲赫克托耳舉行隆重的喪禮告終。《伊利亞特》這部史詩，鮮活地傳達人神爭鬥、慘烈戰事以及悲劇性的結局，並充分塑造了典型英雄人物的形象，例如阿基琉斯的英勇任性而又極重視友情、殘酷而又不失同情心的複雜性格，即充分地被塑造出來。

〔註29〕《奧德賽》共一萬兩千多行，分爲廿四卷，描寫特洛伊戰爭後，奧德修斯返鄉途中十年漂泊的故事和他家中所發生的事情。詩人把奧德修斯的十年海上歷險，用倒序的手法放在他臨到家前的四十多天時間裡

涵蓋西方整個古典神話體系，而其繁雜的動人故事，精心安排的情節，受到亞里斯多德的高度稱讚。自此希臘悲劇、文藝復興以後的歐洲文學皆深受其影響，可以說是西方文學的活水源頭。這兩首長詩，在西洋文學裡，常以英文「Epic」稱呼它們，「Epic」在翻譯上而言，有名詞與形容詞之分，若以名詞稱之，則爲“史詩”或“敘事詩”；若其作用在形容詞時，則被譯爲“史詩的”、“敘事詩的”或“英勇的”、“壯麗的”〔註31〕，所以這兩首詩在中文世界裡，有時被翻譯成敘事詩，有時則譯爲史詩。但若要嚴格的區分西方敘事詩及史詩的差別，那麼，兩者所包含的詩歌範疇是有大小之分的，兩者的文學表現方式也是不盡相同的，這點容後敘述，此先不贅。

此外，上述兩部篇幅廣長的詩歌（The Iliad；The Odyssey），在亞里斯多德的《詩學》（Poetics）裡，一再被提及並盛讚之，亞氏對荷馬詩歌的看法，是影響西方詩學發展走向的重要關鍵，故要明確解

作集中描寫。關於這十年驚心動魄的經歷，詩人運用了許多遠古神話，表達出人神交戰的種種情節，突出奧德修斯的機智與英勇；而另一方面，則描述奧德修斯的妻子堅持等候她丈夫歸來，長達廿年之久，其間有許多求婚者企圖脅迫她，並趁機想侵佔他們的家產，但奧德修斯的妻子仍忠誠、善良地守護著家，等待丈夫的歸來，最後，奧德修斯終於回到家鄉，報復並擊退各個求婚人而與家人妻兒團聚。

〔註30〕西元前十二世紀末，在希臘半島南部地區的阿開亞人和小亞細亞北部的特洛伊人發生了一場爲時十年的戰爭，最後希臘人毀滅了特洛伊城。戰爭結束後，小亞細亞地區便流傳著許多歌頌這次戰爭中的氏族部落領袖的英雄事蹟的短歌。在傳誦過程中，英雄傳說同神話故事交織在一起，由民間詩人口頭傳授，代代相傳。每逢盛宴或節慶，這些民間詩人會被邀請到民族貴族的府邸中詠唱。而後，大約在西元前八、九世紀時，盲詩人荷馬以這些短歌爲基礎，予以加工整理，最後形成了具有完整情節和雄偉壯麗風格的兩部長詩：《伊利亞特》和《奧德賽》。至於用文字寫定下來，約在西元前六世紀左右。（詳參黃晉凱等編著，《西洋文學導讀·古代西洋文學》，台北市：昭明出版社，2000 年第一版，頁 41）

〔註31〕參見 LONGMAN ENGLISH-CHINESE DICTIONARY OF CONTEMPORARY ENGLISH（朗文當代英漢雙解詞典），Longman Group UK Limited（朗文出版集團），1988 年初版，頁 471。

讀西方敘事詩的表現方式，並辨明 "敘事詩" 與 "史詩" 的區別，我們先由引述亞氏對荷馬詩歌的論述著手（見下頁）：

【表 2-1】亞氏於《詩學》（Poetics）內所論述之荷馬（Homer）史詩

Poetics（英譯本）〔註 32〕	詩學（中譯本）〔註 33〕
Homer's position, however, is peculiar: just as he was in the serious style the poet of poets, standing alone not only through the literary excellence, but also through the dramatic character of his imitations, so too he was the first to outline for us the general forms of Comedy by producing not a dramatic invective, but a dramatic picture of the Ridiculous; his *Margites* in fact stands in the same relation to our comedies as the *Iliad* and *Odyssey* to our tragedies.〔註 34〕〔Chapter 4〕	荷馬不僅是嚴肅作品的最傑出的大師（唯有他不僅精於作詩，而且還通過詩作進行了戲劇化的摹仿），而且還是第一位爲喜劇勾勒出輪廓的詩人。他以戲劇化的方式表現滑稽可笑的事物，而不是進行辱罵。他的《馬耳吉忒斯》同喜劇的關係，就如他的《伊利亞特》和《奧德賽》同悲劇的關係一樣。〔註 35〕〔第四章〕
The Unity of a Plot does not consist, as some suppose, in its having one man as its subject. An infinity of things befall that one man, some of which it is impossible to reduce to unity; and in like manner there are many actions of one man which cannot be made to form one action.......Homer, however, evidently understood this point quite well, whether by art or instinct, just in the same way as he excels the rest in every other respect. In writing an *Odysses*, he did not make the poem cover all	有人以爲，只要寫一個人的事，情節就會整一，其實不然，在一個人所經歷的許多，或者說無數的事件中，有的缺乏整一性。同樣，一個人可以經歷許多行動，但這些並不組成一個完整的行動。……正如在其他方面勝過別人一樣，在這一點上——不知是得力於技巧還是憑藉天賦——荷馬似乎也有他的眞知灼見。在作《奧德賽》時，他沒

〔註 32〕 詳參 Aristotle 著，Aristotle's Rhetoric and Poetics, by W. Rhys Roberts, Random House 出版，1954 年（以古希臘文創作的《詩學》，在長期的流傳過程中，被譯爲多國語言。Random House 是美國權威性的出版社，以出版嚴謹著述著稱，本文所採用的英譯本以此爲主，此外並參酌 Oxford University Press（牛津大學出版社）於 1968 年所出版的 ARISTOTLE POETICS 校勘本）。

〔註 33〕 本文所採用的《詩學》中譯本，以陳中梅譯注之《詩學》爲主（台北市：台灣商務印書館，2001.8）。該書考據詳細，每一文句皆有詳盡註釋，且援引參考多位著名西方學者的校勘本（如 R.卡塞爾、J.瓦倫、S.H.布切爾、I.拜瓦特、A.馬戈琉斯等）。

〔註 34〕 詳參 Aristotle 著，Aristotle's Rhetoric and Poetics , by W. Rhys Roberts, Chapter 4，頁 227〜228。

〔註 35〕 詳參亞里斯多德著，陳中梅譯注，《詩學》，頁 48。

that ever befell his hero——it befell him, for instance,to get wounded on Parnassus and also to feign madness at the time of the call to arms, but the two incidents had no necessary or probable connexion with one another——instead of doing that, he took as the subject of the *Odysses*, as also of the *Iliad*,an action with a Unity of the kind we are describing.〔註36〕〔Chapter 8〕	有把俄底修斯的每一個經歷都收進詩裡,例如他沒有提及俄底修斯在帕那耳索斯山上受傷以及在徵集兵員時裝瘋一事——在此二者中,無論哪件事的發生都不會必然或可然地導致另一件事的發生——而是圍繞一個我們這裡所談論的整一的行動完成了這部作品。他以同樣的方式作了《伊利亞特》。〔註37〕〔第八章〕
Homer's marvelous superiority to the rest. He did not attempt to deal even with the Trojan war in its entirety, though it was a whole with a definite beginning and end——through a feeling apparently that it was too long a story to be taken in in one view, or if not that,too complicated from the variety of incident in it. As it is,he has singled out one section of the whole;many of the other incidents, however,he brings in as episodes.〔註38〕〔Chapter 23〕	和其他詩人相比,荷馬真可謂出類拔萃。儘管特洛伊戰爭本身有始有終,他卻沒有試圖描述戰爭的全過程。不然的話,情節就會顯得太長,使人不易一覽全貌;倘若控制長度,繁蕪的事件又會使作品顯得過於複雜。事實上,他只取了戰爭的一部份,而把其它許多內容用作穿插。〔註39〕〔第廿三章〕
Epic poetry must divide into the same species as Tragedy; it must be either simple or complex, a story of character or one of suffering. Its parts, too, with the exception of Song and Spectacle,must be the same, as it requires Peripeties,Discoveries,and scenes of suffering just like Tragedy.Lastly,the Thought and Diction in it must be good in their way.All these elements appear in Homer first;and he has made due use of them.His two poems are each examples of construction,the Iliad simple and a story of suffering,the Odyssey complex（there is Discovery throughout it）and a story of character.And they are more than this,since in Diction and Thought too they surpass all	史詩的種類也應和悲劇的相同,即分為簡單史詩、複雜史詩、性格史詩和苦難史詩。除唱段和戲景外,史詩的成分也和組成悲劇的成分相同。事實上,史詩中也應有突轉、發現和苦難,此外,它的言語和思想亦要精美。荷馬最先使用這些成分,而且用得很好。事實上,他的兩部史詩分別體現了上述內容,《伊利亞特》是一部簡單史詩,表現苦難;《奧德賽》（由於發現貫串始終）屬複雜型,同時也展現人物的性格。另外,在言語和思想方面,這兩部作品也優於其它史詩。

〔註36〕詳參 Aristotle 著,Aristotle's Rhetoric and Poetics, by W. Rhys Roberts, Chapter 8,頁234。

〔註37〕詳參亞里斯多德著,陳中梅譯注,《詩學》,頁78。

〔註38〕詳參 Aristotle 著,Aristotle's Rhetoric and Poetics, by W. Rhys Roberts, Chapter 23,頁256。

〔註39〕詳參亞里斯多德著,陳中梅譯注,《詩學》,頁163。

other poems. 〔註40〕〔Chapter 24〕	〔註41〕〔第廿四章〕
Homer,admirable as he is every other respect,is especially so in this,that he alone epic poets is not unaware of the part to be played by the poet himself in the poem.The poet should say very little *in propria persona*,as he is no imitator when doing that.Whereas the other poets are perpetually coming forward in person,and say but little,and that only here and there,as imitators,Homer after a brief preface brings in forthwith a man a woman,or some other Character——no one of them characterless,but each with distinctive characteristics.〔註42〕〔Chapter 24〕	荷馬是值得讚揚的，理由很多。特別應該指出的是，在史詩詩人中，唯有他才意識到詩人應該怎麼做。詩人應盡量少以自己的身份講話，因爲這不是摹仿者的作爲。其他史詩詩人始終以自己的身份表演，只是摹仿個別的人，而且次數很有限。但荷馬的做法是，先用不多的詩行作引子，然後馬上以一個男人、一個女人或一個其他角色的身份表演。人物無一不具性格，所有的人物都有性格。〔註43〕〔第廿四章〕
In the same way as the *Iliad* and *Odyssey*……the two Homericpoems is as perfect as can be,and the action in them is as nearly as possible one action.〔註44〕〔Chapter 26〕	正如《伊利亞特》和《奧德賽》……這兩部史詩不僅在構合方面取得了史詩可能取得的最佳成就，而且還最大限度地分別摹仿了一個整一的行動。〔註45〕〔第廿六章〕

　　由以上的引文，可以知道亞里斯多德非常喜愛荷馬的作品，並且還稱頌荷馬的詩藝「像神一樣」出類拔萃〔註46〕。荷馬的詩歌之所以爲亞里斯多德青睞，主要和亞氏的文藝理論觀點有關。亞氏認爲優秀的史詩不在於將所敘事件的全貌逐一描述——這不是他所主張的摹仿，只是流水帳似的作品罷了——而在於能擷取適當的事件，表現出

〔註40〕詳參 Aristotle 著，Aristotle's Rhetoric and Poetics, by W. Rhys Roberts, Chapter 24，頁 257。

〔註41〕詳參亞里斯多德著，陳中梅譯注，《詩學》，頁 168。

〔註42〕詳參 Aristotle 著，Aristotle's Rhetoric and Poetics, by W. Rhys Roberts, Chapter 24，頁 258。

〔註43〕詳參亞里斯多德著，陳中梅譯注，《詩學》，頁 169。

〔註44〕詳參 Aristotle 著，Aristotle's Rhetoric and Poetics，by W. Rhys Roberts，Chapter 26，頁 265。

〔註45〕詳參亞里斯多德著，陳中梅譯注，《詩學》，頁 191。

〔註46〕詳參亞里斯多德著，陳中梅譯注，《詩學》，附錄（十四）詩人・詩・詩論，頁 286。

情節（plot）〔註47〕的剪裁合宜，具有“整一性”（亦即主題明確，情
節銜接巧妙，讀來給人一氣呵成之感）；並且盡量少將自我的意識灌注
到詩中的角色上，讓詩中所塑造的人物自己說話，使每個角色有自己
的性格〔註48〕，即敘事客觀化；在詩歌語言上，要出之以精美〔註49〕，

〔註47〕所謂情節（plot），亞里斯多德於《詩學》中，有許多章節論及此一
觀點，如第六章，頁63：「情節指事件的組合」；第八章，頁78：「在
詩裡，情節既然是對行動的摹仿，就必須摹仿一個單一而完整的行
動。事件的組合要嚴密到這樣一種程度，以致若是挪動或刪減其中
的任何一部份就會使整體鬆裂和脫節。」；第七章，頁74：「就像軀
體和動物應有一定的長度一樣——以能被不費事地一覽全貌爲
宜，情節也應有適當的長度——以能被不費事地記住爲宜。」（詳
參陳中梅譯注《詩學》）。綜上，可知亞氏將“情節”定義爲事件的
組合，且這些事件的組合要能環環相扣，其承接要符合可然或必然
的原則，具有整體性，且情節要有一定的長度，以能容納足夠表現
一個完整的行動爲宜。

〔註48〕所謂人物性格，一般是指作品中被敘述的人物所擁有的個性、氣質
等。亞里斯多德《詩學》中對於人物性格的塑造，傾向於藉由摹仿
言論或行動來顯示出人物性格：「刻畫性格（character），就像組合
事件一樣，必須始終求其符合必然或可然的原則。這樣才能使某一
類人按必然或可然的原則說某一類話或做某一類事，才能使事件的
承繼符合必然或可然的原則」（見陳中梅譯注，《詩學》，第十五章，
頁112）。又，Aristotle 著，Aristotle's Rhetoric and Poetics，by W. Rhys
Roberts，Chapter 15，頁242：「The right thing, however, is in the
Characters just as in the incidents of the play to endeavour always after
the necessary or the probable; so that whenever such-and-such a
personage says or does such-and-such a thing, it shall be the necessary
or probable outcome of his character; and whenever this incident
follows on that, it shall be either the necessary or the probable
consequence of it.」

〔註49〕所謂語言的精美，是指詩人充分將普通詞與奇異詞搭配得宜，使詩
歌語言能既明晰又不流於平庸。如 Aristotle's Rhetoric and Poetics,
Chapter 22，頁253：「The perfection of Diction is for it to be at once
clear and not mean. The clearest indeed is that made up of the ordinary
words for things, …… On the other hand the Diction becomes
distinguished and non-prosaic by the use of unfamiliar terms, i.e.
strange words, metaphors, lengthened forms, and everything that
deviates from the ordinary modes of speech.……The corresponding
use of strange words results in a barbarism.——A certain admixture,
accordingly, of unfamiliar terms is necessary.」另，陳中梅譯注《詩學》

在詩歌思想上，也要體現悲劇的崇高理念〔註 50〕，因爲他認爲史詩在情節上的組成成分和悲劇的成分基本上是一樣的（亦即史詩情節中，也應和悲劇一樣有“突轉”、“發現”和“苦難”〔註 51〕，且其言語

廿二章，頁 156：「言語的美在於明晰而不至流於平庸。用普通詞組成的言語最明晰，但卻顯得平淡無奇。……使用奇異詞可使言語顯得華麗並擺脫生活用語的一般化。所謂奇異詞，指外來詞、隱喻詞、延伸詞以及任何不同於普通用語的詞。……濫用外來詞會產生粗劣難懂的作品。因此，有必要以某種方式兼用上述兩類詞彙」。又，Aristotle's Rhetoric and Poetics, Chapter 21，頁 251：「By the ordinary word I mean that in general use in a country;and by a strange word,one in use elsewhere.」另，陳中梅譯注《詩學》第廿一章，頁 149：「所謂普通詞，指某一地域的人民共同使用的詞」。綜上，亞氏相當注重詩歌語言的表現，故在第廿二章中，他舉例說：歐里庇得斯因爲用外來詞替換了埃斯庫羅斯的詩行中的一個普通詞，因此他的詩便顯得優雅——“這毒瘡吃我腿上的肉”替換成“這毒瘡享用我腿上的肉”。

〔註 50〕 此處所指的悲劇係指希臘悲劇。希臘悲劇大多取材於神話，著重表現主人公的英雄行爲，氣勢磅礴，一般沒有悲觀色彩，而是透過悲慘的故事，詩人藉以歌頌主人公的堅強意志及反抗命運的思想。亞里斯多德認爲「悲劇摹仿的不僅是一個完整的行動，而且是能引發恐懼和憐憫的事件」（陳中梅譯注《詩學》第九章，頁 82）。另，Aristotle's Rhetoric and Poetics, Chapter 21，頁 236：「Tragedy, however, is an imitation not only of a complete action, but also of incidents arousing pity and fear.」。

〔註 51〕 詳參亞里斯多德著，陳中梅譯注，《詩學》第十一章，頁 89～90：「“突轉”，如前所說，指行動的發展從一個方向轉至相反的方向；我們認爲，此種轉變必須符合可然或必然的原則。……“發現”，如該詞本身所示，指從不知到知的轉變，即使置身於順達之境或敗逆之境中的人物認識到對方原來是自己的親人或仇敵。……突轉和發現是情節的兩個成分，第三個成分是苦難。在這些成分中，我們已討論過突轉和發現。“苦難”指毀滅性的或包含痛苦的行動，如人物在眾目睽睽之下的死亡、遭受痛苦、受傷以及諸如此類的情況。」另，Aristotle's Rhetoric and Poetics, Chapter 11，頁 236：「A Peripety is the change of the kind described from one state of things within the play to its opposite, and that too in the way we are saying, in the probable or necessary sequence of events.……A Discovery is, as the very word implies, a change from ignorance to knowledge, and thus to either love or hate, in the personages marked for good or evil fortune.……Two parts of the Plot, then, Peripety and Discovery, are on matters of this sort. A

和思想亦要精美與崇高）。在《詩學》裡，亞氏揭示藝術的本質是摹仿，文藝是對現實的摹仿，通過摹仿的藝術能夠傳達對真理的認識，所以人們通過藝術欣賞，就能夠達到對現實世界真實意義的認識和瞭解。但所謂的摹仿不是只對現實進行表面複述，他拿詩和歷史作比較，認爲歷史只是記載發生在某一個時期內的一個或一些人的所有事情；而詩歌則不然，他強調詩人的職責不在於"描述已經發生的事"，而在於"描述可能發生的事"，所以詩是比歷史更富哲學性、更嚴肅的藝術，因爲詩所描述的是現實中那些帶有普遍性的東西，而所謂帶有普遍性的事，是指"根據可然或必然的原則，某一類人可能會說的話或會做的事"，所以他極爲肯定詩人的價值，認爲「與其說詩人應是格律文的製作者，倒不如說應是情節的編製者〔註52〕」，而荷馬的史詩——《伊利亞特》和《奧德賽》——在語言、思想表現及編製情節這些特質上，亞氏認爲他掌握了其他詩人無法與之比擬的高超技藝，與悲劇具有同樣崇高的價值，所以，在西方敘事詩史上，這兩首長詩一直享有無與倫比的崇高地位。

以是之故，《伊利亞特》和《奧德賽》這兩首史詩，由於也是西方敘事詩的典範，故我國的學者，常拿這兩首詩所顯現的敘事特質（諸如詩歌規模雄偉、顯示虛構的大時代場景、篇幅廣長、描述該民族傳說中的英雄及神話人物的卓越事蹟、戰爭場面宏偉壯闊、詩中角色對話繁多，情節刻畫完整、詩人透過摹仿人物的行爲與對話以塑造出詩中人物性格，盡量少以自己的身份來敘述，使敘事力求客觀化呈現等特性〔註53〕）藉以觀照中國有無敘事詩之依據。但這

third part is Suffering; which we may define as an action of a destructive or painful nature, such as murders on the stage, tortures, woundings, and the like. The other two have been already explained.」

〔註52〕詳參亞里斯多德著，陳中梅譯注，《詩學》第九章，頁82。另，Aristotle's Rhetoric and Poetics, Chapter 9，頁 235：「the poet must be more the poet of his stories or Plots than of his verses, inasmuch as he is a poet by virtue of the imitative element in his work, and it is actions that he imitates.」

〔註53〕爲求明瞭西方史詩敘事客觀化的表現方式，茲將《伊利亞特》第一

種比較方式，事實上是有很大的出入與誤解的，爲求瞭解西洋敘事詩與中國敘事詩之同質性與差異性，我們擬先釐清西方史詩與敘事詩之區別於下。

二、西方敘事詩與史詩的區別

在上文第一節中，我們已知西方的“敘事”觀點，就是指“講述故事”，所以類推西方敘事詩的定義，應該是指以韻文的形式來陳述故事的詩歌。

根據西方百科全書「詩歌」類別的釋義，西方詩歌的種類，主要概分爲三種，即敘事詩、抒情詩和戲劇詩：「Kinds of Poetry. There are three major kinds of poetry: narrative, dramatic, and lyric.〔註54〕」。所以，敘事詩（Narrative Poetry）只是其中某一類型詩歌的統稱，它是一種敘述故事的詩歌，自有人類以來，敘事詩便紀錄、描繪了自人類遠古初期以來的歷史，它的種類很多，概括而言，主要是歌謠（Ballad）、史詩（Epic）和韻文小說（Metrical Romance）三類：「Narrative Poetry, poetry that tells a story. It can be traced to earliest times, since it was used by ancient peoples to record their histories. The major forms are ballads, epics, and metrical romances.」〔註55〕，而史詩（Epic）可說是西方敘事詩的主流。爲求明瞭此三類敘事詩的區別性，茲援引西方權威性的百科全書，將西方敘事詩最主要的三種表現形式，概述其定義，整理於以下表格，以見一般（見下頁）：

卷內容及《奧德賽》第一卷內容，附於文末【附錄一】及【附錄二】中，以爲參看。
〔註54〕詳參《大美百科全書》線上版（http://go.grolier.com/gol）“The Art of Poetry”該條。
〔註55〕詳參《大美百科全書》線上版（http://go.grolier.com/gol）“Narrative Poetry”該條。又，參見《大美百科全書》（中譯本）第22冊，頁216“敘事詩”該條說：「敘事詩不論長短繁簡，都以故事或敘事事件爲主。它的種類很多，主要有歌謠、史詩和韻文小說」。（光復書局企業股份有限公司初版，1991年二月初版）

【表2-2】西方百科全書中有關敘事詩三種主要表現形式的詞條釋義

西方百科全書原文	西方百科全書中譯本
A ballad, meant to be sung or recited, presents a single exciting episode in a simple narrative. The ballad probably had its origin in communal dance and belongs to the oral traditions of people, relatively free from formal literary influences. The ballad has had many literary imitations, but in its primary form it is folk poetry that depends on dialogue, simple stanzaic patterns, and frequent repetition for its effect.〔註56〕	**歌謠**是讓人吟誦的。它簡單地敘述一個動人的情景。歌謠可能起源於部落群舞。它是口述傳統的產物，很少受正式文學的影響。歌謠形諸文字有多種形式，最主要的是民歌，民歌的主要特徵有對話、形式簡單、疊句多。〔註57〕
Ballad, Form of short narrative folk song. Its distinctive style crystallized in Europe in the late Middle Ages as part of the oral tradition, and it has been preserved as a musical and literary form. The oral form has persisted as the folk ballad, and the written, literary ballad evolved from the oral tradition. The folk ballad typically tells a compact tale with deliberate starkness, using devices such as repetition to heighten effects. The modern literary ballad (e.g., those by W.H. Auden, Bertolt Brecht, and Elizabeth Bishop) recalls in its rhythmic and narrative elements the traditions of folk balladry.〔註58〕	Ballad（謠曲；敘事歌；敘事曲）一種簡短的敘事民間歌謠，其獨特風格形成於歐洲中世紀後期。作為一種音樂與文學的形式，謠曲一直被保存到現代。口述的謠曲保存在民間歌謠中，文學形式的謠曲則包含在口述的傳統歌謠中。典型的謠曲敘述緊湊的小故事，反覆層層加深，短語或詩節重複若干次以加強效果。現代文學謠曲（例如奧登、布萊希特和畢曉普等人的作品）中已不見傳統民間謠曲的韻律和故事性的成分。〔註59〕
An epic is a long narrative poem, in an elevated style, that recounts the adventures of a figure of heroic proportions. This figure, often from myth, symbolizes the most worthy qualities of a race or nation and the proudest moments in its history. The epic undoubtedly predates written expression,	**史詩**是"長篇"的敘事詩，它以崇高的風格敘述英雄人物的傳奇事蹟。主角常常是神話人物。他表現了某一民族或國家的崇高品格，代表著該民族或國家最輝煌的事蹟。史詩無疑在有文字之前就已存在，因為從歷史記載

〔註56〕詳參《大美百科全書》線上原文版（http://go.grolier.com/gol）"The Art of Poetry"該條中的"A ballad"。

〔註57〕詳參《大美百科全書》（中譯本）第22冊，頁216"敘事詩"該條。

〔註58〕詳參《大英簡明百科》線上版的"Ballad"該條（http://demo1.wordpedia.com/EB_concise/Search.asp）。

〔註59〕詳參《大英簡明百科》線上版的"Ballad 謠曲；敘事歌；敘事曲"該條（http://demo1.wordpedia.com/EB_concise/Search.asp）。

since the elevated portrayal of a great national hero has been common to most peoples through recorded history, and since there are both folk and literary epics that stretch back to the earliest days of writing or example, the Gilgamesh epic of the ancient Middle East.〔註60〕	來看，大多數民族都有對民族英雄的壯麗描寫，更何況民間和文學的史詩遠在文字創造之初就已存在，如中東地區的遠古史詩《吉耳格美什》（Gilgamesh）。〔註61〕
Epic, Long narrative poem in an elevated style that celebrates heroic achievement and treats themes of historical, national, religious, or legendary significance. Primary (or traditional) epics are shaped from the legends and traditions of a heroic age and are part of oral tradition; secondary (or literary) epics are written down from the beginning, and their poets adapt aspects of traditional epics. The poems of Homer are usually regarded as the first important epics and the main source of epic conventions in Western Europe. These conventions include the centrality of a hero, sometimes semidivine; an extensive, perhaps cosmic, setting; heroic battle; extended journeying; and the involvement of supernatural beings. 〔註62〕	**史詩**是文體莊嚴、歌頌英雄功績的長篇敘事詩，它涉及重大的歷史、民族、宗教或傳說主題。最初或傳統的史詩爲源於英雄時代傳說；其次或文學史詩則是由老練的詩人爲特定的文學和觀念目的而有意識地改寫的傳統史詩。荷馬史詩通常被認爲是首批重要的史詩和西歐非原始史詩的傳統和特徵的主要來源。史詩傳統的內容包含了：以英雄爲中心，這個英雄有時是占有重要地位的半人半神人物；廣闊的、甚至無邊的地理環境；英勇的戰鬥；曠日持久並常常是充滿異國情調的旅程；以及在情節中出現神靈。〔註63〕
Epic, a long narrative poem, elevated in style and large in scope and effect, concerned with the great deeds of great heroes. The word is derived from the Greek *epos,* which originally meant "word," later "speech" or "song," and, finally, poetry about heroes outstanding for their nobility, magnanimity, and prowess. In its scope the epic ranges freely and with authority over the natural and human order, history and legend, and even the fantastic and	**EPIC 史詩**　敘述偉人重大事蹟的長篇敘事詩，語調高尚，涵蓋面極廣，影響也很大。這個字是由希臘文的 epos 演變而來，原指「文字」，後來又指「演說」或「歌曲」，最後則演繹爲讚美傑出英雄之高貴、莊嚴的情操及其英勇事蹟的詩作。就其規模來說，史詩不限長度，寫作範圍可涉及自然界和人類的秩序、歷史和傳說，甚至涉及幻想和超自然界。史詩

〔註60〕詳參《大美百科全書》線上原文版（http://go.grolier.com/gol）"The Art of Poetry"該條中的"An epic"。

〔註61〕參見《大美百科全書》（中譯本）第22冊，頁216"敘事詩"該條下文。

〔註62〕詳參《大英簡明百科全書》線上版"史詩Epic"該條（http://demo1.wordpedia.com/EB_concise/Search.asp）。

〔註63〕詳參《大英簡明百科全書》線上版"史詩Epic"該條（http://demo1.wordpedia.com/EB_concise/Search.asp）。

supernatural worlds. The epic is responsive to, yet ultimately transcends, the ethos of its time and place. Its most distinctive characteristics are heroic action, the celebration of human greatness, and the encounter between the hero's greatness and mortality. 〔註 64〕	創作係回應當代和當地的社會風潮，最後則超越那些風潮。史詩最顯著的特徵：內容講述英雄行徑，歌頌人類偉大，以及英雄的偉大和必死特性之間產生的對立。〔註 65〕
A metrical romance is a long romantic tale in verse, in which the chief figures are kings, knights, or distressed maidens, acting under the impulse of love, religious faith, or a search for adventure. Although metrical romances are consciously told by a narrator, they are loosely constructed and seemingly spontaneous. The great period of metrical romances was the Middle Ages. 〔註 66〕	韻文小說〔註 67〕是用詩寫成的長篇傳奇故事，故事中的人物主要是國王、騎士和落難的少女。這些人物行為的動機或是愛情，或是宗教信仰，或是尋求冒險。韻文小說中敘述者是有意識的講故事，但結構往往很鬆散隨便。中世紀是韻文小說的全盛時期。〔註 68〕

　　由上表可知，西方敘事詩最主要概分為「Ballad」（歌謠；敘事歌；敘事曲）、「Epic」（史詩）及「Metrical Romance」（韻文小說）三類。此三類敘事詩，都是以詩歌形式出之，但展現出不同面貌，「Ballad」一般係指一種簡短的敘事民間歌謠，簡單地敘述一些小故事，可說是帶有韻律感及故事性的歌謠；「Epic」則是指文體莊嚴、歌頌英雄功績的長篇史詩，這些史詩往往描述民族英雄輝煌的事蹟，並對於戰爭有詳盡的描寫；「Metrical Romances」則指用詩寫成的長篇傳奇故事，內

〔註 64〕 詳參《大美百科全書》線上原文版（http://go.grolier.com/gol）"Epic"該條。

〔註 65〕 詳參《大美百科全書》（中譯本）第十冊 "EPIC 史詩" 該條釋義，台北：光復書局企業股份有限公司出版，1991 年 2 月初版，頁 177。

〔註 66〕 詳參《大美百科全書》線上原文版（http://go.grolier.com/gol）"The Art of Poetry" 該條中的 "A metrical romance"。

〔註 67〕 《大美百科全書》中譯本（台北：光復書局，1991），將「metrical romance」譯為「韻文小說」，而不直接音譯為「韻文羅曼史」，主要是取其 "意譯"。因為「metrical」為「有韻律的」，而「romance」一般譯為「浪漫史、冒險故事或傳奇文學」，都有「故事」意涵，故「metrical romance」譯為「韻文小說」或「韻文式的傳奇故事」應較音譯為「韻文羅曼史」更能表達此類敘事詩的意涵。

〔註 68〕 詳參《大美百科全書》（中譯本）第 22 冊，頁 216。

容主要是記載國王、騎士和落難少女的愛情或冒險故事。

　　此外，A Handbook to Literature 一書對"敘事詩"的說明亦爲「A nondramatic poem which tells a story or presents a narrative,whether simple or complex,long or short.Epics,Ballads,and Metrical Romances are among the many kinds of narrative poems.」〔註69〕，此亦表明非戲劇性的詩或敘事詩主要是述說一個故事或陳述一個敘事，不論長短繁簡皆可；史詩（Epic）、歌謠（Ballad）、韻文小說（Metrical Romance）皆是敘事詩許多種類中的類別。故本文綜合以上所引述之西方百科全書及文學理論書籍中之敘事詩定義，認爲所謂的西方敘事詩，應是指有敘事特質的詩歌，亦即用韻文的形式來陳述故事的詩歌，篇幅不論長短繁簡，其內容包含比較完整的故事情節和人物描寫〔註70〕。

〔註69〕A Handbook to Literature，by C. Hugh Holman，台北：文鶴書局出版，頁 284。

〔註70〕有關「故事」、「情節」、「人物」等敘事特質之釋義，除了可參考前揭註47、48 之外；著名的英國小說家、評論家佛斯特（E.M. Forster, 1879～1970）的《小說面面觀》（Aspects of the Novel）中，對此三者亦有精闢的說明：「我們對故事下的定義是按時間順序安排的事件的敘述。情節也是事件的敘述，但重點在因果關係（causality）上。『國王死了，然後王后也死了』是故事。『國王死了，王后也傷心而死』則是情節。在情節中時間順序仍然保有，但重要性已不及因果感」（頁 114）。至於"人物"，佛斯特則將其分爲「扁平人物（flat character）」和「圓形人物」（頁 92），這兩個人物是相對性的，其云：「扁平人物（flat character）在十七世紀叫『性格』（humorous）人物，現在他們有時被稱爲類型（types）或漫畫人物（caricatures）。在最純粹的形式中，他們依循著一個單純的理念或性質而被創造出來；假使超過一種因素，我們的弧線即趨向圓形。真正的扁平人物十分單純，用一個句子就可使他形貌畢現。……扁平人物的好處之一在於易於辨認，……第二種好處在於他們易爲讀者所記憶。他們一成不變的存留在讀者心目中，因爲他們的性格固定不爲環境所動」（頁92～93）。至於所謂的圓形人物，則是指無法以一個簡單語句將其形貌描繪殆盡的，因爲圓形人物往往變化不斷，繁複多面，與真人相去無幾，其所經歷的遭遇將使其言行思想不斷改變，而非如扁平人物般不受時間影響地始終如一，故佛斯特說：「要檢驗一個圓形人物，只要看看他是否能以令人信服的方式給人以新奇之感。如果他無法給人新奇感，他就是扁平人物；……圓形人物的生命深不可測

在西方敘事詩中，以史詩最具代表性，它的篇幅廣長，內容必是描述民族英雄之傳奇故事，且史詩的外在形式大都以《伊利亞特》（Iliad）和《奧德賽》（Odyssey）為典範〔註71〕。除了以上表格中所引述的史詩定義之外，以下再補述其特徵，以求更明瞭西方史詩之特性：

Epic 史詩：史詩的一般特徵

世界各民族，在沒有文字的幫助下，都曾運用史詩把他們的傳說一代一代傳下去。這些傳說，往往包括有關各民族英雄的豐功偉績的故事和傳說。學者們因此常常把「史詩」與在所謂英雄時代出現的關於英雄的口頭詩歌等同起來。〔註72〕

Epic 史詩：史詩的作用

在英雄時代的社會裡，詩歌的主要作用是，通過讚揚勇士及其光榮的祖先的豐功偉績、保證長期和體面地緬懷他們的赫赫威名、向他們提供理想英雄行為的榜樣，來激勵勇士們做出驚天動地的壯舉。在英雄時代裡，不同時間和不同地方的貴族階層最愜意的消遣之一，就是集合在宴會廳

——他活在書本的字裡行間」（頁 94～104）。（詳參佛斯特著，李文彬譯，《小說面面觀》之〈故事〉、〈人物〉、〈情節〉各講，台北市：志文，2002 年新版）。又，荷人米克・巴爾於其《敘述學：敘事理論導論》中，對於「故事」及其組成要素，有精闢的界定：「故事（story）是以某種方式對於素材的描述。素材（fabula）是按邏輯和時間先後順序串連起來的一系列由行為者所引起或經歷的事件。事件（event）是從一種狀況到另一種狀況的轉變。行動者（actors）是履行行為動作的行為者。他們並不一定是人。行動（act）在這裡界定為引起或經歷一個事件」（頁 3），總括其文意，「故事」即是指由有邏輯序列性之事件所組織成的結構。

〔註71〕 詳參《大美百科全書》線上原文版（http://go.grolier.com/gol）“Greek Epic” 該條：「Greek Epic. The shape of the Western epic was largely determined by the two Homeric masterpieces, the Iliad and the Odyssey, dealing with the story of Troy and given their present form in the 8th century B.C.」。另，《大美百科全書》（中譯本）第十冊 “希臘史詩” 該條（台北：光復書局，1991），頁 177：「西方史詩的外在形式大都取決於《伊里亞德》和《奧德賽》這兩部講述特洛伊戰爭故事的世界名著；至於目前所見的實質形式，則是西元前八世紀就已固定了。」

〔註72〕 詳參《簡明大英百科全書》第七冊 “epic 史詩” 該條，台北：台灣中華書局出版，1988 年 9 月初版，頁 9。

裡聽職業歌手和勇士本人吟唱歌頌顯赫武功的歌曲。在臨
戰前夕，唱英雄歌曲也是常見的事。這種反覆詠唱大大鼓
舞了臨戰者的士氣。英雄時代過去之後，舊的歌曲仍然在
人民中保留下來作爲娛樂節目。宮廷歌手被在公共場合吟
唱的民間歌手所取代。〔註73〕

Epic 史詩：史詩的基礎

起初，口頭吟唱的英雄詩歌總是寫生活在該民族的英雄時
代的國王和武士的卓越功績。這種詩歌的基本作用是教
誨，而不是記載歷史。詩歌中的人物都得唱成理想中的英
雄，他們的行爲都要唱成與神話的或思想的模式相吻合的
理想英雄壯舉。〔註74〕

由上述引文中，可知「史詩」皆指以莊嚴高貴的語調來描述民族英雄
的偉大情操或傳說中的英雄事蹟的詩歌。再如劉介民先生亦將「史詩」
定義爲：

一、指古代敘事詩中的長篇作品，是在古代民間產生的英
雄歌謠、歷史神話傳說的基礎上加工而成的大型敘事
詩。……著重描述具有重大意義的歷史事件，塑造著名英
雄的形象……篇幅巨大，結構宏偉，充滿幻想和神話色彩。
如古希臘的〈奧德賽〉、〈伊里亞特〉。二、具有宏偉結構，
比較全面反映一個歷史時期社會面貌和人民群眾多方面生
活的優秀作品，常被喻爲史詩或史詩式的作品。〔註75〕

可見敘述英雄事蹟、篇幅巨大、著重描述具有重大意義的歷史事件，
詩歌結構宏偉、充滿幻想及神話色彩等特質，都可說是西方史詩的不
二特質。

但一般而言，東方學者大多未嚴格區分敘事詩與史詩之不同，而
將西方史詩等同於西方敘事詩的唯一類型——例如孫俍工、本間久

〔註73〕參見《簡明大英百科全書》第七冊"epic 史詩"該條，頁9。
〔註74〕前揭書，頁10。
〔註75〕詳參劉介民著，《比較文學方法論》，台北市：時報文化出版，1990
年，頁643。

雄、朱光潛、郭紹虞、張健、吳國榮等先生。茲說明於後：

　　孫俍工在其所編著之《文藝辭典》，於"敘事詩"（Epic）該條釋義中，即云：

> 所謂敘事詩是以記敘客觀的事物爲主的一種詩，這種詩在歐美算是發達最早的。因爲 Epic 是從希臘語 Epos 轉來的。Epos 是『神託』底意思。神託用『六音步』的韵語相授，故 Epos 後轉作詩義。這種詩底組成一半是運用歷史、傳說、神話，一半是運用對話，是很富於劇的變化的。敘事詩通常分爲民族的敘事詩與個人的敘事詩二種。民族的敘事詩（National epic）──作者底姓名大半是不明白的，是以口耳相傳於人間的；希臘底伊利亞特和奧德賽即是其例。（這二詩相傳是荷馬所作，但荷馬底存在從十七世紀以來已成爲疑問了。）個人的敘事詩（Individual epic）這詩材料雖與民族的敘事詩同，但是由有名的詩人手中做出來的。但丁底神曲，密爾頓底失樂園即是其著名的例子。〔註76〕

上述引文中，孫俍工先生對敘事詩所作之定義──以記敘客觀的事物爲主的一種詩──雖無不妥；但其將「敘事詩」譯爲「Epic」，則有商榷之處，雖說「Epic」在名詞上，原本即可譯爲"史詩"或"敘事詩"，但若對照其下文對「敘事詩」所釋義之內容（其說敘事詩的組成成分「一半是運用歷史、傳說、神話，一半是運用對話」）及其所舉之詩例（伊利亞特、奧德賽、失樂園），則我們可以知道孫先生對「敘事詩」所下的定義，主要是援引西方史詩（Epic）之特徵以證之。可見早期的學者，大多是以西方史詩等同於敘事詩的唯一表現。

　　又，本間久雄先生於《文學概論》中說道：「敘事詩大概多是稱頌英雄偉人的事業，把時代的圖畫手卷展開來。在西洋最著名的，如荷馬的伊利亞特，奧特賽，彌爾頓的失掉的樂園（The Paradise Lost）

〔註76〕詳參孫俍工編著，《文藝辭典》，上海民智書局，1928 年 10 月，頁636。

等都是。﹝註77﹞」本間久雄先生在此指出「敘事詩」是稱頌英雄偉人之詩，並舉例如荷馬的伊利亞特，奧特賽等皆是，亦是將西方史詩等同於敘事詩之例。張健《文學概論》第四講“抒情詩與敘事詩”的看法，基本上與本間先生對敘事詩的看法相同﹝註78﹞。朱光潛《詩論新編》：「中國詩和西方詩的發展的路徑有許多不同點，專就種類說，西方詩同時向史詩的，戲劇的和抒情的三方面發展，而中國則偏向抒情的一方面發展。」（頁 147）朱光潛先生在此將史詩和戲劇詩、抒情詩並列爲西方詩的三種發展方向，顯然亦是將史詩代稱敘事詩。郭紹虞先生於《古典文學論集·試從文體的演變說明中國文學之演變趨勢》中也說：「按西方的敘事詩大都以神話傳說中神人英雄之動作爲其述作之對象，而中國的民族心理不很喜歡神話傳說中的荒唐故事，所以敘事詩比較少，亦不見流傳」（頁 32），郭紹虞先生此處所說的西方敘事詩特徵，實際上也應是西方史詩的特徵，且其認爲中國敘事詩較少的原因，主要也是拿西方史詩作爲範本來規範之。

　　又，吳國榮先生的《中國敘事詩研究》亦說：「『敘事詩』一詞源於希臘文（Epos），原義爲『文字』或『故事』，它包含了一個用韻律的形式來陳述一件或一串事跡發展的觀念。」以上的定義，用來定義西方敘事詩並無不妥。但吳氏又補充說道：「它的題材通常是具有偉大規模或包含歷史的——無論是『眞實發生過』或者『人們設想它應該而已經發生過』的事跡，即是在歷史上的或神話上的，所以它通常又有另外許多名稱：『史詩』，或者 『神話詩』（mythical poetry），甚至它又時常被稱爲『英雄詩』（Heroic poetry），這即是說詩裡面必須最少有個英雄，在這首詩裡，它的開端，展現和主要目的，乃至最終的效果，必須通體呈示這個特色。﹝註79﹞」此處引文對敘事詩的定義

﹝註77﹞詳參本間久雄著，《文學概論》，頁 161～162。

﹝註78﹞詳參張健著，《文學概論》，台北市：五南圖書出版，1990 年 7 月七版，頁 137～141。

﹝註79﹞詳參吳國榮著，《中國敘事詩研究》，（中國文化大學中文所碩士論文），1984 年，頁 4～5。

實應歸屬於西方「史詩」，因為具有偉大規模、包含歷史或神話的題材、詩裡面最少描述一位英雄事蹟等這些特質，都是屬於史詩的敘事特徵，而不必然是敘事詩的必備條件。或許是因為提及西方敘事詩時，人們自然會聯想到荷馬的史詩，才會讓東方學者們總引西方史詩的定義來界定西方敘事詩。

除了東方學者誤引西方史詩定義來規範西方敘事詩之外，甚至西方學者，也總是將"史詩"直接作為"詩"的代稱〔註80〕；或許是因為每當要提及敘事詩的代表作時，荷馬史詩的經典性總是讓人無法忽略，而且，在荷馬的時代裡，詩人有時被稱為"歌唱者"，有時也被稱為"敘事詩的編製者"或"吟遊詩人"〔註81〕；所以，西方敘事詩和荷馬的《伊利亞特》、《奧德賽》史詩便輕易地被劃上等號，這應是這兩個稱呼時常互換之緣由。

我們自然可以從不同的角度來看待《伊利亞特》和《奧德賽》的稱呼，若以詩歌題材為稱呼依據時，便稱為史詩（因為題材主要是環繞著規模雄偉的歷史場景，敘事英雄人物或神話人物的傳奇事蹟），若是由詩歌類別的宏觀角度來稱呼它們，自然就是敘事詩（用韻文的形式來陳述故事或事件的發展的詩歌）；但不能因為對西方史詩的經典印象，便以之規範西方敘事詩的定義，更不能以此一規範進而檢視中國敘事詩，從而論定中國無敘事詩，否則只是觀念的錯植與誤判。

就現代的觀點而言，被稱為史詩的作品，乃是因為詩中展現了規模宏大的歷史場景，而英雄人物是這個場景中必備的核心人物，但這

〔註80〕茨維坦・托多洛夫於〈史詩的復歸〉一文，說道：「因為『史詩』已成了『詩』的同義語，所以，儘管荷馬、但丁和塞萬提斯（Cervantes）分別是史詩作家、詩人和小說家，卻都被視為史詩藝術的最偉大代表」（茨維坦・托多洛夫著，王東亮、王晨陽譯，蔡源煌校，《批評的批評——教育小說》，台北市：久大文化出版，1990年1月初版一刷，頁27）。

〔註81〕詳參亞里斯多德著，陳中梅譯注，《詩學》附錄（十四）詩人・詩・詩論，頁278。

個架構在詩中的歷史，並非“信史”，這個歷史是經過文學的編修潤色的，不再是純粹的編年史，而是虛構的歷史了〔註82〕。而因爲構成敘事詩的諸要素——諸如故事、情節、人物——也是史詩的構成要件，只是敘事詩所描述的人物，不必然是英雄人物或歷史人物，所以若以文學範疇上的交集而言，西方敘事詩所涵蓋的範疇，自然比史詩所涵蓋的範疇大，但必須注意的是：史詩體現的藝術形式，僅是西方敘事詩的主流形式罷了，並非唯一的形式。

　　綜上，西洋敘事詩與史詩，其內容皆是指用韻文的形式來陳述故事或情節發展的詩歌；就題材上而言，史詩著重於英雄人物的事蹟，敘事詩則不必然；就形式上來講，則敘事詩不拘於長篇，史詩則以長篇形式作爲一標誌；就風格上而言，史詩著重於體現悲劇般的崇高莊嚴風格，敘事詩則無此限制。

第三節　中國敘事詩的定義與其主要表現特徵

　　西方詩學較具科學精神的分類法，將詩歌概分爲敘事詩、抒情詩和戲劇詩，以此之故，在中西文學交流頻繁的五四時期，也引發了中國學者對詩歌分類的省思，提出了許多見解。對於中國敘事詩的研究，是晚近以來新生的課題，直至目前，仍有許多待開發的研究空間。

〔註82〕詳參 Paul Merchant 著，蔡進松譯，〈論史詩〉頁 796：「史詩的雙重關係——一方面與歷史有關，另一方面與日常現實有關——清晰地強調了它最重要的原始功用中的兩個。它是一部編年史，一本『部落之書』，一部有關風俗與傳統的重要紀錄，而同時也是一本供大家娛樂的故事書。」又，頁 797：「連我們最早的史詩也溯自史詩故事已經用了好幾百年的一個時期。我們沒有第一批短歌的樣本；我們只能由我們所繼承的那些詩來加以推斷，而在這些詩中，已經有兩種壓力在發生作用——一方面是詩人的想像力和才藝所施的壓力，另一方面是聽眾對於娛樂的慾望所施的壓力。這些詩不再是純粹的編年史。在某種程度上，它們已經是虛構的了。」該文收錄於 John D. Jump 編作，顏元叔翻譯，《西洋文學術語叢刊》（下）冊，台北市：黎明文化事業公司出版，1978 年 2 月再版。

一、中國古籍中論及敘事詩者

在本章第一節的論述裡，我們已知中國古代有"敘事"一詞，然並無正式提出"敘事詩"一詞；所謂"中國敘事詩"之名，乃是當代中國人借鑑西方文學理論之後所形成的觀念。但中國古代雖無"敘事詩"之名，卻早已有"敘事詩"存在之實。例如，前文已引的劉熙載《藝概·詩概》中所云：

> 長篇誦，短篇歌；敘事誦，抒情歌。……長篇宜橫鋪，不然則力單；短篇宜紆折，不然則味薄。……長篇以敘事，短篇以寫意。〔註83〕

此處不啻肯定中國詩歌有抒情詩，亦有敘事詩，而敘事詩的特色在於長篇鋪陳、宜誦不宜歌的特點。又，《藝概·詩概》中亦云：

> 伏應轉接，夾敘夾議，開闔盡變，古詩之法。〔註84〕

可見在詩中敘事、議論，本就是古詩之原貌。所謂"感於哀樂，緣事而發〔註85〕"本就是作詩之旨。

此外，賀貽孫《詩筏》中亦有評論中國敘事詩之處：

> 敘事長篇動人啼笑處，全在點綴生活，如一本雜劇，插科打諢，皆在淨丑。焦仲卿篇，形容阿母之虐，阿兄之橫，親母之依違，太守之強暴，丞吏、主簿、一班媒人張皇趨附，無不絕倒，所以入情。若只寫府吏、蘭芝兩人癡態，雖刻畫逼肖，決不能引人涕泗縱橫至此也。文姬悲憤篇，苦處在胡兒抱頸數語，與同時相送相慕者一番牽別，令人哭泣。孤兒行寫得兄嫂有權，大兄無用。南北奔走，皆奉兄嫂嚴令，便自傳神。至大兄嚴辦飯，大嫂言視馬，則大兄未嘗無愛弟意，然終拗大嫂不過，孤兒之命可知矣。末後啗瓜覆車，無端點綴，尤是一齣鬧場佳劇，令人且悲且笑。而收場仍不放過兄嫂，作者用意深矣。木蘭詩有阿姊理粧、小弟磨刀一段，便不寂寞。而出門見火伴，又是絕

〔註83〕參見《藝概》卷二，頁108～109。
〔註84〕前揭書，頁103。
〔註85〕參見《漢書·藝文志》。

妙團圓劇本也。後人極力摹擬，非無佳境，然一概直敘，
全乏波瀾。〔註86〕

此處雖無明言“敘事詩”，然所說之“敘事長篇”，其實就是指長篇
的敘事詩之意。引文中所舉例的諸首詩，如〈古詩爲焦仲卿妻作〉、〈悲
憤詩〉、〈孤兒行〉、〈木蘭詩〉等，都可說是漢魏六朝的敘事詩，此不
啻證明了中國早有敘事詩寫作之實。

二、據西方史詩標準評判中國敘事詩之爭議

民國以後，學界對於中國有無敘事詩之爭議，始終爭論不斷：有
些學者認爲中國根本沒有敘事詩或史詩，而只有抒情詩；有些學者雖
認爲中國有敘事詩，但其定義敘事詩的見解，則各家包羅萬象，不盡
相同。

胡適先生首先在〈故事詩的起來〉一文中，論及中國有無敘事詩，
他所謂的“故事詩”即本文所指的“敘事詩”〔註87〕：

故事詩（Epic）在中國起來的很遲，這是世界文學史上一個
很少見的現象。要解釋這個現象，卻也不容易。我想，也
許是中國古代民族的文學確是僅有風謠與祀神歌，而沒有
長篇的故事詩，也許是古代本有故事詩，而因爲文字的困
難，不曾有紀錄，故不得流傳於後代；所流傳的僅有短篇
的抒情詩。這二說之中，我卻傾向於前一說。《三百篇》中
如「大雅」之「生民」，如「商頌」之「玄鳥」，都是很可
以作故事詩的題目，然而終於沒有故事詩出來。〔註88〕

〔註86〕參見丁福保編，《歷代詩話續編》，台北：木鐸出版社，1988 年 7 月
　　　　初版，頁 149～150。
〔註87〕胡適著，《白話文學史》第六章〈故事詩的起來〉一文，將含有故事的
　　　　詩歌，稱爲故事詩，但有時也稱敘事詩，例如頁 81：「紳士階級的文人
　　　　受了長久的抒情詩的訓練，終於跳不出傳統的勢力，故只能做有斷制，
　　　　有剪裁的敘事詩。」又，頁 81：「大概她創作長篇的寫實的敘事詩」或
　　　　頁 84：「悲憤詩凡一百零八句，五百四十字，也算得一首很長的敘事詩
　　　　了」等，其實他所謂的「故事詩」即現在較通稱的「敘事詩」。(《白話
　　　　文學史》上卷，台北市：遠流出版社，1988 年 9 月 1 日，遠流三版)
〔註88〕詳參胡適著，《白話文學史》，頁 79。

胡適先生所說的故事詩，特別加註上"Epic"，表示其將中國敘事詩置於世界文學史上來與其他民族的同類型詩歌相比時，其比較基礎是著眼於西方的長篇敘事詩（史詩），這是初期研究敘事詩者常有的現象，總是習慣將中國的敘事詩與西方的史詩來相比附。胡適先生在該文中認為中國的敘事詩大約起於漢代左右，至於之前的詩歌如《詩經》者，則並無敘事詩產生〔註89〕；胡適先生之所以有如此看法，應是因其認定中國敘事詩之依據，乃是據西方史詩（Epic）之特色予以規範中國敘事詩之故。

其後，葉慶炳先生的《中國文學史》則認為《詩經》中已有敘事詩雛形出現：

> 就詩經而論，其中大雅之生民、公劉、緜、皇矣、靈臺、大明、文王有聲七篇依次而觀，無異一本周民族開國史詩，自可作敘事詩看；然各篇字裡行間無不充滿對先人崇敬歌頌之情，蓋其作旨在此，則又與一般純粹敘事詩究有差異。降及東漢，由於五言詩體成熟，敘事詩始有較好發展。〔註90〕

葉先生認為中國敘事詩最早可推溯至詩經的〈生民〉〈公劉〉等篇，但因為這些詩篇中充滿了對先人的崇敬歌頌之情，所以與一般純粹的敘事詩畢竟有別，直至班固的詠史詩出現，不僅標誌了五言詩之成立，也表示了中國詩歌中以五言體敘事之成功表現〔註91〕。劉大杰《中國文學發展史》亦認為詩經中的〈生民〉、〈公劉〉等篇，略具敘事詩的規模，到了東漢，五言體成熟以後，純粹的敘事詩才發展起來：

> 詩經的篇數雖說不少，除了那些祀神饗宴的歌辭以外，大多數是抒情詩。惟有生民、公劉、綿綿瓜瓞、皇矣、大明

〔註89〕關於《詩經》中有無敘事詩之問題，本文於第五章第一節中有所論述，詳參頁205～241。

〔註90〕詳參葉慶炳著，《中國文學史》上冊，台北市：台灣學生書局出版，1990年9月二刷，頁102。

〔註91〕前揭書，頁102：「周代流行之四言詩體，平實呆板，本不適用於敘事；五言詩則靈活得多。班固詠史，不但象徵五言詩之成立，抑且意味以五言體敘事之嘗試成功。」

　　諸篇。其體裁稍有不同，是記載周民族的傳說與歷史，略
　　具敘事詩的規模。……到了東漢，五言體成熟以後，純粹
　　的敘事詩才發展起來。〔註92〕

劉大杰先生同葉慶炳先生的意見，基本上是一致的，都認為在詩經
中，中國詩歌已略具敘事詩雛形，但直至東漢五言詩成熟以後，敘事
詩才有更好的發展空間。

　　上述學者們的意見，基本上都是認同中國有敘事詩存在的，他們
對敘事詩的起源，大體上都是認為敘事詩要到東漢五言詩成熟以後才
發展起來，姑且先不論這些看法是否當然，但他們都未對中國敘事詩
給予一較明確的定義；審思其文理脈絡，似乎他們都是認為詩中有敘
述事件者，不論篇幅長短，即是所謂敘事詩。

　　有的學者則以較廣義的說法來認定中國敘事詩，例如蘇添穆先生
說：「敘事詩就是以記敘事物為主的一種詩。〔註93〕」這是以極廣義
的說法來定義敘事詩，所以連「詠物詩」自然也屬於其認定的範疇，
至於詩中是否要包涵哪些元素，則較無明確說明。

　　此外，有些學者則認為中國詩歌中絕無史詩，例如楊鴻烈先生在
《中國詩學大綱》中，疾呼中國詩歌絕無像西方史詩那種表現形式的
詩歌：

　　『史詩』一類，據我幾年來的訪求與研究，可以斷定簡直
　　沒有過；因為『史詩』的意義很不和我們中國自古以來所
　　謂記述時事如杜甫一樣把身經天寶之亂寫在詩裡的，就算
　　是史詩；必定要如蓋來（C.M.Gayley）在詩學原理導言
　　（Introduction to the Principles of Poetry）上所說：『史詩是
　　一種非熱情的背誦，用高尚的韻文的敘述描寫出在絕對的
　　定命論的控制之下的一種大事件或大活動的，這種事件或

〔註92〕詳參劉大杰著，《校訂本中國文學發展史》，台北市：華正書局發行，
　　　　1991年7月版，頁224。
〔註93〕詳參蘇添穆著，《敘事詩選》，台北：神州書局出版，1956年9月，〈導
　　　　言〉頁5。

> 活動裡所有的是英雄的人物與超自然的事實。』
> （A dispassionate recital in dignified rhythmic narrative of a
> momentous theme or action fulfilled by heroic characters and
> supernatural agencies under the control of a sovereign destiny）
> 這樣拿杜甫的北征，壯遊，述懷……來看，自然不能叫做
> 『史詩』，就是孔雀東南飛，木蘭辭一類的詩，也只是『民
> 間歌謠』裏的『有音節的故事』罷了。〔註94〕

楊鴻烈先生說中國詩歌並無西方史詩那一型的詩歌，這是正確的。但
他把杜甫的的北征，壯遊，述懷等詩，及孔雀東南飛，木蘭辭一類的
詩和西方史詩放在同一天平上去相比，似是較不恰當的比較，因爲他
所舉出的這些詩歌，如今看來，都可說是中國的敘事詩，而西方史詩
的定義既不能涵蓋西方敘事詩的定義，更不可能等同於中國敘事詩的
定義，所以將不相同性質的詩歌放在一起評比，本就是無法比較的。
再者，依照楊鴻烈先生的看法，他參考哈得遜對詩歌分類的見解，也
把中國詩歌分類爲客觀的詩與主觀的詩，所謂主觀的詩大抵是指抒情
詩，而客觀的詩則概分爲「民間歌謠」與「摹擬的歌謠」，「民間歌謠」
則又分成六類〔註95〕，其中一類是“敘事歌”，並定義爲「即有音節
的故事。例如孔雀東南飛和木蘭詩。〔註96〕」爲了說明何謂“有音節
的故事”及其與史詩的區別，他又引述哈得遜及阿爾丹的話來論述：

> 哈得遜說：『「有音節的故事」和「史詩」的區別是從他們
> 的來源，事物，和方法上的差異。這種「有音節的故事」
> 在嚴密的定義上說來，是表明用「小說的筆調」（Romance
> language）敘述一段故事，所取材的是武士的放蕩，騎士，
> 戰鬥，冒險，邪術，戀愛這一類的故事。』

〔註94〕 詳參楊鴻烈著，《中國詩學大綱》，台北市：台灣商務印書館印行，
　　　　1970 年 6 月臺一版，頁 85。
〔註95〕 詳參前揭書，頁 119，楊先生將民間歌謠分爲情歌、生活歌、滑稽歌、
　　　　敘事歌、靈感歌、兒歌（兒歌又分爲事物歌、遊戲歌）六類；而他
　　　　所謂的主觀的詩又分爲愛情類的抒情詩、悲感類的抒情詩、譏諷類
　　　　的抒情詩、自然類的抒情詩四類。
〔註96〕 前揭書，頁 91。

阿爾丹說:『這種「有音節的故事」和「史詩」的區別是較
少注重在形式方面,題目也比較的不甚尊貴,主旨也不很
擴張廣大,並且事實上常常不像那種武士的冒險和戀愛渲
染得像英雄的事蹟一樣』〔註97〕

從以上的引文看來,楊鴻烈先生主要是為了論證中國無西方史詩那般
的詩歌,孔雀東南飛或木蘭詩絕非史詩,而是他所謂的「敘事歌」或
「有音節的故事」。但其引用的西方學者對「有音節的故事」的定義,
並據以規範中國"敘事歌"或"敘事詩"的定義,卻又讓人覺得意旨
模糊,所謂「用小說的筆調來敘述一段故事」,可以據以規範中國的
敘事詩嗎?而其所謂「題目不甚尊貴」或「主旨不很廣大」都頗為模
糊,難以使人據以操作,且其所謂「所取材的是武士的放蕩,騎士,
戰鬥,冒險,邪術,戀愛這一類的故事」,也不符合中國詩歌(或敘
事詩)普遍內容的表現,故以這種所謂「有音節的故事」來定義中國
敘事詩,實是不甚妥當的。

　　齊邦媛先生亦認為中國是無敘事詩(或史詩)存在的:
在中國文學傳統裡確實沒有史詩的實例,沒有「以客觀而
充滿想像力歌頌英雄事蹟的長詩」。在我國的民族性裡也似
乎找不到那原始野的精力,使得武士們戰罷回營,在熊熊
的火前聽歌者彈唱前朝的征戰。〔註98〕

齊邦媛先生所認定的「史詩」,顯然是指西方文學中的 Epic(史詩)
而言,誠如其所言,要在中國詩歌中去尋找那種"以客觀筆述、充滿
想像力地歌頌英雄事蹟的長詩",無異是緣木求魚的,因為中西文化
生成的不同,在詩歌內容與表現上,本就難以比較。但中國雖無西方
式史詩,但並不表示中國無史詩、無敘事詩存在,這點卻是必須分清
楚的。

　　另外,龔鵬程先生在〈論詩史〉中,認為中國詩歌基本上沒有史

〔註97〕前揭書,頁91～92。
〔註98〕詳參齊邦媛〈寫詩的佩刀人——溫瑞安詩中的史詩性〉,收錄於《中
　　　　外文學》三卷一期,1974年6月,頁199。

詩或敘事詩一類的作品，若一定要舉出類似「史詩」的作品，勉強可由說唱作品如變文、彈詞等中去尋找：

> 這些說唱系統的作品，本來即介乎小說和戲劇之間，而後來的演變，則多蛻化爲小說，因此日人中野美代子所著「從中國小說看中國人的思考方式」一書，就將「大目連冥間救母變文」「大唐三藏取經詩話」和「西遊記」視爲中國的敘事詩；……此類彈唱文學，向以宗教及歷史爲兩大題材，「孔雀東南飛」自是早期的彈唱類文學，等到唐代變文興起，這類作品就更多了。……與變文同時發展的，則有講史；後來的陶眞、崖詞、鼓詞、蓮花落……等，亦屬說唱系統。……說唱的內容，多爲史事，敷衍傳奇，以供娛樂，且又與宗教有相當地關聯。這些性質與「史詩」皆有相似之處。尤其是說唱中專講英雄式個人歷險經過的，例如「大目乾連冥間救母變」「伍子胥變」等，與 Epic 之型態，尤爲接近。……我們確信：中國詩歌中沒有史詩（或敘事詩或故事詩）這一類作品，不必曲意比傅；欲覓類似的作品，則當求諸講史及吟唱系統之小說或「類小說」（介乎戲劇小說之間）的作品。〔註99〕

龔先生的看法，認爲「一切詩都應該是抒情的〔註100〕」，中國詩歌中沒有史詩、敘事詩或故事詩這一類的作品，若要尋找類似西方史詩一類的作品，則講唱文學可說是較類似的。可見其論斷中國敘事詩之有無時，仍是以西方史詩的標準來衡量。

綜上可知民國以後的學者，認爲中國無敘事詩者，多半是因爲以西方史詩的定義來衡量中國敘事詩，產生概念誤植所致。而參考西方敘事詩定義來勾勒中國敘事詩面貌的也有，例如日人澤田總清先生在《中國韻文史》中說：

> 敘事詩又叫第三人稱的詩，這是可以吟誦的歌（Poetry to be

〔註99〕詳參龔鵬程著，《史詩本色與妙悟》，台北市：台灣學生書局出版，1986 年 4 月初版，頁 48、50、84。

〔註100〕前揭書，頁 86。

recited）的意思。民族敘事詩的作者不明，是口耳相傳的詩，
就是傳說民謠之類。個人敘事詩不但歌詠歷史和傳說，而
且詩人自己也歌詠在內。又敘事詩就是客觀詩。所以從它
的內容說，又可分爲敘景詩和敘事詩兩種。〔註101〕

澤田先生認爲中國敘事詩的主要特徵是客觀的敘景或敘事，且其形式
是可以吟誦的詩歌。他的敘事詩定義顯然是參考西方敘事詩的定義而
來，其將敘事詩分爲民族敘事詩及個人敘事詩，與 Hudson 的分法相
似〔註102〕。但中國敘事詩是否純然以客觀筆法敘事，這論點其實是
需要斟酌修正的，此點於後將有論述，此先不贅。

三、近來學界認同的中國敘事詩定義

　　事實上，中國確實沒有如西方史詩式的詩歌作品，但於詩中敘述
故事或呈現基本情節的敘事詩，則確實存在已久且量亦不少，如由簡
恩定等學者所編著的《敘事詩》，在緒論中便說道：

　　中國到底有沒有敘事詩，是一個頗受爭議的話題。就西方
　　原指內容由歷史、神話及傳說結構而成，並兼含戲劇性質
　　的敘事詩定義而言，在中國文學作品中似乎並不多見。但
　　是如果只就詩中是否呈顯事件、情節，以及有無人物形象
　　的敘述來考量，則中國文學作品中合於此條件的便不在少
　　數。〔註103〕

簡恩定等學者在論述中國有無敘事詩時，其思考切入點基本上是援引廣

〔註101〕 詳參澤田總清著，王鶴儀編譯，《中國韻文史》，台北：台灣商務印
　　　　書館，1965 年，頁 10。
〔註102〕 詳參張健《文學概論》頁 139 及本間久雄《文學概論》頁 162～163
　　　　說道：Hudson（學者們翻譯爲哈德遜或哈得遜或赫特生）在「文學
　　　　研究入門」將敘事詩分爲兩類，一類是成長的敘事詩，指集合了古
　　　　代的民謠與傳說而成，作者多半不知是誰，只能說是自然的在民族
　　　　裡面創造出來的，例如英國的貝奧武夫（Beowolf）；一類是藝術的
　　　　敘事詩，指「一個天才立於那時代的最高標準，而集古來敘事詩形
　　　　式的大成」所寫出來的敘事詩，例如彌爾頓的失樂園。
〔註103〕 詳參簡恩定等編著，《敘事詩》，台北：空中大學出版，1990 年，頁
　　　　1。

義西方史詩的定義（他們已不強調詩中是否要歌頌英雄冒險事蹟）來衡量中國敘事詩；但其選詩之標準——即該書所認定的敘事詩定義——則修正爲詩中有否呈顯事件、情節、人物形象的敘述等，作爲敘事詩具足的要件，顯然是符合目前學界大部分研究敘事詩者的廣義看法。茲將目前學界對敘事詩之討論歸納於下，並予以修正有待斟酌之處。

（一）敘事與抒情融合的寫作手法

　　邱燮友先生《中國歷代故事詩》中，將敘事詩分爲兩類，一類是本事詩，一類是故事詩（Epic）〔註 104〕。邱先生認爲本事詩的篇幅不長，「其『本事』是在詩之外，詩歌本身並未敘述一則完整的故事，只是讀此詩時會聯想到一則故事」，例如唐崔護的桃花詩〔註 105〕。但本事詩因爲詩歌本身並未直接陳述故事，所以有些學者認爲不當作敘事詩看待〔註 106〕。邱先生所謂的故事詩，其名稱乃是沿用胡適先生所稱的故事詩，其對故事詩所下的定義如下：

> 故事詩（Epic）是屬於敘事詩的一種。詩的主題，從頭到尾，
> 著重在鋪敘一個完整的故事；寫詩的人，只站在客觀的立
> 場，用比較自由的詩律，描寫一些民間傳誦的故事，古代
> 流傳下來的神話，或是一些傳奇的事實，這種以鋪述故事
> 爲主的詩歌，便可稱爲故事詩。因此，故事詩多半是些長
> 篇的敘事詩。〔註 107〕

依邱先生的看法，以詩的形式鋪敘出完整故事的，即是故事詩，它是屬於敘事詩之一種類型；故事詩之作者需以“客觀立場”來寫詩，且故事詩多半是長篇的敘事詩。細究其定義，及綜觀其所選定的故事詩

〔註104〕 邱燮友先生於故事詩之後，將「Epic」括號附於後，可見其將中國
　　　　 故事詩視爲與西方史詩（Epic）相同或相似者。其說法與胡適先生
　　　　 所稱的故事詩相同。

〔註105〕 詳參邱燮友著，《中國歷代故事詩》上冊，台北：三民書局，1971
　　　　 年 7 月三版，頁 5、頁 9。

〔註106〕 詳參黃景進著，〈中國敘事詩的發展〉一文，收錄於《中國詩歌研
　　　　 究》，台北市：中央文物供應社，1985 年 6 月出版，頁 5。

〔註107〕 詳參邱燮友著，《中國歷代故事詩》上冊，頁 4。

作品，其所強調的詩人“需以客觀立場來寫詩”一點，其實並不完全符合──例如其所選的嵇康〈幽憤詩〉，詩人自敘其早年身世及被冤曲下獄的憤慨之情，詩中並非純然的客觀敘事，抒情的主觀成分所在多有，可說是敘事、抒情、議論兼具的敘事詩；再如其所選的陶淵明的〈詠三良〉，表面詠史，其實亦是詠懷，可說是敘事與抒情充分融合。所以，中國敘事詩若要以純然客觀敘事作爲衡量標準，則幾乎所有詩作都難達此一指標。以是之故，彭功智先生對敘事詩的定義，便強調敘事需以充分的抒情作爲結合，茲引述於下：

> 在藝術方面，我國古代敘事詩的一個突出特點是敘事、抒情、議論相結合。敘事詩的主調是敘事的，但必須有充分的抒情。如果沒有強烈的思想感情，不是在抒情中敘事，敘事中抒情，而只是乾巴、平淡、毫無激情地敘寫故事，那就不是敘事詩。我國古代的敘事詩在敘事與抒情的結合是相當成功的。像蔡文姬的《悲憤詩》，白居易的《長恨歌》和《琵琶行》，姚燮的《雙鳩篇》等都是這方面的典型作品。除了敘事與抒情緊密結合以外，有的敘事詩裡還有詩人的精闢議論。在這方面，白居易的諷諭詩最爲突出。〔註108〕

敘事詩在寫作手法上，是以敘述爲主，但其字裡行間或語調上，仍是流露抒情的，在敘事中抒情，或將感情寄託於所敘之事上，都是不可避免的，若純然如小說般以客觀敘事筆法來寫作，便不是中國敘事詩的面貌了。

王夢鷗先生亦認爲凡屬文學作品便都是「抒情的」兼「敘事的」，詩歌沒有不將「情」隱寓於「事」中托出的：

> 所謂『敘事的』與『抒情的』，在它們作爲詩的表現原理上，本不可分。因爲詩的意象，用語言來構造，而表達爲詩的作品時，無論用的是直接的或間接的表達法，其中除了從聲音產生的直接效果之外，剩下的都是『意義』。而那『意

〔註108〕詳參彭功智編，《中國歷代著名敘事詩選》，河南：黃河文藝出版社，1985 年 6 月第一版，〈前言〉頁 7～8。

義』是什麼？豈不就是象徵著『事』或『物』？簡單地說，詩人們所欲抒寫的『情』，除非單用沒有意義的聲音來窮哼瞎叫，此外就沒有不隱寓於『事』中和盤托出的。……如杜甫的「北征」詩，他敘述的是失意還鄉，但其中卻充滿了極複雜的感情。因此我們可以說：凡不是『無病呻吟』而『言之有物』的作品，沒有不是托『物』以言『情』，正像鐘嶸主倡的性情詩，而他的舉例卻舉出許多的『事』。……另外還有一種對於抒情詩和敘事詩的分別看法：以為抒情詩是主觀的敘事，而敘事詩是客觀的敘事。這一點，我們也不大贊同。我們以為詩人們依繼起的意象，一面會把自己的感情誤置於對象之中，使對象『人格化』了；一面又會把那虛構的意象當作客觀的存在而加以不斷的敘述。……從理論上講，敘事詩所敘之事，無不是作者自己意象的構成品，即使敘述的是歷史人物故事，而那人物故事也無不是作者意象的構成品；即使作者不把它當作隱喻來使用，而那構成品本來就是他自己臆造的成分居多；何況，詩人們敘述歷史人物故事，還時常是借作隱喻，借作一種抒情的隱喻來使用！〔註109〕

依此，我們實可一一檢視目前通行的中國敘事詩選本，確實每一首作品中，無不是以透過敘述故事或呈顯某一事件情節以抒情言意，「事」是表面的，「情」是裡面的，表裡交織，本就難以剝離。

再者，丁力先生於《歷代敘事詩》亦說道：

"勞者歌其事"，說明了最古的敘事詩，是與抒情相結合的。宋朝魏泰《臨漢隱居詩話》云："詩者述事以寄情"，也說明了同樣的道理。這就是詩人或歌人以抒情的筆調或聲調來敘事，或者通過敘事詩中的人物來抒情，或者詩人自己情不自禁地直接站出來抒情。敘事詩應有濃烈的抒情成分。因此，敘事與抒情相結合，成為我國歷代敘事詩的

〔註109〕詳參王夢鷗著，《文學概論》第十六章〈敘事〉，台北縣：藝文印書館，1989年8月三版，頁164～165。

優良傳統。〔註110〕

路南孚先生亦認爲中國敘事詩由於受到“言志”理論的影響，使得中國古典敘事詩都借事抒情，因情傳事，而無純粹的敘事：

> 敘事、抒情水乳交融，敘事詩並不是單純地記載事件，不是靠散文式記錄文字來感動讀者，而是通過一定的場景、人物、故事的記述來騁情展義，來宣洩作者的愛憎之情，以求用詩的激情打動人心，引起讀者的共鳴。……作爲敘事詩，與抒情結合才爲上品，這恰是中國古典敘事詩最大的特點。〔註111〕

吳慶峰先生亦認爲敘事詩必定會雜糅敘事與抒情的手法，不論長篇還是短篇的敘事詩皆然：

> 敘事詩，是以記敘人物事件爲主的一種詩體，它“是介乎小說和抒情詩之間的一種樣式”。（郭小川：《談詩》）就是說，它兼有小說和抒情詩的某些特點。……具備完整的情節和鮮明的人物形象，長篇敘事詩是這樣，短小的敘事詩也是這樣。……敘事詩是敘事的，但它是“詩”，又要抒情。〔註112〕

又，高永年先生亦說：

> 敘事詩既然是“敘事”的“詩”，就必然帶有詩的根本品格——抒情；否則，就要同小說的敘事、戲劇的敘事、散文的敘事相混淆，這一獨特的敘事體式也就不存在了。〔註113〕

綜上可知，敘事詩在整體的形式上而言，是敘事的；但其既然是“詩”，便帶有詩歌的基本特質——抒情，所以即便是以敘事爲主的

〔註110〕詳參丁力選，喬斯析，《歷代敘事詩》，廣州市：花城出版社，1985年11月第一版，〈小引〉頁1。

〔註111〕詳參路南孚編著，《中國歷代敘事詩歌——先秦兩漢魏晉南北朝編》〈先秦兩漢魏晉南北朝時期的敘事詩——代本編前言〉，山東：山東文藝出版社，1987年10月第一版，頁12。

〔註112〕詳參吳慶峰著，《歷代敘事詩賞析》，濟南：明天出版社，1990年4月第一版，〈序文〉頁1。

〔註113〕詳參高永年著，《中國敘事詩研究》，南京：江蘇教育出版社，2002年9月第一版，頁27。

詩歌，也必然含有抒情成分，不可能純然以客觀筆觸來敘寫，否則則成爲小說、戲劇一類的敘事文學，而非具有"詩"的性質了。

（二）寫實、夸飾、傳奇皆是敘事手法，故事情節體現精鍊化、概括性特質

柯慶明先生認爲純粹的敘事詩大約是等到五言詩成立之後才出現的，他標舉出〈悲憤詩〉與〈古詩爲焦仲卿妻作〉作爲中國敘事詩兩大類型的源頭，他認爲一個爲"情境敘述"的敘事結構，一個爲"戲劇呈現"的敘事結構，這兩者分別呈現爲中國敘事詩的兩途發展，或走〈悲憤詩〉的自敘之路，或走〈古詩爲焦仲卿妻作〉的戲劇呈現之路〔註 114〕。柯慶明先生認爲自從上述兩詩確定了中國敘事詩的成立之後，"戰論"與"婚姻"的描述，就成爲中國敘事詩所一再反覆歌詠，歷久而彌盛的基本主題，而無論是敘事戰亂或婚姻景況，所強調的並不同於歐洲或印度史詩中那種對於神話傳奇世界之英雄冒險的歌頌或摹寫，而在於藉由詩歌揭示出對於現實人間苦難的沈思諦視〔註 115〕：

> 中國敘事詩在這兩篇作品的引導下，所開啓的一個值得注意的方向，這不但是一個文學表現的方向，也是一個文化價值所關注的方向──一個重視人間性的生存與生活的方向。只有在這種人間性的生存與生活的極度重視與關切之下，苦難（而非超凡英雄的神奇冒險事蹟），方能凸顯出它的意義來，方才真正成爲一個值得諦觀深思的嚴重問題。〔註 116〕

誠然，中國敘事詩所全力著墨的並非如西洋敘事詩中所刻意摹寫的那些超凡英雄的冒險事蹟，而是藉由敘事筆觸來呈現出現實人間的種種反映，所關注的敘事焦點，正如柯先生所說的是"人的苦難"，而非

〔註 114〕 詳參柯慶明著，《文學美綜論‧苦難與敘事詩的兩型》，台北市：長安出版社，1983 年 5 月初版，1986 年 10 月再版，頁 133。
〔註 115〕 前揭書，頁 138。
〔註 116〕 前揭書，頁 138～139。

“人的雄豪”。但這種關注現實、體現現實人間百態的敘事詩風，若說是自〈悲憤詩〉與〈古詩爲焦仲卿妻作〉方始確立並開展下去，則其論點似有待斟酌調整。事實上，推溯敘事詩的源頭及詩作的認定上，關係到論者對敘事詩的定義看法；定義不同，則其取捨詩作上便有顯著不同。柯慶明先生對於敘事詩的定義，因是參酌亞里斯多德的觀點，所以他認爲眞正具備完整“動作”的敘事詩作，應以〈悲憤詩〉與〈古詩爲焦仲卿妻作〉作爲源頭，之前的詩歌皆無達到此標準。其認定敘事詩的看法，引述於下：

> 一些漢代早期的樂府，諸如：「陌上桑」、「羽林郎」、「東門行」、「病婦行」、「上山採蘼蕪」等，……這些作品摒棄比興，而採用賦體作戲劇性的呈現之際，其基本精神卻仍然未脫辭賦的特質，雖然它們已經是「詩」，而不再是騷體或者是半散文體。它們顯然仍具有辭賦的兩種基本性質：一則爲所呈現的仍然只是一場對話，雖然對話是在某種特殊的人生情境中產生的，也就是有著某種情節的意義；再則是在對話或描寫的過程中仍然強調賦體的鋪陳排比。這種結構的特性是可以追溯到楚辭的「卜居」與「漁父」上的。其中側重對話以表現兩種衝突的選擇或差異的心境，因此結構上近於「漁父」的，有「東門行」、「病婦行」等；注重排比鋪敍，以強調對話中眞正關係抉擇的單方心思，結構上如同「卜居」的，爲「陌上桑」、「羽林郎」、「上山採蘼蕪」等。以後者而論，雖然它所採用的事「賦比興」中直述的賦體，但其精神卻往往就是「賦者，鋪也」，重在「鋪采摛文」以「體物寫志」的賦體，例如「陌上桑」中對於羅敷與其夫婿的描寫……或者「羽林郎」中對於胡姬的刻畫……雖然其中並未使用任何的比興技巧，但是由於再三的以華麗的細節意象而作繁複的排比描繪，無形中就產生了一種夸飾的效果，因而形成了一種近於「傳奇」而非「寫實」的效果。自然其中的「敘事性」也就跟著減弱了，這類作品的重心也就由「情節」的「敘述」而轉移爲「形相」

的「刻畫」了。因此在基本性質上它們與其說是一種重在敘變傳故的「敘事詩」（Narrative Poem），不如說是一種特殊的重在「體物寫志」的「描寫」（Descriptive Poem）要來得恰當。……在上列詩中，事件裡所隱含的衝突，並未眞正構成嚴重的衝突，當然更未產生任何眞正的轉變。因此這些詩作或許不能說未曾具有基本的情節，但顯然卻是缺乏情節的充分發展與表現的。……這主要的是它們通常只表現一個戲劇性的「場景」，而未曾接連數個「場景」以展示「事件」的發展與變化。……人物的一切行動並未構成改變其自身與彼此命運的要素，所以它所展現的仍然只是一種深具戲劇性的情境，它呈示了危機，卻不觸及危機的解決，因此並不就是一種同時包涵了開展、演變與終結之歷程的完整的戲劇性情節。用亞理斯多德的術語來說，它仍然是缺乏「動作」（action）的。中國眞正具有完整「動作」的敘事詩作，就我所知似應推溯蔡琰「悲憤詩」與「古詩爲焦仲卿妻作」爲首開其端。〔註117〕

上述論述，歸納其重點，約有幾點：（一）摒棄比興，採用賦體作戲劇性呈現的上述詩作，其基本精神仍然未脫辭賦的特質（例如側重對話、強調賦體的鋪陳排比），再三的以華麗的細節意象而作繁複的排比描繪技巧，無形中會產生夸飾的效果，因而形成了一種近於「傳奇」而非「寫實」的效果。這樣的寫作技巧，並非「情節」的敘寫，而是「形相」的刻畫，所以不算純粹的敘事詩。（二）上述詩作是屬於「體物寫志」的「描寫」，並非"敘變傳故"的「敘事詩」。（三）敘事詩中要透過事件裡所隱含的嚴重衝突，產生任何眞正的轉變，這才是情節的充分發展。所謂的情節需要包涵由開展、演變與終結之歷程的完整的戲劇性過程。

　　柯先生上述所說的論見，有幾點值得斟酌：（一）辭賦本就是詩歌，辭賦的特質也是詩歌的特質，故若是因爲「陌上桑」、「羽林郎」、

────────────
〔註117〕前揭書，頁84～87。

「東門行」等上述詩作體現辭賦特質就不視爲敘事詩，似是言之過
當。（有關辭賦爲詩爲文之見，我們於下一章將另行討論，此先不贅）
（二）綜觀中國敘事詩的整體表現，雖都體現現實人間的種種樣態，
但其寫作手法並非一定都要以寫實筆法，而不能有夸飾、傳奇色彩，
如〈木蘭詩〉、〈長恨歌〉者，其詩作中頗多運用夸飾、傳奇色彩的技
巧，但並不影響其本質上欲投射的現實。（三）柯先生對敘事詩需具
備完整情節的看法，主要是參考亞氏《詩學》之看法（但我們必須留
意的是，《詩學》中論及詩歌者，乃是針對史詩而言）；誠然，中國敘
事詩中，必然需至少具備一“情節”，但情節需體現詳實或簡約概
括，其實是有不同看法的，因爲詩歌畢竟不是小說，在情節的剪裁上，
本就是以代表性的某一片段情節來概括出整體故事，所以中國敘事詩
的情節大都是精鍊型的，簡約概括型的，而無西方敘事詩（尤其是史
詩）所呈現出的完整的戲劇性過程〔註 118〕，尤其是在早期發展的先
秦兩漢階段。故彭功智先生說道：

> 敘事詩都有故事情節，但它的情節又不完全同於小說。它
> 不像小說的情節那樣曲折、多變，可以展開進行充分的描
> 寫。敘事詩的情節一般是藝術概括性強而具有較大的跳躍
> 性。也就是說，敘事詩的情節是很精鍊的，“舉一端而眾
> 端可以包括”〔註 119〕。

〔註 118〕西方文學可說是一條由戲劇性敘事出發的文學歷程，由早期的悲
　　　　劇、史詩而至小說，其敘事中所強調的戲劇性效果都相當明顯，例
　　　　如亞里斯多德的《詩學》，所主力探討的“悲劇”與“史詩”，其
　　　　實都是戲劇性效果較爲鮮明的敘事文學。整體言之，西方文學對於
　　　　敘事性的要求，例如強調完整情節的呈現、緊密結構的設計、人物
　　　　角色的摹仿說等，都是以傾向於戲劇性效果來要求的。而中國敘事
　　　　文學，若以敘事詩一面而言，則並無西方式的要求，綜觀堪稱爲敘
　　　　事詩之作品，例如〈悲憤詩〉、〈古詩爲焦仲卿妻作〉、〈木蘭詩〉、〈長
　　　　恨歌〉、〈圓圓曲〉等，皆可看出在故事情節的設計上，是以精鍊化、
　　　　簡約概括式來呈現的，且在情的銜接上，往往是允許有較大的跳
　　　　躍性呈現的。
〔註 119〕詳參彭功智編，《中國歷代著名敘事詩選》，河南：黃河文藝出版社，
　　　　1985 年 6 月第一版，〈前言〉頁 9。

此外，路南孚先生亦認爲敘事詩特點在於用字精約、剪裁適當，選擇
藝術概括性強的精鍊情節來表現故事內容：

> 外國古典敘事詩，動輒千萬行，……在篇幅上，我們的敘
> 事詩是無法與之相比的，但在煉字煉意方面，我國古典敘
> 事詩則似乎更勝一籌，它往往以一個傳神的字眼就顯示出
> 人物的個性。《東門行》中的男主人公走投無路時，要鋌而
> 走險，妻子苦苦勸阻，這時，一個"咄"字，就將男主人
> 公剛直憤懣的心情作了最精彩的表述，它充滿悲愴和絕
> 望，我們彷彿看到那位瀕臨絕境的丈夫把心一橫，摔脫妻
> 子的手，衝出門去。……《詩經》六義之一就是"賦"，
> "賦"也就是"鋪"，鋪陳其事，展開來寫，在記事時更
> 是常用手法。這在中國古典敘事詩中常用來刻畫人物外
> 貌，例如《陌上桑》中對羅敷的美艷，《古詩爲焦仲卿妻作》
> 中對蘭芝離家前的服飾之盛，都用這種鋪陳的手法，以收
> 到"寫物圖貌，蔚似雕畫"的藝術效果。但即使在這些需
> 要精雕細刻的地方，其鋪張揚厲也以得體爲標準，不像國
> 外古典敘事詩那樣，爲表現人物的超凡神異而不惜繁文縟
> 藻，不厭其詳。如《荷馬史詩》中的《伊里亞特》，描寫阿
> 喀琉斯的盾牌用一百三十行詩……。簡練不僅是指用字的
> 精約，還指剪裁的精當。中國古典敘事詩常常能提煉最具
> 典型性的情節和細節來表現主題。在《病婦行》中，作者
> 擷取病婦臨死托孤，父乞求與孤買餌，孤兒索啼母抱三個
> 細節，沒有直接寫病婦卻把那種婦死家散的悽慘景象表現
> 出來，深化了全詩的悲劇主題。〔註120〕

中國古典敘事詩在語言表現及情節上，確實以精鍊化作爲呈顯特色，
若欲與西方敘事詩中之史詩相比，則在篇幅表現上，更是顯得短小至
極。但若將「賦」視爲中國古典敘事詩之一員來看〔註121〕，則賦在

〔註120〕詳參路南孚編著，《中國歷代敘事詩歌——先秦兩漢魏晉南北朝編》
〈先秦兩漢魏晉南北朝時期的敘事詩——代本編前言〉頁12～14。
〔註121〕關於賦爲中國敘事詩之看法，本文於第三章起將有論述，此先不贅。

鋪陳敘事的層面上，較之狹義性詩歌〔註 122〕中之敘事詩而言，顯然是不惜繁文縟藻的。

　　雖然與西方敘事詩相比（尤其是史詩），中國敘事詩就顯得篇幅短小且居多，且往往是提煉最具典型性的情節來表現主題，但這並不表示中國無所謂的敘事詩，因為語言的凝鍊與情節的精鍊概括化，正是身為敘事文學一員的中國敘事詩與小說、戲劇等詳盡敘事之文類的區別之處。故丁力先生亦認為：

> 我國歷代敘事詩以短篇居多，……最長的《孔雀東南飛》也只有三百五十三行，但語言精鍊，容量大，表現力強。它往往只寫一個故事情節，或者一個橫斷面，而人物活靈活現，感人至深。這是我國歷代敘事詩的另一優良傳統。〔註123〕

由上述引文，可以歸納出大部分學者是認為：敘事詩的內容不可能像小說、戲劇那樣情節詳實，抑或必然凸顯"衝突"與"解決"的開展、演變與終結之詳盡的動作歷程。敘事詩的情節一般是藝術概括性強而具有較大的跳躍性，只要能在詩中呈現出一精鍊、概括的故事情節，即便礙於篇幅短小，只是一個橫斷面的呈現，但讀者透過文學的聯想，亦是可以"舉一端而眾端可以包括"的。

（三）詩中敘述事件，體現出時間的長度和空間的變化

　　除了以上諸位學者對敘事詩的看法之外，洪順隆先生說敘事詩的本質有三個因素：

> 就思考的方式說，它是敘述的；就題材性質說，它是具時間性，有情節發展的事；就文學題裁說，它必是詩歌。〔註124〕

「敘事詩」的本色即在於以敘述為主的方式所作的詩歌，而因為敘事

〔註122〕為便於論述，本文將詩歌概分為狹義性詩歌與廣義性詩歌，所謂狹義性詩歌，係指傳統形式的詩歌，例如古詩或近體詩等。而廣義性詩歌，則包含狹義性詩歌以及辭賦、詞、曲等文體屬性本為詩者。

〔註123〕詳參丁力選，喬斯析，《歷代敘事詩》，廣州市：花城出版社，1985年11月第一版，〈小引〉頁1。

〔註124〕詳參洪順隆著，《抒情與敘事》，台北市：黎明文化事業股份有限公司出版，1998年12月，頁85。

詩至少包含一個故事情節在內，故與時間性必有所關連。因爲情節的發展在於透過"時間性"呈顯出來，故與時間性的表現，必是息息相關的。例如〈上山採蘼蕪〉一詩，其基本故事情節在於敘述棄婦在下山途中遇到故夫，透過兩人之間所展開的對話，我們得以知曉此故事的概略發展過程。而所謂的"發展過程"，便是伴隨"時間性"所呈顯的〔註 125〕。

此外，高永年先生提出中國敘事詩主要的特徵表現，有下列三點：

> 作爲詩中的"敘事"，其特徵是什麼？本書認爲有以下三點：一、它要表現時間的長度和空間的變化，交待人物的行爲和動作；二、它對"行爲"的描述，總是與抒情緊密地結合在一起；三、它對"行爲"的描述，總是要受到詩歌節奏、韻律和意象性句法結構、修辭規則的制約。〔註 126〕

上述引文，第二點幾乎已是學者們的共同見解——強調敘事需與抒情結合，亦即以敘事爲主的中國敘事詩，必是將情感蘊含之內。值得注意的是第一點及第三點：高先生所提出的第一點，是指敘事詩中要展現出時間性與空間性的變化，藉由這些時空的流動歷程以體現出人物的行爲、動作，呈現出故事梗概。"時間性"一點，如同前文所提到的，情節的發展必是伴隨時間來呈顯的。至於"空間性"，亦是如此，任何人事物皆須座落在空間裡，至於長篇敘事詩或情節較爲繁複之敘事詩，更常表現出空間的轉移，呈現出動態感的敘事情節。至於第三點，除了意謂敘事詩情節的剪裁是精鍊化的，不像小說、戲劇一般無限制篇幅地施展筆墨之外，而且「敘事詩中雖然已經大量引進了陳述性語言，但它作爲"詩"，是必定要經常採用意象性語言的。意象性語言往往打破陳述性語言的句法節構和修辭規則，造成某種語義上的模糊，給審美者以較大的"創造"空間。這樣一來，敘事詩中的"故

〔註 125〕關於「情節」與「時間性」息息相關之看法，請詳參本章註 47、註 70。

〔註 126〕詳參高永年著，《中國敘事詩研究》，南京：江蘇教育出版社，2002 年 9 月第一版，頁 2。

事"就常常帶有見仁見智的不確定性，很難用邏輯思維去判斷。……
在界定敍事詩時，不能只執著於陳述性語言，還得以體諒的心情去認
同它的意象性語言；否則，你就會以"因果"不明爲由，將不少敍事
詩篇排斥在"門戶"之外。〔註127〕」

　　此外，程相占先生於《中國古代敍事詩研究》中，亦言簡意賅地
對敍事詩下一定義：

　　　"敍事詩"就是在一定用意的支配下，用押韻的語言將事
　　件安排得具有一定順序、頭緒的文學作品。〔註128〕
程先生在《中國古代敍事詩研究》一書中對敍事詩所下的定義，主要
是依照中國古籍中對"敍事"的定義，以之勾勒出中國敍事詩需呈現
出將事件安排得具有一定順序、頭緒的看法。

　　程先生所云的「將事件安排得具有一定順序、頭緒」，其實即是
指「故事」〔註129〕。在敍事學中，「故事」的基本單位便是「事件」。
而何謂「事件」？米克・巴爾在《敍述學：敍事理論導論》中，將
「事件」界定爲：「由行爲者所引起或經歷的從一種狀況到另一種狀
況的轉變。"轉變"一詞強調了事件是一個過程、一個變更這一事
實。〔註130〕」此外，羅鋼於《敍事學導論》中亦說：「用理論化的
語言說，事件就是故事"從某一狀態向另一狀態的轉化"。在這裡
轉化一詞強調了事件必須是一個過程，一種變化，如果換用比較通
俗的話來說，在故事中，事件就是行動。行動是由某一人物發出的，
如果該行動具有敍事上的意義，那麼這個人物就是構成了敍事語法
上的名詞主語，而這一行動就構成了這個主語的動詞謂語。〔註131〕」

〔註127〕前揭書，頁24～26。
〔註128〕詳參程相占著，《中國古代敍事詩研究》，桂林市：廣西師範大學出
　　　　版社出版，2002年11月第一版，頁6。
〔註129〕詳參本章註70。
〔註130〕詳參（荷）米克・巴爾著，譚君強譯，《敍述學：敍事理論導論》，
　　　　頁12～13。
〔註131〕詳參羅鋼著，《敍事學導論・敍事語法》，頁74～75。

羅鋼先生在此將「事件」定義爲「行動」，而所謂的「行動」，他進一步說明道：「對"行動"我們應作寬泛的理解，它不僅包括人物的姿態、動作，也包括人物的言談、思想、感情和感受。〔註132〕」換句話說，人物藉由某些主客觀因素加上時空因素所構成的行動組合即是"事件"。試問，我們會如何形容一件事呢？事件本身一定會有主角、行爲模式，在某個時間、地點發生的具體經過。例如在新聞寫作內容中，我們會要求敘述事件必須具備幾個基本因素：人物、時間、空間（地點）、發生過程，也就是構成一項新聞事件必須至少具有這些內容。這裡所指的「人物」不一定侷限於「人類」，可以是生物（如動植物），也可以是無生物（如車子、道路等）。

　　所以，綜合上述討論，我們得以知道，詩中至少具備一事件是敘事詩的必備要素。而「事件」即指由人物、時間、空間等基本因素所構成的行爲組合。

（四）說唱敘事詩亦應納入敘事詩範疇

　　陳來生先生對敘事詩的定義如下：

> 敘事詩即是以詩歌樣式敘述故事的文學樣式。敘事詩的種類很多，形式各別，不應以一種或幾種傳統的樣式來套發展的豐富的敘事詩的客觀實在。〔註133〕

故他認爲認爲中國敘事詩應包含文人敘事詩與民間敘事詩兩大組成部分，而從唐宋元明清各代所興起的說唱敘事詩，如《董永詞文》、《季布罵陣詞文》、《董西廂諸宮調》等，及彈詞、鼓詞、快書等，亦是不可忽視的敘事詩：

> 民間說唱有散文體、韻文體和韻散相間體三種類型。按說、唱特點，我們可以將說唱作品概括爲三大類：（1）以歌唱爲主的鼓詞、曲詞類，（2）以講說爲主的相聲、評書類，（3）

〔註132〕詳參羅鋼著，《敘事學導論·敘事語法》，頁75註①。
〔註133〕詳參陳來生著，《史詩·敘事詩與民族精神》，上海：上海社會科學院出版社，1990年6月第一版，頁105。

> 介於兩者之間以韻誦爲主的快板、快書類。……我認爲，
> 除了講說性的相聲、評書類的說唱作品之外，其餘兩類的
> 敘事作品，包括韻文和半韻半白但富有節奏感兩大類在
> 內，皆可歸入敘事詩之列，只是它與傳統意義上的敘事詩
> 在體式、風格上有所不同，我們權且稱之爲“說唱敘事
> 詩”。〔註134〕

陳先生的意見，與前文所提及的龔鵬程先生及日人中野美代子先生的看法，基本上都是一致的，誠然，敘事詩發展到了唐朝以後，說唱文學裡頭的許多作品，是應作爲敘事詩看待。而在先秦及漢代，除了吟唱之詩歌外，吟誦的詩作也不少，尤其是長篇的作品，那些作品之中，事實上也有許多應視爲敘事詩看待的。

四、本文對中國敘事詩的詮釋

綜上各家所述，本文對於中國敘事詩的定義及其表現特徵有下列幾點看法：

【定義】

以詩歌形式來敘述人物在時間、空間中的故事發展就是敘事詩。簡而言之，以敘述故事爲主要表現手法的詩歌就是敘事詩〔註135〕。

【特徵】

（一）中國敘事詩由於受到“言志”理論的影響，使得中國古典

〔註134〕前揭書，頁102。

〔註135〕本章於前述第一節中，已說明「敘事」在中國典籍中之意涵（所謂的“敘事”，主要是敘述一代、一事或一人之始終者；而“始終”一詞，即寓含了時間的流動、空間的移轉，可說是紀錄一動態的過程；而無論是一代或一事，其故事皆脫離不了人物在其中，所以展現人物在時間、空間中的故事發展，可說是中國敘事的主要特質）。此外，佛斯特《小說面面觀》（Aspects of the Novel）中對於「故事」之定義亦云：「按時間順序安排的事件的敘述」（頁114），故本文整合中國古籍中的敘事意涵及佛斯特對“故事”之看法，認爲中國敘事詩乃是以詩歌形式來敘述人物在時間、空間中的故事發展。

敘事詩皆是借事抒情、借事詠懷或敘事以勸誡。故"敘事"是主要寫作手法，但詩歌基本語調則仍是抒情的，可說是敘事與抒情交融爲一。

（二）中國敘事詩並不侷限於以第三人稱敘事的詩作，以第一人稱敘事的詩作亦屬之〔註 136〕。

（三）中國敘事詩的特質在於詩中是否以敘述故事爲主要表現手法爲判別標準，而不在於篇幅長短爲否。只是篇幅長者，確實有更利於敘事的效果，所以被視爲成熟敘事詩之作品，大都皆是以長篇出之。

（四）中國敘事詩的"情節"，是藝術概括性強而具有較大的跳躍性的，只要能在詩中呈現出一精鍊、概括的故事情節，即便礙於篇幅短小，只是一個橫斷面的呈現亦皆屬之。

（五）中國敘事詩既然是以敘述故事爲主要表現手法的詩歌，所以詩中必然會表現時間的流動與空間的變化，因爲故事情節之發展必然是伴隨時空因素的。以是之故，我們亦可說詩歌的「敘事」筆法，即是展現動態過程的敘寫手法。

（六）中國敘事詩所運用的敘事筆法，除了忠實體現古文獻中所云之具"記敘"、"敘述"意涵外，溯其源頭，即是詩經六義之一的"賦"，亦即"鋪陳其事，展開來寫"的敘事手法。此外，中國敘事詩的寫作手法並非只侷限於寫實筆

〔註 136〕 羅鋼《敘事學導論》第五章第二節〈敘事人稱〉說道：「從敘事學的角度看，第一人稱敘事與第三人稱敘事的實質性區別就在於二者與作品塑造的那個虛構的藝術世界的距離不同。第一人稱敘述者就生活在這個藝術世界中，和這個世界中的其他人物一樣，他也是這個世界裡的一個人物，一個真切的、活生生的人物，而第三人稱敘述者儘管也可以自稱"我"，但卻是置身於這個虛構的藝術世界之外的。儘管他也可以具有一些個人特徵，但這些個人特徵並不能證明他在藝術世界中的真實存在，他就像奧林匹斯山上的諸神，俯瞰眾生，全知全能，撫古今於一瞬，卻偏偏不能進入虛構的藝術世界，成爲其中的一份子。」（頁 169～170）。

法，夸飾技巧、傳奇手法，亦皆有之。

　　此外，辭賦的寫作手法一直都是以“賦”的筆法來“鋪陳其事”，但目前學界大都不將楚辭（指屈、宋賦）與漢賦中的敘事作品視爲敘事詩看待；我們細究楚辭與漢賦中的作品，許多作品實有上述所分析之“敘事”特質，且楚辭與漢賦本就是詩，卻在論述敘事詩發展史上，總是被忽視或否認，如同唐宋以後發展起來的說唱敘事詩一樣，也總是被傳統敘事詩摒除在外。故我們認爲中國早期的敘事詩，不該僅是從詩經中某些作品或漢末五言詩論起，而應將戰國兩漢的楚辭與漢賦皆視作中國早期的敘事詩看待，此論述擬由下章談起。

第三章　屈賦的敘事詩特質分析

　　本章在結構編排上，劃分爲四節，以論述屈賦的敘事詩特質。在研究方法上，擬先釐清屈賦本爲詩之屬性，再分析其敘事性展現，以求將屈賦爲中國敘事詩一員之文學事實述明清楚。故第一節部分，擬先辨明屈賦之體製爲何，經由論證得出屈賦爲詩體之後；再於其後各節論述屈賦代表性作品所展現的敘事特色，及其之所以可視爲中國敘事詩之原由。故第二節擬先論述屈賦中以第一人稱敘事法表現的自傳體敘事詩（如〈離騷〉、〈涉江〉、〈遠遊〉等），第三節再分析敘事手法上迥然不同的《九歌》的敘事詩面貌，而後，第四節再論述〈卜居〉、〈漁父〉亦是敘事詩及其利於敘事表現之因由。所論述之屈賦篇章，主要是以代表性文本爲主，以見一般。茲概述於後。

第一節　屈賦本爲詩之體製

一、瑰麗夸飾的奇幻之詩

　　「楚辭」是戰國時代以屈原爲代表的楚國人創作的詩歌，它可說是繼《詩經》之後的一種新詩體。

　　依目前所見最早的資料來看，將屈、宋諸人的作品編撰成書的，

乃是始於漢成帝時的劉向，將之定名爲「楚辭」者，亦是劉向〔註1〕，
從此以後，「楚辭」就成爲一部總集的名稱。《四庫提要》記載說：「裒
屈、宋諸賦，定名楚辭，自劉向始。」這裡稱呼屈原、宋玉之作品爲
"賦"，乃是源自於《史記》，故漢人多稱屈原作品爲屈賦，相沿至
今。雖說劉向將屈原、宋玉等人作品蒐集編定成《楚辭》一書，但是
劉向當時所編集的本子早已亡佚，目前傳世最古的注解楚辭本子乃是
王逸的《楚辭章句》。

　　《隋書‧經籍志序》說：「楚辭者，屈原之所作也。……蓋以原
楚人也，謂之楚辭。」但是「楚辭」成書之時，已非僅收屈原一人的
詩歌；像東方朔、王褒等，都不是楚人，所以若是因係楚人的作品而
逕稱爲「楚辭」，則並不全面。故宋人黃伯思的《翼騷序》便說：

> 屈、宋諸騷皆書楚語，作楚聲，紀楚地，名楚物，故可謂
> 之「楚辭」。若「些、只、羌、誶、謇、紛、侘傺」者楚語
> 也；悲壯頓挫，或韻或否者楚聲也；沅、湘、江、澧、修
> 門、夏首者楚地也；蘭、茝、荃、藥、蕙、若、芷、蘅者
> 楚物也。〔註2〕

由此可知，「楚辭」的文學個性化十分鮮明，它大量地吸收楚國的方
言，描繪楚國的山川河流和人物掌故、地理現象，甚至是楚地豐富的
神話故事，概括而言，它是代表楚地特定的文學體式，以此之故，方
被稱爲「楚辭」，而其代表作品即屈原所作諸作品。但楚辭或屈賦究
竟是不是"詩"呢？以下試分析之。

　　屈原可說是楚辭文學的締造者，楚辭是源於楚地的巫歌，其詩歌
的本質早已彰明，雖然歷來對楚辭是否爲詩爲賦之爭論總是未曾止
息，但正如劉勰於《文心雕龍》〈明詩〉篇所說的，堯有〈大唐歌〉、
舜有〈南風詩〉、春秋時期有《詩經》，楚國則有〈離騷〉爲代表，這

〔註1〕詳參劉向編，王逸注，《楚辭》，台北：台灣商務印書館，1965。
〔註2〕詳參陳振孫《直齋書錄解題》卷十五，台北市：新文豐，1985年初
　　　　版。

些在在都是詩歌典範的展現：

> 至堯有大唐之歌，舜造南風之詩，觀其二文，辭達而已。
> 及大禹成功，九序惟歌；太康敗德，五子咸怨：順美匡惡，
> 其來久矣。自商暨周，雅頌圓備，四始彪炳，六義環深。
> 子夏監絢素之章，子貢悟琢磨之句，故商賜二子，可與言
> 詩。自王澤殄竭，風人輟采；春秋觀志，諷誦舊章，酬酢
> 以為賓榮，吐納而成身文。逮楚國諷怨，則離騷為刺。秦
> 皇滅典，亦造仙詩。〔註3〕

〈明詩〉篇主要是劉勰闡述他對於歷代詩歌的評價及其對詩歌創作的
要求。上文是說明詩歌最初發展的情形：從初期堯舜時期，如〈大唐
歌〉、〈南風詩〉僅能夠達意的詩；發展到了《雅》、《頌》時，詩歌體
制已完備；再到周王教化衰敗之後，採詩官停止採集民歌，但在外交
應對上，各國仍是以通過念詩來酬酢賓客；再到楚國時，屈原懷怨諷
諫，便用離騷來抒情敘事；及至秦始皇焚書，仍有博士作〈仙真人詩〉。
〈明詩〉篇在此傳遞出一重要訊息，劉勰將〈離騷〉與其他詩歌並列，
便可說明在其心中，離騷實為詩歌之體，而劉勰舉離騷作為概括楚辭
之代表，可見屈賦或整部楚辭作品實為詩歌。

又，劉勰於〈辨騷〉篇中，肯定離騷是繼承國風和大小雅的詩歌，
此皆說明了屈賦在早期詩歌發展史上的軸心地位：

> 自風雅寢聲，莫或抽緒，奇文鬱起，其離騷哉！固已軒翥
> 詩人之後，奮飛辭家之前，豈去聖之未遠，而楚人之多才
> 乎！昔漢武愛騷，而淮南作傳，以為「國風好色而不淫，
> 小雅怨誹而不亂，若離騷者，可謂兼之」；蟬蛻穢濁之中，
> 浮游塵埃之外，皭然涅而不緇，雖與日月爭光可也。〔註4〕

上述引文頭幾句，說明自從《國風》和大小《雅》的歌聲停止之後，
一時沒有誰能繼承，唯有以瑰偉奇特文詞著稱的離騷才是高飛在詩經

〔註3〕詳參劉勰著，周振甫注，《文心雕龍注釋》，台北市：里仁書局，1984
　　　年5月，頁83。
〔註4〕詳參劉勰著，周振甫注，《文心雕龍注釋》，台北市：里仁書局，1984
　　　年5月，頁63。

作者之後、奮起在辭賦家之前的詩歌。可知劉勰是把離騷與詩經擺在相同的天平上去作論述，若二者體裁屬性不同，怎能置放在同一範疇中討論？可見二者皆爲詩歌體製，若就整體風格區別之，離騷是偏於瑰麗夸飾的奇幻之詩〔註5〕，詩經則爲偏於寫實的雅潤之詩。〈辨騷〉篇中，除了論離騷之外，亦盛讚屈原的各首詩歌：

> 觀其骨鯁所樹，肌膚所附，雖取鎔經意，亦自鑄偉辭。故騷經九章，朗麗以哀志；九歌九辯，綺靡以傷情；遠遊天問，瑰詭而惠（慧）巧；招魂大招，耀艷而深華；卜居標放言之致，漁父寄獨往之才。故能氣往轢古，辭來切今，驚采絕艷，難與並能矣。〔註6〕

劉勰除了肯定屈賦的思想內容（骨鯁）之外，亦肯定屈賦獨自創制了不同於往的卓越辭采，無論是〈離騷〉、〈九章〉、〈九歌〉、〈九辯〉，抑或〈遠遊〉、〈天問〉、〈招魂〉、〈大招〉、〈卜居〉、〈漁父〉等，皆可說是光彩耀眼、文采奇艷，壓倒古人也超越後人之作。

其實，我們仔細審視《楚辭》的作品，將會發現這些詩人於其作品之中，早已明確表達自己是在作詩。李師立信於〈談一個文學史上的問題——我國先秦時代真的沒有敘事詩嗎？〉一文中，即歸納整理了《楚辭》中的作者直接表述自己在作"詩"的情況：

> 屈、宋之作，歷來都稱「楚辭」，我之所以稱之爲詩，並非

〔註5〕"奇幻"一詞，主要是因爲因爲屈賦內容巧妙地將現實與神話傳說、奇特幻想等編織在一起，帶有超現實色彩。故借鑑台大外語系張淑英教授於《中外文學·西語奇幻文學專輯弁言——死生如來去，夢幻映真實》中說之"奇幻"一詞（參見《中外文學》，第三十一卷，第五期，2002 年 10 月，頁 10～18），當然屈賦文學內容與拉丁美洲文學所謂的「奇幻風格」在本質上是不完全等同的，但亦有其相通之處——將現實與超現實雜糅交織，充滿文學想像力——如張淑英先生於該文所云：「奇幻的情境凸顯人類生活的機制運作與能量釋放的某種需求，披露人類意欲以超自然的無限力量來克服人爲的有限能耐，可能滿足遁世的消極態度，或是完美烏托邦的追尋。」故本文只是取其充滿奇麗幻想之意來方便詮釋屈原詩歌的特色之一。

〔註6〕詳參劉勰著，周振甫注，《文心雕龍注釋》，台北市：里仁書局印行，1984 年 5 月，頁 64。

故為異說，完全是出自屈、宋的自白。請見以下資料：

1. 悲九州兮靡君，撫軾嘆兮作詩。(王褒‧九懷)

2. 志憾恨而不逞兮，抒中情而屬詩。(莊忌‧哀時命)

3. 然中路而迷惑兮，自莊桉而學誦。(宋玉‧九辯)

按「誦」即詩也。《詩‧小雅‧節南山》「家父作誦」；又《大雅‧崧高》「吉父作誦，其詩孔碩」。鄭箋皆以為「誦即詩也」。

4. 眇遠志之所及兮，憐浮雲之相羊；介眇志之所惑兮，竊賦詩之所明。(屈原‧悲回風)

5. 惜往日之曾信兮，受命詔以昭詩 (屈原‧惜往日)

6. 翾飛兮翠曾，展詩兮會舞 (屈原‧東皇太一)

以上幾條資料，包括屈原、宋玉及仿屈、宋的莊忌、王褒等之作品，這些作品，前人一概稱『楚辭』，但作者卻明明白白的叫他們自己的作品為『詩』，故『楚辭』之為『詩』亦可知矣。〔註7〕

由《楚辭》集中這些詩篇中，我們可以得知這些作者皆言明自己是在作詩：例如漢人王褒於《九懷‧陶壅》中說道「撫軾嘆兮作詩」，即清楚地自述其所作之〈九懷〉，乃是"詩"。漢人莊忌於〈哀時命〉中所說的「抒中情而屬詩」，亦是表明其作此"詩"來抒發心志。宋玉於〈九辯〉中所說的「然中路而迷惑兮，自莊桉而學誦」，亦是表明其作九辯乃是「學誦」(吟詩)，所謂"誦"在此之意，即"詩"也，此可引《詩經》證之，例如《小雅‧節南山》所云之「家父作誦」及《大雅‧崧高》所云之「吉父作誦，其詩孔碩」，於鄭箋中皆將"作誦"釋為"作詩"。再如屈原於〈悲回風〉中所說「介眇志之所惑兮，竊賦詩之所明」，亦直言其作詩以明志；而〈惜往日〉中所云「受命詔以昭詩」，乃至〈東皇太一〉中所云之「展詩兮會舞」，無非不都是說明了作者意在作「詩」。總之，由《楚辭》內各作者自身所表明的

〔註7〕詳參李師立信著，〈談一個文學史上的問題——我國先秦時代真的沒有敘事詩嗎？〉，收錄於《中華文化學報》1996年第3期，頁11。

立場，我們清楚地看到這些作者皆聲稱他們乃是在「作詩」，並表明自己之作品乃是「詩」，那麼，《楚辭》為詩集乃是可被印證之實。由此亦可說，後人所稱呼的「楚辭」、「屈宋諸賦」乃至漢人所作之楚騷類作品，實即皆指當時文人運用楚地特有的音律、詞彙、地名、事物等，藉以創作的"詩歌"。

二、由口頭文學轉爲書寫文學的新詩體

　　《史記》及《漢書》中，並不稱呼屈、宋等人作品爲楚辭，而都以"賦"稱之，例如漢代司馬遷《史記》云：

> 屈原者，名平，楚之同姓也，……寧赴常流而葬身乎江魚腹中耳，又安能以皓皓之白，而蒙世俗之溫蠖乎？乃作《懷沙》之賦……。〔註8〕

司馬遷在此直接稱呼屈原所作〈懷沙〉爲"賦"。又，同篇中史公又說：

> 屈原既死之後，楚有宋玉、唐勒、景差之徒者，皆好辭而以「賦」見稱。〔註9〕

從此以後，屈原的作品甚至全部楚辭作品都被稱之爲"賦"了。例如班固《漢書・藝文志》的詩賦略，開頭便說：

> 屈原賦二十五篇。
> 唐勒賦四篇。
> 宋玉賦十六篇。〔註10〕

班固在此直接稱呼屈原、唐勒、宋玉所作詩歌爲"賦"，其〈地理志〉亦是：

> 始楚賢臣屈原，被讒流放，作離騷諸賦，以自傷悼。〔註11〕

〔註8〕詳參《史記》卷八十四〈屈原賈生列傳〉第二十四，台北市：藝文，2005 年四刷初版。
〔註9〕詳參《史記》卷八十四〈屈原賈生列傳〉第二十四。
〔註10〕詳參《漢書》卷三十〈藝文志〉第十，台北市：台灣商務，1996 年七刷臺一版。
〔註11〕詳參《漢書》卷二十八〈地理志〉第八。

有些學者認爲楚辭若爲賦體，那便非詩的形式；若爲詩體，那便非賦體，遂有楚辭爲詩爲賦之爭〔註12〕；其實，在漢代人看來，屈原所作詩歌，乃是與漢代發展起來的"賦"一樣，都是"不歌而誦"的一種詩，所以〈詩賦略〉後面有一段話，便說道：

> 傳曰：不歌而誦謂之賦，登高能賦，可以爲大夫。言感物造耑，材知深美，可與圖事，故可以爲列大夫也。古者諸侯卿大夫交接鄰國，以微言相感，當揖讓之時，必稱詩以諭其志，蓋以別賢不肖而觀盛衰焉。故孔子曰「不學詩，無以言」也。春秋之後，周道寖壞，聘問詠歌，不行於列國，學詩之士，逸在布衣，而賢人失志之賦作矣。大儒孫卿及楚臣屈原，離讒憂國，皆作賦以風，咸有惻隱古詩之義，其後宋玉、唐勒。漢興，枚乘、司馬相如，下及揚子雲，競爲侈麗閎衍之詞，沒其風諭之義。是以揚子雲悔云：「詩人之賦麗以則，辭人之賦麗以淫，如孔氏之門用賦也，則賈誼登堂，相如入室矣，如其不用何！」〔註13〕

"不歌而誦謂之賦"，直接翻譯可以看出省略了主語，試問：不歌而誦的"什麼"叫做賦？審視上述引文，全在談作詩之精神，可以知道所謂"賦"即指"不歌而誦的詩歌"而言。「學詩之士，逸在布衣，而賢人失志之賦作矣」，可以說明司馬遷、班固稱呼屈、宋等之作品爲"賦"，主要是爲了區分這種有別於詩經詩體的"新詩體"；但進一步而言，表示這種新詩體，並未脫離古人作詩的精神，仍是在詩歌之流上發展，而非脫離詩歌體裁，所以才說「咸有惻隱古詩之義」；並以其創作精神與風格再區分爲"詩人之賦"及"辭人之賦"。若以

〔註12〕如游國恩等所著《中國文學史》（上冊）說：「漢代一般稱『楚辭』爲賦，這是不十分恰當的。『楚辭』和漢賦，題裁截然不同，前者是詩歌，後者是押韻的散文，它們的句法形式、結構組織、押韻規律都是兩種不同的範疇。」（台北市：五南書局出版，1990年初版，頁87）但事實上，賦即說也，屈宋諸賦是詩，漢賦亦是詩。有關漢賦爲詩之議題，擬於第四章論述，茲先不贅。

〔註13〕詳參《漢書》卷三十〈藝文志〉第十。

屈、宋諸賦與春秋時期的《詩經》相較，可發現在詩歌篇幅上，有明顯的加長，或許是因為長篇不易歌唱之故，故演變而為 "不歌而誦" 的詩體。

此外，在太史公《史記》出現之前，史料中並未見記載屈原的任何資料，屈、宋的作品可說是第一次出現在《史記》之中，這表示在史記之前，屈宋作品似應是屬於口頭流傳的階段。今日我們所慣稱的「楚辭」，溯其來源主要是由劉向而來〔註14〕，而除了劉向《楚辭》及王逸的《楚辭章句》之外，所有漢代的典籍，提到屈、宋的作品，都一概稱其為「賦」，而不稱為「楚辭」〔註15〕。在目前所見的歷代目錄中，最早以「楚辭」立目者，是梁朝阮孝緒的《七錄》，其《文集錄》仿劉向、王逸之稱呼，首列「楚辭」部；而後，《隋書・經籍志》及之後的歷代目錄書志，便都在集部之前，首立「楚辭」名目，相沿至今〔註16〕。但從漢代文獻資料的記載中，我們大體可以推測出：當時人對於 "楚辭" 與 "賦" 的名稱釋義，是有著區別的：《史記》與《漢書》裡頭所提到 "楚辭" ，都不是指屈、宋作品，和我們現在的通稱有著明顯的不同；他們所指涉的 "楚辭" 都是指莊忌、朱買臣、九江被公等人以楚國語音所吟誦的作品，至於作品為何，因為文獻記載未明，難以窺其全貌，但依其文理脈絡推測，應是指吟誦當時所流傳下來的 "楚辭" 作品。例如《史記・張湯傳》云：

> 朱買臣會稽人也。讀春秋，莊助使人言買臣，買臣以「楚辭」與助俱幸侍中。〔註17〕

〔註14〕據王逸楚辭章句序、晁公武郡齋讀書志、四庫提要記載，將屈宋諸賦，定名楚辭，乃是自劉向始也。

〔註15〕屈、宋諸作的正式名稱，若從歷史觀點來看，實應稱之為「賦」，乃是當時的一種新詩體。但因為幾乎所有的《中國文學史》及研究屈、宋諸作的學者，都以「楚辭」名稱來指稱屈、宋等人的作品，故本文為行文方便起見，仍稱屈、宋等所作詩歌為「楚辭」。

〔註16〕《七錄》已失傳，但《隋書・經籍志》基本上是相沿《七錄》體制而作。

〔註17〕詳參《史記》卷一百二十二酷吏列傳第六十二〈張湯傳〉。

這裡說明了莊助與朱買臣都以會吟誦"楚辭"此一特殊詩體而得以受寵於君王，奉侍左右。再如《漢書‧朱買臣傳》中亦云：

> 會邑子嚴助貴幸，薦買臣，召見，說春秋，言楚辭，帝甚悅之。〔註18〕

這裡同樣提及朱買臣因爲"言"楚辭，而受到帝王的青睞。這裡不說"歌"楚辭，而特別強調"言"，以與"說春秋"之"說"對仗，顯示出楚辭在當時應是吟誦的，而非謳歌之詩體，就如同班固在《漢書‧藝文志‧詩賦略》中所說的"不歌而誦謂之賦"之意。「誦」是指不配樂歌唱，與中原地區配樂歌唱的詩自是不同，而這種不能唱的詩，應就是被漢人稱之爲"賦"的作品。又，《漢書‧王褒傳》云：

> 宣帝時，修武帝故事，講論六藝羣書，博盡奇異之好。徵能爲楚辭，九江被公召見誦讀。〔註19〕

可見當時能誦讀"楚辭"者並不多見，故漢宣帝時，才大肆徵求能吟誦楚辭者，而九江被公便因會吟誦此一詩體，而爲帝王召見誦讀。

　　從以上引文資料中，我們可以注意到司馬遷及班固會特別稱呼「楚辭」此一名稱的，並不是指屈、宋等人的作品（他們稱呼屈、宋作品皆直呼爲賦），而是與朱買臣、九江被公等人所吟誦的作品聯繫在一起的。故李師立信於其〈「辭」、「賦」關係新證〉一文中，認爲屈、宋諸作流傳到漢朝時，因其作品中的楚音，有別於中原地區的語音，漢時會吟誦此一特殊楚音者，並不廣泛，故才會有"徵能爲楚辭"者此一大肆舉動，且物以稀爲貴，故如朱買臣等鄉井樵夫，也才能因吟誦楚辭而貴顯於漢朝。而這種"以誦讀方式出的楚聲"，即是時人名之爲「楚辭」者，如朱買臣、九江被公所誦讀者，是一種"口頭文學"。而見諸文字的騷體，不以誦讀爲事，而以文字見稱者，時人則名之爲「賦」，例如屈、宋諸作，及仿屈、宋之作的所有作品。〔註20〕

〔註18〕詳參《漢書》卷四十八〈朱買臣傳〉。
〔註19〕詳參《漢書》卷四十八〈王褒傳〉。
〔註20〕詳參李師立信著，〈「辭」、「賦」關係新證〉：「『楚辭』與『賦』，顯然有別。《漢書‧王褒傳》提到『徵能爲楚辭，九江被公，召見誦讀。』」

　　再者，「賦」本身有鋪陳敘述之意，若就屈賦整體觀之，可發現其將情感托諸層層鋪敘，以奇幻敘事筆法來呈現所欲訴說之情，這種以長篇鋪陳為之的詩歌，有別於詩經中即便有鋪陳也簡鍊為尚的詩歌，可說是一種新詩體，故遂被太史公及班固稱之為"賦"。

　　綜上，可知稱「楚辭」者，應是指能如朱買臣、九江被公以誦讀方式出之的楚聲。而太史公或班固所稱的屈、宋作品，則逐稱為"賦"，是含有楚國濃厚風土氣息的詩體。屈、宋等人的詩歌，作為一種繼《詩經》而起的新詩體而言，其文人色彩濃厚、辭藻華豔綺麗是其詩歌風格，而其相較於普遍較短篇的國風或大小雅詩歌而言，其體現出的文學意義不啻在於它是由口頭文學轉移到書寫文學的新詩體〔註21〕，是脫離了音樂、由歌唱轉為朗誦的一種新詩體〔註22〕，是春秋"王澤殄竭，風人輟采"〔註23〕之後，在戰國所興起的新詩體。

第二節　以第一人稱敘事法表現的自傳體敘事詩
——〈離騷〉、〈涉江〉、〈遠遊〉等屈賦

如果我們承認，屈、宋諸作就是漢人所謂的『楚辭』的話，宣帝時『能為楚辭』者大有人在，宣帝又為甚麼要捨近求遠，去『徵能為楚辭』者呢？而『能為楚辭』的『九江被公』，被徵到宣帝的面前，竟然只是『誦讀』，而並沒有『振筆』；朱買臣被召見時，也只是『言楚辭』，都只『動口』而沒有『動手』。所透露的訊息，就十分值得深思了。《隋書・經籍志》在《集部・楚辭》下注云：『隋時有釋道騫，善讀之（《楚辭章句》），能為楚聲，音韻清切，至今傳楚辭者，皆祖騫公之音。』道騫所讀，其音或即本諸被公、買臣等所傳也。」，香港中文大學研討會發表，頁 51～63。

〔註21〕詳參簡宗梧著，《賦與駢文》，台北市：台灣書店，1998 年 10 月初版，頁 32。

〔註22〕詳參吉川幸次郎著，劉向仁譯，《中國詩史・詩經與楚辭》，台北市：明文書局，1983 年 4 月初版，頁 22：「《詩經》中的詩大多能歌唱，《楚辭》則多為朗誦而作，也就是說到了《楚辭》，文學已脫離了音樂，走上了獨力發展的道路」。

〔註23〕詳參劉勰著，周振甫注，《文心雕龍注釋》，台北市：里仁書局印行，1984 年 5 月，頁 83。

一、以自傳筆法雜糅奇幻情節的敘事詩

　　楚辭中的許多詩歌，可以說是兼容敘事與抒情，而以敘事為主要表現手法的敘事詩。〈離騷〉更可說是中國詩歌中具有奇幻敘事手法〔註24〕的代表之作。

　　王夢鷗先生認為〈離騷〉可能是模仿古代敘事詩的自傳體敘事詩：

> 　　古之敘事文體是怎樣的情形，我們雖未敢遽下斷語，但以
> 屈原喜歡模仿民歌的習慣來推測，懷疑他的「離騷」也是
> 模仿古之敘事詩而改為自敘傳的作品。〔註25〕

王夢鷗先生從屈原的許多作品中，考察其模仿民歌的風格，進而推測〈離騷〉應是模仿古代敘事詩風格而改為自敘傳的敘事詩。

　　一般而言，學者們在論及中國敘事詩時，往往認為像〈孔雀東南飛〉、〈木蘭詩〉、〈長恨歌〉或〈圓圓曲〉那類型的詩歌才算是敘事詩，因為詩歌內容包含了一則完整的故事，且是以第三人稱敘事手法或全知視角呈現的，符合人們對敘事作品的一般印象；所以，像〈離騷〉以自敘角度來書寫作者內心的情感、思想與願望、遭遇，大部分的人總是認為它是抒情作品，而不視其為敘事作品。

　　但就敘事學而言，敘事者以誰的立場來看待世界，就構成所謂的「敘事視角」。所謂「視角」是指敘事者或人物與敘事文中的事件相對應的位置或狀態；或者說，敘事者或人物是從什麼角度觀察故事。敘事文學中的"視角"，大體可概分為「全知視角」或「限知視角」（或稱有限視角），這區分主要是根據敘事文學中的文句來加以區別。「全知視角」，是指敘事者無所不知，知道並能說出作品中任何一個人物或事件的所有發展，也可以說在這類作品中，敘事者是由一個匿藏的敘述者來交代人物或事件的發展；通常"第三人稱敘事法"是全知視角較常運用的手法。而「限知視角」則指敘事者和作品的人物

〔註24〕詳參註5。

〔註25〕詳參王夢鷗著，《文學概論》第十六章〈敘事〉，台北縣：藝文印書館，1989年8月三版，頁167～168。

知道得一樣多，把自己侷限在故事裡某個人物的經歷、思想及情感中，限知視角的敘事者可以是一個人物，也可以由幾個人物輪流擔任。"第一人稱敘事法"可說是「限知視角」最廣泛運用的手法，亦即敘事作品中有一個明顯的「我」出現，作為主人公的「我」也是該故事中的人物，他可以講自己的故事或別人的故事，故事是由這個「我」來交代，透過這個「我」來發聲〔註26〕。

　　所以，以敘事文學的角度來看，小說、寓言、神話、史傳、自傳體等，無不是敘事文學的體現，只要是以記敘人物、事件為主要表現手法的作品就是敘事文學，而敘事角度究竟是否為第三人稱、全知視角或客不客觀化，根本都非必要條件。以此之故，從「敘事視角」觀點來分析〈離騷〉，我們可發現詩中是以"第一人稱敘事法"或"限知視角"出發，運用浪漫主義手法，騁馳豐富的想像，上天下地，忽而描述敘事，忽而抒情比興，千變萬化，並糅合神話傳說、歷史人物與自然現象的敘述，令人宛如看一篇瑰麗奇特的自傳小說般，這般的詩歌，實應作為敘事詩看待。試看關於屈原神遊一段的奇幻敘事手法：

> 駟玉虯以椉鷖兮，溢埃風余上征。朝發軔於蒼梧兮，夕余至乎縣圃；欲少留此靈瑣兮，日忽忽其將暮。吾令羲和弭節兮，望崦嵫而勿迫。路曼曼其脩遠兮，吾將上下而求索。飲余馬於咸池兮，總余轡乎扶桑。折若木以拂日兮，聊逍遙以相羊。前望舒使先驅兮，後飛廉使奔屬。鸞皇為余先戒兮，雷師告余以未具。吾令鳳鳥飛騰兮，繼之以日夜。飄風屯其相離兮，帥雲霓而來御。紛總總其離合兮，斑陸離其上下。吾令帝閽開關兮，倚閶闔而望予。時曖曖其將

〔註26〕關於"敘事視角"的研究頗多，本文主要參考以下論著：①華萊士‧馬丁著，伍曉明譯，《當代敘事學‧視點面面觀》，頁 158～188。②蔡源煌著，《從浪漫主義到後現代主義‧小說的敘事觀點》，台北：雅典出版社，1991 年 11 月修訂七版，頁 155～156。③楊義著，《中國敘事學‧視角篇第三》，嘉義縣：南華管理學院出版，1998 初版，頁 207～288。④程相占著，《中國古代敘事詩研究‧視角與結構》，桂林：廣西師範大學出版社，2002 年 11 月第一版，頁 64。

罷兮，結幽蘭而延佇。世溷濁而不分兮，好蔽美而嫉妒。
朝吾將濟於白水兮，登閬風而緤馬。忽反顧以流涕兮，哀
高丘之無女。溘吾遊此春宮兮，折瓊枝以繼佩。及榮華之
未落兮，相下女之可詒。吾令豐隆乘雲兮，求宓妃之所在。
解佩纕以結言兮，吾令蹇脩以為理。紛總總其離合兮，忽
緯繣其難遷。夕歸次於窮石兮，朝濯髮乎洧盤。保厥美以
驕傲兮，日康娛以淫遊。雖信美而無禮兮，來違棄而改求。
覽相觀於四極兮，周流乎天余乃下。望瑤臺之偃蹇兮，見
有娀之佚女。吾令鴆為媒兮，鴆告余以不好。雄鳩之鳴逝
兮，余猶惡其佻巧。心猶豫而狐疑兮，欲自適而不可。鳳
皇既受詒兮，恐高辛之先我。欲遠集而無所止兮，聊浮遊
以逍遙。〔註27〕

引文中，屈原自述其駕著龍、乘著鳳凰，騰空而起，清晨從蒼梧出發，
傍晚便到了縣圃。正想在這神靈薈萃之地稍事停留，但太陽迅速地西
沈入暮。於是他命令日神羲和停下腳步，好讓他上天下地去求索。而
後，他把坐騎的轡繩繫在扶桑上，讓馬兒啜飲著有太陽洗浴之稱的咸
池，折下了若木的枝椏以敲阻太陽，並到處逍遙遨遊於天界。接下來
的敘述，更是一連串運用神話人物串場的奇麗動態畫面，且看他以月
神望舒、風伯飛廉、鸞皇、鳳鳥、飄風、雲霓、雷神豐隆及鳩鳥等為
侍從儀杖（讓月神在前替他開道，讓風伯尾隨奔跑在後，鳳鳥載著他
由白天至黑夜不停飛翔，飄風率領著雲霓前來迎接他的到來），上叩
天闔，下求佚女，從清晨到黃昏，再從夜晚到清晨，時間的流動性表
現極強；空間的變化性也極具跨度，忽而來到咸池畔，忽而來到天帝
的天門之前，忽而飛渡過崑崙山的白水，忽而來到洛水女神宓妃之所
在地，忽而來到有著高聳瑤臺的有娀國，忽而上天，忽而下地，展現
出空間地點的變化，讓讀者的思緒也隨之上天入地，彷彿看見了許多
神話人物與奇特地方。就此段落的敘事而言，屈原以其豐富奇特的想

〔註27〕詳參四部刊要／集部・楚辭類，〔宋〕洪興祖撰，《楚辭補注》〈離
騷經章句第一〉，台北縣：漢京文化，1983年初版，頁25～34。

像力，場面描述宏偉壯麗，文辭瑰麗精彩，將人物（作者自身、神話人物、傳說人物等）、基本事件情節、時間流動、空間變化等敘事特質都一一體現出來，展現出動態的敘事畫面，實是一首純熟的敘事詩。再看〈離騷〉中屈原請靈氛占卜的描述：

> 靈氛既告余以吉占兮，歷吉日乎吾將行。折瓊枝以爲羞兮，
> 精瓊靡以爲粻。爲余駕飛龍兮，雜瑤象以爲車。何離心之可
> 同兮，吾將遠逝以自疏。遭吾道夫崑崙兮，路脩遠以周流。
> 揚雲霓之晻藹兮，鳴玉鸞之啾啾。朝發軔於天津兮，夕余至
> 乎西極。鳳皇翼其承旂兮，高翱翔之翼翼。忽吾行此流沙兮，
> 遵赤水而容與。麾蛟龍使津梁兮，詔西皇使涉予。路脩遠以
> 多艱兮，騰眾車使徑待。路不周以左轉兮，指西海以爲期。
> 屯余車其千乘兮，齊玉軑而並馳。駕八龍之婉婉兮，載雲旗
> 之委蛇。抑志而弭節兮，神高馳之邈邈。奏《九歌》而舞《韶》
> 兮，聊假日以愉樂。陟陞皇之赫戲兮，忽臨睨夫舊鄉。僕夫
> 悲余馬懷兮，蜷局顧而不行。〔註28〕

以上引文，仍是以敘事手法勾勒出一幅幅的動態畫面，引領讀者進入其奇幻的故事情節中，進而瞭解詩人內心的憂愁與傷悲。屈原敘述說占卜的靈氛已告訴他吉利的卜意，於是他選個好日子準備遠去。乘駕著飛龍，把瓊玉、象牙裝飾上車子，準備遠離此地自求索居。前往崑崙的路途極爲長遠，他高舉的雲霓的旌旗以遮蔽太陽的炎熱；響動著玉製的鸞鈴，發出了啾啾的樂音。清晨，他從東方的天津出發，傍晚就到了西方的邊際。鳳凰敬穆地圍繞著旌旗，並平和整齊、高高地遨翔在周圍。忽然間，屈原又走到了流沙之地，遂沿著赤水從容嬉戲；指揮著蛟龍架成橋樑，告訴西方之神（西皇）幫他渡過河去。而後，駕著八匹舞動的神龍，載著雲霓旗幟，奏著九歌、舞著九韶，登上了光明的皇天；突然之間，低頭看到了故鄉，感到悲痛不已，便無法再歡快地前行而去。這些浪漫主義的敘事手法，雖然是爲了表現詩人追

〔註28〕詳參四部刊要／集部・楚辭類，〔宋〕洪興祖撰，《楚辭補注》〈離騷經章句第一〉，台北縣：漢京文化，1983年初版，頁42～47。

求理想的精神，但詩人透過帶有故事情節的敘述描寫，無拘無束地套用大量神話故事，使詩中呈現出迷離奇幻的敘事色彩，實有別於詩經中的敘事詩風采。

二、運用「賦」的手法鋪陳角色對話、人物描述及時空變化等敘事元素

從以上引文中，我們可以知道，〈離騷〉雖然廣泛運用了比興的藝術手法，但其運用"賦"的手法卻是使得全詩形象生動，故事性極強的原因，例如透過角色對話、人物描述等鋪陳，在詩中展開了女嬃勸告、陳辭重華、靈氛占卜、巫咸降臨、神遊天界等一系列奇幻場景，便使詩中具有故事情節的成分，而非單純的抒情而已。故〈離騷〉雖是詩人的獨白，但其運用敘事鋪陳的手法將內心世界的奔騰澎湃、複雜轉折托之而出，繪聲繪色繪形躍然於文字上，不啻是首敘事詩。李慶及武蓉二位先生針對此點特色說道：

> 《詩經》的比、興往往只是一首詩中的片斷，楚辭的比、
> 興則在長篇巨制中以系統的一個接一個的比、興表現了它
> 的內容，使形象更加生動，豐富多采。至於賦，運用得更
> 是得心應手。如《離騷》，前一部份對詩人的大半生作了大
> 量的介紹，既有外形相貌又有內心獨白；既有故事情節，
> 又有敘述描寫，波瀾起伏，千回百轉。〔註29〕

〈離騷〉詩中除了比、興技巧之外，確實廣泛體現「賦」的技巧，但這些大量鋪陳的種種奇異景象，並未減損詩中韻味，反而使詩中所展現的各種形象更加生動而富有風采。所以，李師立信於〈談一個文學史上的問題——我國先秦時代真的沒有敘事詩嗎？〉中亦認為〈離騷〉、〈九歌〉、〈卜居〉、〈漁父〉等，都是典型的敘事詩：

> 《離騷》裡的「飛廉」、「望舒」；〈九歌〉中的「東皇太一」、
> 「雲中君」、「湘君」、「大司昂」、「少司昂」，……等更無不

〔註29〕詳參李慶，武蓉著，《中國詩史漫筆》，山西：中國文聯出版公司出
　　　版，1988年6月第一版，頁36～37。

> 一是神話。屈原的《離騷》，乃至《卜居》、《漁父》，故事
> 首尾完整；《九歌》——歌——神話。所以，無一不是典型
> 的敘事詩。〔註30〕

誠然，〈離騷〉、〈九歌〉、〈卜居〉、〈漁父〉的敘事色彩都極爲濃厚，
它們都是以韻文形式出之的詩歌，詩中體現了人物、基本故事情節及
時間、空間的流動感與變化，相較於詩經的較短篇幅而言，這些詩歌
可說是較爲篇幅宏偉的，故其敘事手法的靈活度與發揮度自然更高。
江乾益先生亦認爲：

> 繼《詩經》之後，敘事詩的文學更有進一步之發展。相較
> 於《詩經》的寫實性格，《楚辭》則顯露著特殊的浪漫氣質，
> 而表現爲一種自傳式的敘事詩型態。《楚辭》作品中普遍籠
> 罩著濃厚的宗教氣氛，作者馳騁其想像，鋪張華麗的辭采，
> 大量地引用了神話傳說；若說《詩經》的敘述是質樸直率
> 的表達方式，則《楚辭》乃提供了一種既是眞實而又華麗
> 的敘事形態。如〈離騷〉這篇作品，即是作者屈原的自傳；
> 在這篇自傳式的敘事詩中，作者不僅明確地交代他的身
> 世，而且在作品包含了他全部的思想、情感、人格、想像
> 與願望。〔註31〕

自傳體本就是敘事文學之一型，而〈離騷〉是以詩歌的形式來自述作
者的出生、經歷、思想、情感及敘述許多神話傳說等，倘若我們將之
看待成屈原的自述詩或自傳詩，那當然就是一首敘述自我故事、飽含
情感筆醮的敘事詩，而這也符合中國敘事詩總是在敘事之中融合抒情
的表現手法，可見在敘事詩發展的早期階段——戰國時代——即已完
整呈現中國敘事詩的典型特色。

　　此外，〈九章〉中許多詩篇，亦具有敘事特質，諸如人物、情節、

〔註30〕詳參李師立信著，〈談一個文學史上的問題——我國先秦時代眞的沒
　　　　有敘事詩嗎？〉，收錄於《中華文化學報》1996 年第 3 期，頁 10～
　　　　11。
〔註31〕詳參江乾益著，〈《詩經》中的敘事詩文學類型及其發展〉，收錄於《國
　　　　立中興大學台中夜間部學報》第三期，1997 年 11 月，頁 108～109。

對話、時間流動、空間變化等一一具齊，作者以第一人稱敘事手法敘述事件發展與人物心境轉折，與〈離騷〉同樣表現為自傳式的敘事詩風格。試看〈九章〉中的〈涉江〉：

> 余幼好此奇服兮，年既老而不衰。帶長鋏之陸離兮，冠切雲之崔嵬。被明月兮珮寶璐。世溷濁而莫余知兮，吾方高馳而不顧。駕青虬兮驂白螭，吾與重華遊兮瑤之圃。登崑崙兮食玉英，與天地兮同壽，與日月兮同光。哀南夷之莫吾知兮，旦余濟乎江湘。乘鄂渚而反顧兮，欸秋冬之緒風。步余馬兮山皋，邸余車兮方林。乘舲船余上沅兮，齊吳榜以擊汰。船容與而不進兮，淹回水而疑滯。朝發枉陼兮，夕宿辰陽。苟余心其端直兮，雖僻遠之何傷。入漵浦余儃佪兮，迷不知吾所如。深林杳以冥冥兮，猿狖之所居。山峻高以蔽日兮，下幽晦以多雨。霰雪紛其無垠兮，雲霏霏而承宇。哀吾生之無樂兮，幽獨處乎山中。〔註32〕

詩人以自敘口吻，自年少時景況述起，說他從小就喜歡穿戴奇偉的服飾，戴上高聳帽子、腰間配掛寶劍，頗有君子志行高雅之風采。而後，敘事由現實中轉入幻境，敘述他駕著青龍、馭著白龍，和重華暢遊在瑤玉堆砌的園圃中。而後，又同登上崑崙山，啜食美玉花朵，享有和天地一樣久長的生命。詩歌敘事至此，給予人由現實遨遊進奇幻瑰麗世界的欣喜感，一路鋪陳的人物、動作、場景等，都給人歷歷在目的臨場感。忽然間，敘事場景又由虛幻轉入現實，詩人自述他又渡過了江湘，登上鄂渚，涉過水澤，一路來到了沅水畔，再將車子停在山林裡，駕著小船上溯沅水，並舉起船槳，拍擊著波浪。但是船卻緩慢得像是走不動般，停留在漩渦處打轉著。進了漵水的邊岸後，屈原自敘其內心開始感到徬徨迷惑，不知該走向何方？眼看眼前茂密的叢林，一片深遠幽暗，知道已來到了猿猴所棲息的地方。此地山勢既高且峻地遮蔽了太陽，山腳下多雨而陰暗，霰雪自天紛紛飄落，雲氣瀰

〔註32〕詳參四部刊要／集部・楚辭類，〔宋〕洪興祖撰，《楚辭補注》〈九章章句第四涉江〉，台北縣：漢京文化，1983 年初版，頁 128～131。

漫著屋簷四周，整個景象讓他開始感到憂傷，聯想到此生將在這山林裡獨處，難以再歡樂起來……。〈涉江〉一詩，仍是運用神話人物與瞬息變化的奇異場景，交織出詩人上天入地的情節，而其內心的徬徨與憂傷也隱然於敘事之中逐漸托出，讓人隨著敘事情景的變化，跟隨作者或喜或憂，而文學的共鳴度便由此而生。

　　所以，江乾益先生認為〈離騷〉與〈九章〉中的許多篇章，都是表現出自傳式的敘事詩文學類型：

> 就敘事詩的文學類型來說，〈離騷〉抒情式的敘述手法，讓我們認識到敘事詩的另一種形式——原來，敘事詩可以是抒情的，敘述事件說明真象並非是敘事詩的唯一功能。設若敘事詩僅能使用於敘述事件，則散文可能是更有效的工具，而不須以詩的形式來表現。……〈離騷〉與屈原其他作品，諸如〈橘頌〉、〈涉江〉、〈哀郢〉、〈懷沙〉等篇，都表現其爲既爲抒情而又敘事的自傳式的敘事詩文學類型。
>
> 〔註33〕

敘事時，不以散文形式出之，而以詩的形式出之，在美學表現上而言，本就是較具感染力的，因爲詩歌的本質在於抒情，故即使是詩歌表現手法偏於敘事的敘事詩，仍不需免除其抒情的成分，因爲，以飽含抒情色彩的敘事手法來敘述一己之遭遇或事件發展，其文學感染力自然較強〔註34〕，而〈離騷〉及〈九章〉正是這樣的自傳體文人敘事詩。

　　此外，〈遠遊〉的敘事風格也與〈離騷〉相像，作者以一貫的浪漫敘事筆法創造出一幕幕迷離奇麗的故事情節，詩中神遊一段仍然表現出現實與虛幻交織、人神共遊的奇幻世界：

> 聞至貴而遂徂兮，忽乎吾將行。仍羽人於丹丘兮，留不死之舊鄉。朝濯髮於湯谷兮，夕晞余身兮九陽。吸飛泉之微

〔註33〕詳參江乾益著，〈《詩經》中的敘事詩文學類型及其發展〉，收錄於《國立中興大學台中夜間部學報》第三期，1997 年 11 月，頁 109～110。
〔註34〕詳參胡平著，《敘事文學感染力研究》，河北省：百花文藝出版社，1995 年 12 月第一版。

液兮，懷琬琰之華英。玉色頩以脕顏兮，精醇粹而始壯。
質銷鑠以汋約兮，神要眇以淫放。嘉南州之炎德兮，麗桂
樹之冬榮。山蕭條而無獸兮，野寂漠其無人。載營魄而登
霞兮，掩浮雲而上征。命天閽其開關兮，排閶闔而望予。
召豐隆使先導兮，問大微之所居。集重陽入帝宮兮，造旬
始而觀清都。朝發軔於太儀兮，夕始臨乎於微閭。屯余車
之萬乘兮，紛溶與而並馳。駕八龍之婉婉兮，載雲旗之逶
蛇。建雄虹之采旄兮，五色雜而炫燿。服偃蹇以低昂兮，
驂連蜷以驕驁。騎膠葛以雜亂兮，斑漫衍而方行。撰余轡
而正策兮，吾將過乎句芒。歷太皓以右轉兮，前飛廉以啟
路。陽杲杲其未光兮，凌天地以徑度。風伯爲余先驅兮，
氛埃辟而清涼。鳳皇翼其承旂兮，遇蓐收乎西皇。擥彗星
以爲旍兮，舉斗柄以爲麾。叛陸離其上下兮，游驚霧之流
波。時曖曃其曭莽兮，召玄武而奔屬。後文昌使掌行兮，
選署眾神以並轂。路曼曼其修遠兮，徐弭節而高厲。左雨
師使徑侍兮，右雷公以爲衛。欲度世以忘歸兮，意恣睢以
担撟。內欣欣而自美兮，聊媮娛以自樂。涉青雲以汜濫游
兮，忽臨睨夫舊鄉。僕夫懷余心悲兮，邊馬顧而不行。思
舊故以想像兮，長太息而掩涕。氾容與而遐舉兮，聊抑志
而自弭。指炎神而直馳兮，吾將往乎南疑。覽方外之荒忽
兮，沛罔象而自浮。祝融戒而還衡兮，騰告鸞鳥迎宓妃。
張《咸池》奏《承雲》兮，二女御《九韶》歌。使湘靈鼓
瑟兮，令海若舞馮夷。玄螭蟲象並出進兮，形蟉虯而逶蛇。
雌蜺便娟以增撓兮，鸞鳥軒翥而翔飛。音樂博衍無終極兮，
焉乃逝以俳佪。舒并節以馳騖兮，逴絕垠乎寒門。軼迅風
於清源兮，從顓頊乎增冰。歷玄冥以邪徑兮，乘間維以反
顧。召黔嬴而見之兮，爲余先乎平路。經營四荒兮，周流
六漠。上至列缺兮，降望大壑。下崢嶸而無地兮，上寥廓
而無天。視儵忽而無見兮，聽惝怳而無聞。〔註35〕

〔註35〕詳參四部刊要／集部・楚辭類，〔宋〕洪興祖撰，《楚辭補注》〈遠
遊章句第五〉，台北縣：漢京文化，1983年初版，頁167～174。

詩中敘述說詩人去晝夜常明的丹丘親近飛仙，希望能永留在這不死之
鄉。早晨他在暘谷沐浴洗髮，傍晚他用九陽的熱力曬乾身體。呼吸著
飛泉的神妙液露，飽餐著美玉的英華，使得他的精神純粹愈形茁壯。
而後，詩人自述他攀援著浮雲上升，來到天帝門前，他命令天閽打開
天門讓他進入，他卻只是推開天門望著詩人。而後，詩人召喚雷神豐
隆爲他先導，以尋訪天帝南宮之所在。到達了九天進入了帝宮，造訪
天帝所居之地後，詩人又駕著八龍蜿蜒飛行而去。一路上，風伯飛廉
爲其開道，掃除了塵埃使他感到清涼，而鳳凰則敬穆地飛翔在旁。詩
人又召喚北方之神玄武大帝，玄武遂奔馳在他後方，而文昌亦選置了
眾神並駕齊驅在後頭。詩人形容他此時志意自得，內心欣喜，姑且縱
情於嬉戲中。突然之間，低頭看到了故鄉，使其內心悲苦，便回程直
奔南方之神炎帝的所在地，往南方的九疑山奔馳而去。而後，詩人又
自述他路經玄冥而轉道，登上了天地的“間維”而召喚天神黔嬴，請
黔嬴替他先行開路，使他往來於四方，周遊於天地，向上飛升到達了
天隙列缺處，往下俯視無底的渤海之東。直到視覺閃爍什麼也看不
見，聽覺模糊什麼也聽不見，與大氣冥合爲止。〈遠遊〉一詩，出世
神仙思想濃厚，敘事特質明顯，諸如詩中借事抒情，以敘事爲主要寫
作手法，通過一定的場景、人物、跳躍式的凝煉情節等所構築成的神
遊故事來騁情展義，表現出時間的流動與空間的變化，以文字語言呈
顯出畫面動態感，這些在在都是敘事特質的活用。

三、“內心獨白”如同西方的“意識流”敘事法

　　如上所舉，屈賦的許多作品，都呈現出以第一人稱敘事手法，敘
述瞬息之間心思變化、神遊於天上人間、上天入地與神同遊的過程；
承認屈賦爲詩的學者們，討論屈賦作品時，都認爲這些作品不啻都是
在抒發屈原內心悲憤與苦悶，所以應視爲抒情詩。例如下文所引〈離
騷〉內容，皆是詩人的內心獨白：

　　　　長太息以掩涕兮，哀民生之多艱。余雖好脩姱以鞿羈兮，

　　謇朝誶而夕替。既替余以蕙纕兮，又申之以攬芷。亦余心
　　之所善兮，雖九死其猶未悔。怨靈脩之浩蕩兮，終不察夫
　　民心，眾女嫉余之蛾眉兮，謠諑謂余以善淫。固時俗之工
　　巧兮，偭規矩而改錯。背繩墨以追曲兮，競周容以為度。
　　忳鬱邑余侘傺兮，吾獨窮困乎此時也。寧溘死以流亡兮，
　　余不忍為此態也。鷙鳥之不羣兮，自前世而固然。何方圓
　　之能周兮，夫孰異道而相安。屈心而抑志兮，忍尤而攘詬。
　　伏清白以死直兮，固前聖之所厚。〔註36〕

引文中屈原以第一人稱自述口吻說道他只是個愛好修潔自知約束的
人，可是清晨直諫，傍晚就遭到廢棄。令他不禁長聲嘆息而悲泣，哀
痛人生的艱鉅。又以"眾女"一意象來象徵朝廷奸佞讒臣，說眾女嫉
妒他的美貌，以謠言中傷他生性淫蕩。又說"鷙鳥"的不合群是自古
即然，就好比他如何與異道之人相安？思緒萬千纏繞心房，真是令他
憂悶悲愁等等。但若依照西方敘事學的理解，則敘事作品之中，有種
以"內心獨白"出之，不需要以大幅「外顯動作」的刻畫來表現情節
的發展或人物性格，而是將人物心理歷程的感覺與意識的和半意識的
思想、回憶、期望、感情、聯想等都融合在一起的作品，這種敘事作
品，被稱之為"意識流"作品〔註37〕。若以敘事文學中的小說來說，
"意識流"小說與傳統小說最大的不同，在於它將傳統對外在事物的
敘述，轉化而為對人們內在心靈的探索。蔡源煌先生闡述"意識流"
小說時，說道：

　　「意識流」這個名詞，原是心理學家威廉‧詹姆士所創。
　　運用於文學上，多半是用來指一種寫作技巧，而運用這種
　　技巧的小說則稱為意識流小說。……意識流技巧對文學最
　　大的貢獻是，它使小說人物的刻繪從外在行為與現實的描
　　述轉向內在心靈的挖掘。這種轉變，不但賦與小說人物內

〔註36〕詳參四部刊要／集部‧楚辭類，〔宋〕洪興祖撰，《楚辭補注》〈離
　　　　騷經章句第一〉，台北縣：漢京文化，1983年初版，頁13～16。
〔註37〕詳參鄭樹森著，《小說地圖‧從外在到內在──意識流》，台北：一
　　　　方出版社，2003年初版，頁17

在生命，而且也打破了傳統上對時間的認識。以往的小說，多半是以編年史的方式，逐年按月地來記述人物的行為。有了意識流技巧之後，作家筆下的人物可以隨興之所至，天南地北地自由聯想，在時間的隧道裏穿梭縱橫而無阻。這種自由聯想的脈絡，就好比一張蜘蛛網，四通八達，而人物的大腦就像穿梭於網上的蜘蛛。一般而言，意識流小說中所強調的時間雖然只是某一個片刻而已，可是當人物遊思方外時，他腦子裡所想的卻是一生以來經歷過的經驗或創傷。〔註38〕

故我們若以西方敘事學中"意識流"觀念來觀察屈原的〈離騷〉、〈九章〉、〈遠遊〉等作品，可以發現這些詩篇都體現為一種以第一人稱敘事手法出發，以"內心獨白"的方式，將作者的意識流動透過上天入地、穿越人神界線、連接現實與虛幻，在時間及空間的隧道裡自由穿梭無阻的意識流展現，這樣的作品如果是小說，自然為意識流小說，若為詩歌，自然是以意識流手法展現的敘事詩。古遠清先生在《詩歌分類學‧敘事詩》中亦主張敘事詩以內心獨白的方式直接表現人物思想，是創造藝術效果的手法，他說：

> 描寫人物內心世界的方式廣泛多樣，色彩紛呈。其中詩人用得較多的是用抒情的筆法直接表白，大聲疾呼。如李發模的《呼聲》，之所以讀後使人能產生憤者扼腕、悲者掩泣的藝術效果，與作品具有真摯強烈的感情，敢於真實地披露人物的內心世界，把姑娘的喜怒哀樂，盡情地傾瀉出來分不開。……那一段哀婉回旋的抒情獨白，真是長歌當哭……作者就是以這種蘸滿感情油彩的敘事，將看不見的微妙內心世界，聽不到的心靈呼喊呻吟，形象地展示在讀者眼前。〔註39〕

〔註38〕詳參蔡源煌著《從浪漫主義到後現代主義‧意識流——剎那到永恆》，台北：雅典出版社，1991年11月修訂七版，頁49～50。

〔註39〕古遠清先生著，《詩歌分類學‧敘事詩》，高雄：復文圖書出版社，1991年9月初版，頁120～121。

在第二章中，我們提出中國敘事詩皆是借事抒情，有著敘事、抒情交融為一的特質，當這種特質表現在"披露人物的內心世界"時，自然是"蘸滿感情油彩的敘事"風格。再者，屈原這種任思緒穿梭在現實與虛幻，將敘事框架破除單一軌範，融合真實感與虛幻感的詩歌手法，如果要將之以繪畫方式呈現出來，那必是如西方藝術史上的超現實主義〔註40〕畫派之風格，整個畫面充滿戲劇性、想像性的奇幻風格。所以若以此一角度來看待屈原的作品，作為中國早期敘事詩的屈賦，不僅具有敘事的基本特質，甚且其敘事手法還是相當先進的。

第三節　人神雜糅的宗教敘事詩——《九歌》

一、九歌為中國早期的劇詩

關於《九歌》作者為誰的問題，向來爭論不斷。較之古文獻資料及學術資料來看，《九歌》應是屈原在楚國民間祀神的宗教樂歌基礎上，加以補充修改，潤色而成的詩歌，故其文辭內容充滿濃厚的宗教氣息〔註41〕。《九歌》共收錄了十一篇作品，所以歷來解釋九歌題意者，總是從九歌所收錄的十一篇作品的分合上著手，有的合山鬼、國

〔註40〕超現實主義是盛行在兩次世界大戰之間的文學藝術流派，1920～30年間由反藝術行為的達達主義衍生出來，反對既定的藝術觀念，主要思想依據為弗洛伊德的潛意識學說。其繪畫藉由表現出現實與非現實之交織融合，用奇幻的宇宙取代現實，創造出超越現實的風格。而後，這種繪畫技巧又影響了文學，使文學擺脫寫實主義或古典主義的框梏，著重想像力在文學中的重要性。（詳參蔡源煌著《從浪漫主義到後現代主義・超現實主義與魔幻式的寫實》，頁197～210。）

〔註41〕關於《九歌》作者為誰的爭議，概括起來約有二說：（1）九歌為屈原所作，主此說者諸如王逸《楚辭章句》、朱熹《楚辭集註》、劉大杰《中國文學發展史》、葉慶炳《中國文學史》、游國恩《中國文學史》等皆是；（2）九歌非屈原所作，應是楚國各地的民間祭歌，大約至漢初方被搜集起來，加上"九歌"其名為總稱，故九歌屬於民間作品。陸侃如、馮沅君《中國詩史》即主此說。學術界一般仍傾向於九歌是屈原作品，故本文以此說為立論依據。

殤、禮魂爲一章，以合"九"篇之數；有的合湘君、湘夫人爲一，大司命、少司命爲一，以合"九"數〔註42〕。但「九歌」應是傳說中的一種遠古歌曲的名稱，不需從"九"此一數字上去計數篇數，因爲〈離騷〉與〈天問〉都曾提到它，如：

> 啓《九辯》與《九歌》兮，夏康娛已自縱。〔註43〕〈離騷〉
>
> 奏《九歌》而舞《韶》兮，聊假日以婾樂。〔註44〕〈離騷〉
>
> 啓棘賓商，《九辯》《九歌》。〔註45〕〈天問〉

由此可知，楚辭中提及"九歌"者，都是視爲一專有名稱來稱呼之。再者，先秦經傳資料亦有提及，如《左傳》文公七年、昭公二十年、二十五年及《周禮·春官·大司樂》中皆有提到"九歌"。神話傳說中，亦有提及"九歌"一名，例如《山海經·大荒西經》云：「有人珥兩青蛇，乘兩龍，名曰夏后開，開上三嬪于天，得九辯與九歌以下。」〔註46〕所以王逸注楚辭時，便據此而說"九歌"是夏啓從天帝那裡得

〔註42〕例如蔣驥《山帶閣注楚辭》（北平市：來薰閣，1933年）、王邦采《屈子雜文箋略》（收錄於《離騷彙訂》，北京市：北京出版社，2000年第一版）都把湘君、湘夫人合爲一篇，把大司命、少司命合爲一篇，以強符"九"數；林雲銘《楚辭燈》（台北市：廣文，1963年）則是合山鬼、國殤、禮魂爲一章以合"九"數；王夫之《楚辭通釋》（台北市：里仁，1981年）以禮魂爲送神曲，合爲十篇；聞一多《神話與詩》（台北市：里仁，1993年）以東皇太一爲迎神曲，以相應王夫之之說等等。

〔註43〕詳參四部刊要／集部·楚辭類，〔宋〕洪興祖撰，《楚辭補注》〈離騷經張句第一〉，台北縣：漢京文化，1983年初版，頁21。

〔註44〕前揭書，頁46。

〔註45〕詳參四部刊要／集部·楚辭類，〔宋〕洪興祖撰，《楚辭補注》〈天問章句第三〉，頁98。

〔註46〕此處所說的「開」即啓，漢人爲避景帝（劉啓）諱而改。聞一多先生在《神話與詩·什麼是九歌》中說：「啓享天神，本是啓請客。傳說把啓請客弄成啓被請，於是乃有啓上天作客的故事。這大概是因爲所謂『啓賓天』的『賓』字，（天問『啓棘賓商』即賓天，大荒西經『開上三嬪於天』，嬪賓同。）本有『請客』與『作客』二義，而造成的結果。請客既變爲作客，享天所用的樂便變爲天上的樂，而奏樂享客也就變爲作客偷樂了。傳說的錯亂大概只在這一點上。」（頁263～264）

到的天樂，後來被傳爲夏樂。這個資料雖是傳說，無法證實戰國時代的《九歌》是否是虞夏九歌的遺聲，但也告訴我們，至少在夏啓時代，已有"九歌"此一樂名。

除了《九歌》作者的爭論之外，關於"九歌"的創作過程或動機，歷來亦有許多不同說法。第一種說法認爲《九歌》是源於楚國民間祀神的宗教樂歌基礎上，以王逸和朱熹爲代表：王逸於《楚辭章句》卷二九歌序說：「昔楚國南郢之邑，沅、湘之間，其俗信鬼而好祠，其祠，必作歌樂鼓舞以樂諸神。屈原放逐，竄伏其域，懷憂苦毒，愁思沸鬱，出見俗人祭祀之禮，歌舞之樂，其辭鄙陋，因作九歌之曲。」依此說，則《九歌》應是屈原被放逐時，根據民間祭祀時歌舞娛神的祭歌，進行再創作之詩歌。朱熹《楚辭集注》卷二則說：「荊蠻陋俗，詞既鄙俚，而其陰陽人鬼之間，又不能無褻慢荒淫之雜。屈既放逐，見而感之，故頗爲更定其詞，去其泰甚。」若依此說，則《九歌》並非屈原的再創作，屈原僅是在舊歌基礎上"頗爲更定其詞"，去其鄙俚泰甚者罷了。無論是王逸或朱熹的說法，基本上都認爲《九歌》是屈原作於放逐之後。

第二種說法則認爲《九歌》乃是屈原爲楚國宮廷的祭祀所作，以聞一多先生爲代表。聞先生在〈什麼是九歌〉中說：

> 根據純宗教的立場，十一章應改稱「楚郊祀歌」，或更詳明點，「楚郊祀東皇太一樂歌」，而《九歌》這稱號是只應限於中間的九章插曲。〔註47〕

聞一多先生認爲《九歌》是楚國舉行郊祀時的宗教祭歌。又說：

> 嚴格的講，二千年前楚辭時代的人們對九歌的態度，和我們今天的態度，並沒有什麼差別。同是欣賞藝術，所差的是，他們是在祭壇前觀劇——一種雛形的歌舞劇，我們則只能從紙上欣賞劇中的歌辭罷了。〔註48〕

〔註47〕詳參聞一多著，《神話與詩‧什麼是九歌》，頁269。
〔註48〕前揭書，頁277。

依此，則聞一多先生認爲《九歌》不但是楚郊祀歌，且是在祭壇前表演的一種雛形歌舞劇。上述第一種說法和第二種說法的差別處在於：前者主張《九歌》乃屈原作於放逐失意之時，依民間祀神樂歌所加工潤色而成的作品；後者則認爲《九歌》乃屈原作於政治得意未被放逐之時的宮廷祭祀歌，且是有人物表演的古代雛形歌舞劇。支持聞一多先生說法者，如劉大杰先生於《中國文學發展史》中即說：

> 九歌是一套祭祀神鬼的舞曲，是歌辭、音樂、舞蹈混合而成，可以看作是中國古代歌劇的雛形。王國維說：『楚辭之靈，殆以巫而兼尸之用者也。其詞謂巫曰靈，謂神亦曰靈。蓋羣巫之中，必有象神之衣服形貌動作者，而視爲神之所憑依，故謂之曰靈，或謂之靈保。……至於浴蘭沐芳，華衣若英，衣服之麗也。緩節安歌，竽瑟浩倡，歌舞之盛也。……是則靈之爲職，或偃寒以象神，或婆娑以樂神，蓋後世戲劇之萌芽，已有存焉者矣。』（宋元戲曲考）他所說的就是九歌。……我們現在讀九歌，還可體會到當時表演的情況。那裡面有各種樂器，有跳舞，有歌辭，有佈景，有各樣登場的人物。場面熱鬧，範圍廣大。必得在一個重要典禮的紀念日，才能舉行。……九歌可能是屈原放逐以前在楚國宮廷供職時期的作品。〔註49〕

劉大杰先生認爲《九歌》基本上是一套祭祀的舞曲。他認爲就九歌內容來看，可以想像到它必是一場大規模的表演，是屈原爲了楚國宮廷祭祀所作的揉合音樂、舞蹈、歌辭的作品，故他認爲《九歌》可說是中國古代歌劇的雛形。依照引文所說，劉大杰先生說的“歌劇”其實應是指聞一多先生說的“歌舞劇”一詞〔註50〕。先不論聞一多或劉大杰先生此推論是否正確，但他們的說法已清楚地界定了《九歌》的敘

〔註49〕 詳參劉大杰著，《中國文學發展史》，頁109～110。

〔註50〕 因爲所謂的“歌劇”在歷史源流或血統上並沒有太多舞蹈的成分，可以說舞蹈在歌劇中即便有，也不是必然的存在要件。且依劉大杰先生所說的“九歌是一套祭祀神鬼的舞曲，是歌辭、音樂、舞蹈混合而成”一話來觀之，其所謂的“歌劇”應是指“歌舞劇”。

事特質，因為歌舞劇之“劇”，即已說明了含有“故事性”。敘事文學的範疇中本就包含戲劇。

　　但古遠清先生則認為就《九歌》中各詩內容來審視，《九歌》是以戲劇的形式所寫成的詩，可說是種“劇詩”，而非歌舞劇或“詩劇”。他認為“劇詩”乃是包含在敘事詩種類中之一型。古遠清先生在《詩歌分類學・敘事詩》中，對“劇詩”的說明如下：

> 劇詩有兩種含義：一是指中國古代戲曲，如元雜劇與明清傳奇是詩的戲劇，是戲劇的詩。二是本文所說的詩與戲劇的聯姻，即是詩借用戲劇的某些藝術手段來豐富發展自己，但它的本質不是戲劇，而是詩，是用劇的形式寫成的詩，如歌德的《浮士德》，郭沫若的《鳳凰涅槃》。劇詩和詩劇不同。詩劇是用詩的形式寫成的戲劇，如郭沫若的《女神之再生》、魯迅的散文詩劇《過客》。劇詩這種體裁在我國有悠久的歷史。遠在戰國時代，屈原就以民間祭神祀鬼的音樂為素材，經過加工提煉而寫成我國最早的劇詩《九歌》。它以抒情筆調和對話形式，塑造了美麗的諸神形象，表現了人與神或神與神的悲歡離合的遭遇，有的還熱情地歌頌了那些為保衛祖國浴血奮鬥的戰士們。有人曾根據劇詩有濃烈的抒情性的特點，把它歸於抒情詩一類。我們認為，這樣做是不妥的。劇詩，有敘事成分，不同於直接抒發作者對現實生活感受的抒情詩。用對話的方式反映現實、表達主題，是它的特點。它和敘事詩一樣，有人物，有情節，但這人物和情節的表現並不單純依靠作者的敘事來完成，而是通過劇中的人物行動、對話（或歌唱）來實現的。另一方面，它與一般抒情詩的不同之處，還在於吸取了戲劇的長處。〔註51〕

據古先生所說，“劇詩”在本質上是“詩”，是以戲劇的形式寫成的詩，其作為敘事詩中的一類，主要特質在於詩中有人物、情節、對話，

〔註51〕詳參古遠清著，《詩歌分類學》第二章〈敘事詩〉之第五節〈劇詩〉，頁 133～134。

且人物和情節的表現，主要是通過詩中人物的對話或動作而自然體現出現，並非僅透過敘事者的敘事來完成﹝註52﹞。亦即敘事詩可以是單純由敘事者所敘事的詩歌，但劇詩則必須體現出由詩中角色以對話或行爲動作而將情節或故事展現出來的特質。綜觀《九歌》內容，可以發現詩中有各色各樣的神話人物登場，或爲充滿浪漫氣息的湘君、湘夫人、河伯、山鬼，或爲洋溢莊嚴情調的東皇太一、雲中君、大司命、少司命及國殤等，詩人無不以敘事筆法敘述對神的禮讚，以及神、人之間往來的心理與動作、對話等，充滿豐富的敘事色彩。

因爲目前文獻資料尙無法完全證實《九歌》是否是宮廷內的郊祀歌而非民間宗教樂歌，且此點和本文著重的“敘事特質探討”並不息息相關，故針對此點，我們不予論述。然《九歌》體裁究竟是“詩歌”或“戲劇”，則與我們所探討的議題相關，故茲先分析《九歌》體裁於下。

一般而言，歌舞劇的基本要素應是「歌」、「舞」、「劇」，換句話說即是歌唱（通常含音樂）、舞蹈、戲劇，故歌舞劇的定義應是指將故事透過人物角色扮演，並配合音樂、歌唱、對話、舞蹈動作等在舞台實際演出的戲劇。所以，有歌舞表演、有故事情節、有角色扮演，這些都是歌舞劇的必備要件。故是否爲“實際演出”，或是否爲“代言體”而非“敘事體”，也是判斷歌舞劇的一大特質。然細觀九歌內容而言，若九歌乃是一齣歌舞劇劇本，則其語言中應會有些文字說

﹝註52﹞中國傳統文類中，並無「劇詩」或「詩劇」的稱謂。但目前研究中國戲曲者，多稱中國傳統戲曲爲「劇詩」，此方面研究，可參看蘇國榮《中國劇詩美學風格》（台北：丹青圖書，1987 年 6 月初版），該書頁 1：「我國古代的戲劇理論家，一般都把戲曲當作詩來看待。至於把戲曲當作『劇詩』，則肇自張庚老師於六十年代初寫的《劇詩》和《再論劇詩》。這兩篇論文，對劇詩作了全面而精到的論述，在戲劇界發生了深刻影響。」頁 5：「戲曲是詩，但又不是一般的詩，而是具有戲劇性的詩，是詩與劇的結合，曲與戲的統一，故名『戲曲』，也叫『劇詩』。」而古遠清先生在《詩歌分類學‧敘事詩》中所指的“劇詩”，則不專指中國傳統戲曲，而泛指一切“用劇的形式寫成的詩”。

明，例如“舞台指示”（即劇本中的文字說明，包括對特定表情或動作的提示及對景物、氣氛的簡單描繪等〔註53〕）等，但九歌中並無此些戲劇腳本特質。古遠清先生說道：「劇詩是詠唱故事，而不似詩劇是在演出故事〔註54〕」，綜觀九歌全文，可發現其詩化的語言所勾勒出的故事，敘事性確實極強，但與其說是在演出故事，不如說是藉由詠唱將故事敘事出來。再者，九歌語言的文學象徵性極強，亦即詩中運用的“意象”極多〔註55〕，這也是詩歌的特質。一般而言，劇本體現的語言應是盡量具體化、直觀化，而非意象化或象徵化，否則登台演出時，其意象化的語言只會造成演出者面臨詮釋角色上的困擾。但若是劇詩或敘事詩，則語言的意象化，只是遵循詩歌本質的實踐，並無妨礙其敘事的構成。因為象徵化或意象化的人物形象或場景描繪，只是更體現詩化語言的特質，其藝術概括性更強，更能成就文學上的感染力。總之，《九歌》就其整體來看，詩中雖有呈現人物、對話、描述、基本情節故事等敘事特質，但並未有哪句話誰說、哪個動作誰做等指示，且持歌舞劇一說的學者們，亦無法明確證明出《九歌》確實是為了實際演出所寫的歌舞劇劇本，而只是說因為詩歌內容體現出詩、樂、舞三位一體而據以認之。故若僅就文字內容去分析，我們認

〔註53〕詳參古遠清著，《詩歌分類學・敘事詩》頁136。

〔註54〕前揭書，頁136。

〔註55〕詳參趙沛霖著，《先秦神話思想史論・屈原在神話思想史上的地位和貢獻》，頁342：「神話的這種潛在的審美特徵除了表現在神話的形象性和想像特徵之外，還突出地表現在神話的象徵性上。國外學者從理論上認識和證明這一點，即把神話作為一種廣闊深層象徵的『意識框架』，是近代神話學的一個重要成果。在我國先秦時代，屈原雖然未能從理論上提出這樣的觀點，但他的創作實踐卻十分清楚地證明他已認識到神話的這種廣泛的象徵性和深刻的寓意潛能，亦即具有作為形象結構模式的潛能。屈原以其巨大的藝術魄力驅使天帝、諸神以及種種奇異動動來到自己的筆下，把祂們統統作為比興的材料而加以隨心所欲的調遣，使之完全服從於自己獨特的藝術構思，即可以充分證明這一點。」（台北市：五南，1998年6月初版）按：九歌語言的形象性及象徵性藝術表現，在於透過神話傳說等意象巧妙地展現出來。

爲《九歌》應是"詩"，且是"敘事詩"而非"戲劇"，例如詩中以敘事手法爲主要表現，雜糅抒情筆調，勾勒出人物形象、角色對話、動作描摹等，且有基本的故事情節，這些都顯現出敘事詩的特質。透過九歌，我們可以瞭解詩中主要是展示出人與神或神與神或戰士靈魂等的故事，故其體裁在本質上而言，我們仍視其爲詩，但因其並非僅由敘事者敘事的詩，而主要是透過詩中人物的獨白、對話或行爲描述將情節、故事呈顯出來，十一篇詩串連起來，彷彿是一幕幕劇情在眼前依序展開，由宗教祭祀的場面揭場，而後各類神話傳說陸續登場，整首詩彷若以戲劇形式寫成的詩，故就狹義的角度來看，我們認爲其應爲"劇詩"，而廣義上來說，九歌不啻是首敘事性濃烈的"敘事詩"。總之，九歌的體裁並非"戲劇"，而是"詩"。雖然敘事詩或歌舞劇皆是屬於敘事文學的廣義範疇，但本文主要在探討敘事詩，故關於九歌體裁性質上的爭議，先在此辨明。

二、人神交織的九歌敘事

（一）九歌詩旨歸屬之爭議

關於《九歌》的內容，王夫之先生說：「熟繹篇中之旨，但以頌其所祀之神，而婉娩纏綿，盡巫與主人之敬慕。〔註56〕」他認爲九歌的內容並無關於王逸、朱熹所說的君臣諷諫之意〔註57〕，而只是描述祭祀者（巫）與神祇之間的敬慕之情罷了。王邦采《屈子雜文箋略》亦說：「九歌特祀神之樂章耳，自王氏章句以上陳事神之敬，下見己之冤結，託以風諫爲解，後人因之，輒以君臣牽合，至山鬼篇，亦明知義之難通，遂謂以人況君，鬼喻己，而爲鬼媚人之語。〔註58〕」此

〔註56〕詳參王夫之《楚辭通釋》卷二。
〔註57〕詳參王逸《楚辭章句》卷二：「因作九歌之曲，上陳事神之敬，下見己之冤結，托之以諷諫。」（台北縣板橋：藝文，1974年）朱熹《楚辭集注》卷二：「而又因彼事神之心，以寄吾忠君愛國、眷戀不忘之意。」（台北市：文津，1987年）
〔註58〕詳參王邦采著，《屈子雜文箋略》，收錄於《離騷彙訂》，北京市：北

處亦說明王逸《楚辭章句》將九歌詮釋成屈原抒憤諷諫之意是無稽的。繆天華先生亦說：「王夫之對九歌特多創說，一反王逸、朱子等『冤結』『諷諫』『忠君愛國』之說；以這種態度去解釋九歌，才不致犯矛盾牽附的毛病。〔註59〕」

綜觀九歌內容，率多神話傳說，確實無王逸、朱熹所謂作歌以見己志之色彩，故沈德鴻先生亦說：「其中涵義，皆屬神話，無關君臣諷諫或自訴冤結〔註60〕」。

九歌確實是屈原吸取楚地民間神話故事，並利用民間祭歌形式寫成的敘事詩。其中所蘊含的豐富神話，表現出楚國人神之間的關係。王逸在《楚辭章句·天問序》中曾說：

> 楚有先王之廟及公卿祠堂，圖畫天地山川神靈，琦瑋僑佹，
> 及古賢聖怪物行事。

由此可知楚國的風俗習慣是非常信鬼神重祭祀的，不但祭祀先王公卿之靈，亦將想像中的天地山川神靈圖像化，而這些似真似幻的美麗繪畫，在王逸看來似乎總有著既琦麗卻又詭譎的氣息。據史傳文獻記載，楚國除了巫風盛行、迷神信鬼的風氣盛行外，楚國的肥沃地形、多變氣候、環境氛圍等條件皆有利於想像力的發展，這些文化外緣因素皆是孕育神話傳說發展的溫床，故屈賦中所展現的神話傳說才會如此豐富。但《九歌》中所記載的神話傳說應僅是一部份而非全面，吉川幸次郎先生便認為若不是因為儒家人文思想對神話多採排斥的態度，被保留下來的中國神話資料應該會更豐富：

> 從《楚辭》的《天問》篇中就可看出以往必定存在著大量
> 的神話。但是《楚辭》中神話的詳細內容現在大多難聞其
> 詳，主要是因為《書經》以後的書籍對神話多採排斥的態
> 度。司馬遷的《史記》中這情形更是明顯，他不但擯棄了

京出版社，2000年第一版。

〔註59〕詳參繆天華著，《離騷九歌九章淺釋》，台北市：東大圖書出版，1992年11月修訂三版，頁90。

〔註60〕沈德鴻著，《楚辭選讀·緒言》，上海市：商務印書館，1947年再版。

神話的傳說，就連史實中不合理的部分也都一併刪除，這項宣言可見於《五帝本紀贊》，《蘇秦傳贊》以及《大宛傳贊》中。〔註61〕

除了引文中所說的〈天問〉之外，幾乎屈賦作品皆飽含大量的神話傳說，而《九歌》更是完整體現楚國的宗教面貌與神話傳說。

《九歌》莊嚴富麗的虔敬情調與《詩經》的頌詩相近，但其生動敘事的特色，則較之頌詩更表現出敘事特質，惜其敘事成分長久被忽視，大部分的看法總認為它是抒情詩〔註62〕或祭歌〔註63〕而已，而不將之視為敘事詩來探討。

（二）人神雜糅的敘事內容

今細觀《九歌》整體內容，詩中所描述的人神故事及敘事情節，實可稱之為以楚國宗教、神話傳說背景為基礎的宗教敘事詩。例如〈東皇太一〉是《九歌》的首篇〔註64〕，這首詩便敘述了當日祭神的場面與盛況：

> 吉日兮辰良，穆將愉兮上皇。撫長劍兮玉珥，璆鏘鳴兮琳琅。瑤席兮玉瑱，盍將把兮瓊芳。蕙肴蒸兮蘭藉，奠桂酒兮椒漿。揚枹兮拊鼓，疏緩節兮安歌，陳竽瑟兮浩倡。靈偃蹇兮姣服，芳菲菲兮滿堂。五音紛兮繁會，君欣欣兮樂康。〔註65〕

〔註61〕 詳參吉川幸次郎著，劉向仁譯，《中國詩史·詩經與楚辭》，台北市：明文書局，1983年4月初版，頁17。

〔註62〕 如游國恩《中國文學史》上冊：「《九歌》共十一篇……或寫願結相知、頃刻別離的悲愁或寫同遊九河、日暮忘歸的快樂，都是很好的抒情詩。」（台北市：五南書局出版，1990年初版，頁102）

〔註63〕 如葉慶炳著，《中國文學史》上冊，頁35。張松如著，《中國詩歌史（先秦兩漢）》，高雄市：麗文文化事業股份有限公司，1994年5月初版，頁256。

〔註64〕 〈東皇太一〉這首詩曾被疑為是整個祭神典禮中的迎神曲（見聞一多《神話與詩·什麼是九歌》），但從本篇內容來看，它寫的只是眾神中的一神，被祭祀的神只是「東皇太一」，與後面的諸神描寫並無聯繫，因此迎神曲的說法，似還值得商榷。

〔註65〕 詳參四部刊要／集部·楚辭類，〔宋〕洪興祖撰，《楚辭補注》〈九

〈東皇太一〉這首詩篇幅不長，全篇僅十五句，卻極爲成功地透過文字，形象地再現了一場具有原始宗教氣息的祭禮活動。一開頭即表明在吉日良辰裡，對於上皇（東皇太一）的祭祀即將展開，人們聚在一起參加祭祀。而後，一個裝飾繁盛的祭巫登場了，他身攜長劍、腰佩美玉，用肅穆的心情來宴愉祭祀上皇。「撫」劍環的細緻動作描寫，傳遞出一種小心翼翼、唯恐發出不當聲響的肅穆心情。而隨著主祭者的進退動作，掛在腰間的美玉也不時發出清脆悅耳的「璆然」、「鏘然」之鳴聲，更襯托出現場的肅穆安靜，所以連玉石鏘鳴的細微聲也聽得出來。「瑤席兮玉瑱」以下四句，則開始鋪陳祭壇上的供物：瑤飾的席子、玉製的壓鎮、成把的瓊玉芬芳、蕙草裹肉、盤底下還襯著馨蘭、桂酒椒漿的祭酒杯杯斟滿。藉由祭壇供禮的鋪陳，凸顯出當日祭禮的隆重與規模，《周禮‧天府》中說：「凡國之玉瑱大寶器藏焉，若有大祭大喪，則出而陳之，既事藏之。」據此，則詩中的“玉瑱”、“瑤席”皆是欲襯托此場祭祀的隆重，使讀者合理地推想祭祀人潮的繁盛之貌。詩中敘事筆觸至此，皆在於展現祭祀典禮開始前及開始後不久的莊嚴肅穆氣息。而後筆鋒一轉，我們看到祭祀的氣氛開始活絡熱鬧起來，樂歌鼓聲揚起，「揚枹兮拊鼓，疏緩節兮安歌，陳竽瑟兮浩倡」說明了祭禮上開始奏樂歌唱的熱鬧情景：先是緩慢的節拍、平緩徐徐的歌聲揚起，而後竽瑟齊鳴，緊接著鼓聲、歌聲皆歡動了起來，祭禮彷彿進入了高潮。接著穿著五顏六色美麗服飾的巫師進場了，「靈偃蹇兮姣服，芳菲菲兮滿堂」說明了在香燭裊裊、香氣四溢的氛圍之中，手持鮮花、翩翩起舞的巫師們開始以曼妙舞姿祭祀上皇，而周圍的氣氛自然歡愉熱鬧地高漲著，直到在五音交匯、繁聲四起中，隆重的祭禮終於結束，參加祭祀的祭巫與人們在虔敬頌讚和敬供祭品之後，認爲上皇必將「欣欣兮樂康」而使下界的人們也得到福佑。

　　這首詩可說是以敘事視角中的“限知視角”來記述當日祭祀的

歌章句第二東皇太一〉，台北縣：漢京文化，1983 年初版，頁 55～57。

盛況與動態，因爲末句「君欣欣兮樂康」的 "君"，是尊稱神靈之意，應是以祭巫的角度來揣想神靈應該爲祭祀之隆重感到喜悅。詩人以祭巫爲敘事視角，順時序地依序展開祭禮的始終活動——主祭者入場的服飾、祭禮開始時人們的肅穆安靜、祭壇前各色供品的模樣與馨香、樂聲鼓聲響起的熱鬧氣氛、婆娑起舞的巫師們、參與祭祀的人們虔敬熱誠的模樣——讀之彷彿使人親臨現場。〈東皇太一〉一詩雖無對神靈的人物形象刻畫，但所展示出的敘事畫面，無疑是一幅祭祀過程的動態畫面，且是由有序列的事件及人物所組成的有機結構，而非雜亂無序的組織。

〈東皇太一〉其後的各詩篇，除了〈禮魂〉之外，神靈或戰士亡魂相繼成爲詩中敘寫的主角，陸續登場一一展現祂們的風采，茲概述於下。

〈雲中君〉一詩敘述祭祀雲中君及雲中君降臨時的場景與感受。「雲中君」究竟是描寫何神，歷來說法不一。例如朱熹《楚辭集注》認爲是雲神；王闓運《楚辭釋》認爲是水澤之神；姜亮夫先生認爲是月神〔註66〕；丁山先生認爲是雷電神〔註67〕；繆天華先生認爲是雲神〔註68〕；傅錫壬先生認爲是雷神等等諸種說法〔註69〕。

姑且不論「雲中君」究竟是雲神或雷神等，〈雲中君〉一詩本就是以敘事筆法將祭祀神靈與神靈倏忽降臨又消失的情形敘述出來：

> 浴蘭湯兮沐芳，華采衣兮若英。靈連蜷兮既留，爛昭昭兮未央。寒將憺兮壽宮，與日月兮齊光。龍駕兮帝服，聊翱遊兮周章。靈皇皇兮既降，猋遠舉兮雲中。覽冀州兮有餘，橫四海兮焉窮。思夫君兮太息，極勞心兮忡忡。〔註70〕

〔註66〕詳參姜亮夫著，《屈原賦校注》，台北市：華正，1974 年臺一版。
〔註67〕詳參丁山著，《中國古代宗教與神話考》，上海市：上海龍門聯合書店，1961 年。
〔註68〕詳參繆天華著，《離騷九歌九章淺釋》。
〔註69〕詳參傅錫壬著，《新譯楚辭讀本》。
〔註70〕詳參四部刊要／集部・楚辭類，〔宋〕洪興祖撰，《楚辭補注》〈九歌章句第二雲中君〉，台北縣：漢京文化，1983 年初版，頁 57～59。

例如「浴蘭湯兮沐芳」四句，敍述迎神祭巫的虔敬與裝扮，以及神靈降臨時光輝燦爛的情狀。「蹇將憺兮壽宮」以下六句，則敍述了雲中君緩緩步入祭祀者爲祂準備好的地上行宮（壽宮），其高貴的模樣可與日月光輝媲美，享祭甫畢之後，神靈起身駕龍車翩然離去，消失在雲端。而後，祭禮結束，祭巫及參與祭祀的人們對這位來去飄忽，光彩鑑人的神靈留下無限依戀，末二句「思夫君兮太息，極勞心兮忡忡」即表達人們的景慕之情。此首詩的敍事視角也是採用限知視角，敍事者託之以祭巫視角呈現，在敍事時間上，仍運用順序法依序敍寫，情節簡鍊，但卻將雲中君來去飄忽、光彩耀人的形象以及祭巫內心的虔敬與不捨，立體地刻畫出來。

　　〈湘君〉、〈湘夫人〉二詩，更是以戲劇化的情景，塑造了二位神靈多情美麗的模樣。二篇神靈說向來多所爭論，有人認爲湘君是水神、湘夫人爲舜的二妃〔註71〕；有人認爲湘君是湘水神、湘夫人是其配偶之神〔註72〕；亦有人認爲湘君、湘夫人爲湘水神的后與夫人〔註73〕；亦有人認爲湘君爲娥皇、湘夫人爲女英〔註74〕等等。各家說法雖不一，但並不妨礙二詩呈現人、神往來的情節描述。

　　〈湘君〉通篇託爲迎神巫者的口吻，以纏綿悱惻之辭，表現出迎神者的深切關注與擔憂，並透過一定情節展現迎神者與神靈的互動及迎神尾聲、不遇神靈的種種情景敍述〔註75〕：

　　　　君不行兮夷猶，蹇誰留兮中洲？美要眇兮宜修，沛吾乘兮

〔註71〕詳參王逸著，《楚辭章句》。
〔註72〕詳參王夫之著，《楚辭通釋》。
〔註73〕詳參顧炎武著，《日知錄集釋》卷二十五，台北市：世界，1981年六版。
〔註74〕詳參韓愈《昌黎先生集》（台北市：新興，1956年初版）卷三十一〈黃陵廟碑〉、朱熹《楚辭集注》、林雲銘《楚辭燈》、蔣驥《山帶閣注楚辭》、戴震《屈原賦注》（台北市：世界，1999年二版）、王邦采《屈子雜文箋略》等。
〔註75〕關於〈湘君〉、〈湘夫人〉究竟是祭巫與二神靈的對話，抑或二神靈之間的對話，歷來爭論不斷；本文採取陳本禮、傅錫壬、潘嘯龍等先生的說法，認爲二詩應是敍述祭巫迎神靈而不遇之辭。

桂舟。令沅湘兮無波，使江水兮安流！望夫君兮未來，吹
參差兮誰思？駕飛龍兮北征，邅吾道兮洞庭。薜荔柏兮蕙
綢，蓀橈兮蘭旌。望涔陽兮極浦，橫大江兮揚靈。揚靈兮
未極，女嬋媛兮爲余太息。橫流涕兮潺湲，隱思君兮陫側。
桂櫂兮蘭枻，斲冰兮積雪。采薜荔兮水中，搴芙蓉兮木末。
心不同兮媒勞，恩不甚兮輕絕。石瀨兮淺淺，飛龍兮翩翩。
交不忠兮怨長，期不信兮告余以不閒。鼂騁騖兮江皋，夕
弭節兮北渚。鳥次兮屋上，水周兮堂下。捐余玦兮江中，
遺余佩兮醴浦。采芳洲兮杜若，將以遺兮下女。時不可兮
再得，聊逍遙兮容與。〔註76〕

詩一開頭即以祭巫語氣帶出湘君的出場，「君不行兮夷猶」頭兩句，
是透過祭巫此一敘事者的視角呈現的，故仍爲限知視角，表現出在祭
巫眼中，湘君遲疑猶豫、彷彿在水中中洲等待誰的模樣。而「美要眇
兮宜修」則體現出祭巫眼中（想像中）湘君那儀態美麗、修飾得宜、
風采照人的模樣。而後，視點由湘君身上移回敘事者自身的祝禱，「令
沅湘兮無波」以下四句表達出敘事者久候神靈、神靈卻不至的不安與
疑慮，使以第一人稱出現的祭巫希冀波濤江水能快些平息，好讓湘君
能安閒降臨。而後，敘事視角全專注在敘事者身上，亦即視點人物身
上：敘事者自訴他本欲駕龍舟北去，卻又半途轉道駛往洞庭，他以薜
荔作船艙壁，香蕙作帷帳，蓀草飾船槳，蘭草作旌旗，一路橫渡大江
追尋湘君的行蹤，但卻怎麼也尋不著湘君的身影，連身邊的侍女都牽
掛地爲他嘆息不已。而祭巫此時已因思念湘君，卻遍尋不著而淚流滿
面，「橫流涕兮潺湲，隱思君兮陫側」表達了祭巫在煙波浩淼的江水
之中不遇湘君的全部哀傷。而後，自「桂櫂兮蘭枻，斲冰兮積雪」以
下筆勢漸緩，由尋找神靈的情景轉而爲寫景，描述小船在山石嶙峋的
川流中疾行翩翩。最後，敘事者（迎神祭巫）捨舟登車，在江畔、北
渚作尋覓神靈的最後努力，直到暮色藹藹，神靈終不至，這場迎祀湘

〔註76〕詳參四部刊要／集部・楚辭類，〔宋〕洪興祖撰，《楚辭補注》〈九
歌章句第二湘君〉，台北縣：漢京文化，1983 年初版，頁 59～64。

君的活動終於近尾聲，「捐余玦兮江中」以下四句，說明參與祭巫及迎神祀神的人們紛紛將祭品玉玦投入湘江中，又把玉珮送往澧浦，再採摘馨香的杜若獻給湘君的侍女，末了大家再齊聲祝禱。綜上，我們可以看到〈湘君〉一詩展現種種敘事特質：敘事的基本事件是迎神；詩人以蘸滿抒情的筆調，敘述了迎神的動態過程與不遇神靈的相思與傷悲，詩中將迎湘君的過程濃縮爲較精鍊的情節，並以第一人稱的限知視角呈現，使讀者透過祭巫的視角瞭解整個故事的始末發展，透過他的視角，我們隨其思而思，隨其感而感，自然而然地融入詩中人物追尋不得的悵然傷悲之中，這也是運用第一人稱視角來敘事時，讀者較易興起的文學共鳴〔註77〕。

　　再看〈湘夫人〉一篇，該詩的敘事結構與〈湘君〉相同，亦是先由想像著筆，敘述祭巫到處尋覓湘夫人的蹤跡，並在水中修築芬芳的水室以迎接湘夫人的降臨，但湘夫人卻久候不至，讓祭巫與祭祀人們感到無限思念與惆悵的情節：

> 帝子降兮北渚，目眇眇兮愁予。嫋嫋兮秋風，洞庭波兮木葉下。登白薠兮騁望，與佳期兮夕張。鳥何萃兮蘋中，罾何爲兮木上。沅有茝兮醴有蘭，思公子兮未敢言。荒忽兮遠望，觀流水兮潺湲。麋何食兮庭中？蛟何爲兮水裔？朝馳余馬兮江皋，夕濟兮西澨。聞佳人兮召予，將騰駕兮偕逝。築室兮水中，葺之兮荷蓋。蓀壁兮紫壇，播芳椒兮成堂。桂棟兮蘭橑，辛夷楣兮藥房。罔薜荔兮爲帷，擗蕙櫋兮既張。白玉兮爲鎮，疏石蘭兮爲芳。芷葺兮荷屋，繚之兮杜衡。合百草兮

實庭，建芳馨兮廡門。九嶷繽兮並迎，靈之來兮如雲。捐余
袂兮江中，遺余褋兮醴浦。搴汀洲兮杜若，將以遺兮遠者。
時不可兮驟得，聊逍遙兮容與。〔註78〕

〈湘夫人〉同〈湘君〉一樣，皆以柔情萬千、纏綿悱惻的語調來突出
人神追尋的情節。詩一開頭，由敘事者祭巫的視角中，將湘夫人的飄
然形象敘述出來，「帝子降兮北渚」以下四句說明了祭巫感覺湘夫人
似乎已降臨在秋風嫋嫋、煙波迷茫的北邊水洲上，但轉眼間卻又消逝
得無影無蹤，祭巫凝視遠望極力尋覓其芳蹤，但卻已渺茫難尋。而後，
祭巫以無限哀傷表達"思公子兮未敢言"〔註79〕的思念之情。「朝馳
余馬兮江皋」四句表達祭巫四處尋覓湘夫人蹤影，恍惚中彷彿聽到湘
夫人對他的召喚，便想即刻騰雲駕霧與她一同遠航而去。詩歌至此的
情節，主要是透過祭巫的內心獨白與敘述其極力追尋神靈的情節，烘
托出湘夫人令人遐想的飄然形象。

　　而後，自「築室兮水中」至「靈之來兮如雲」，為詩中另一主要
情節：祭巫向湘夫人訴說自己將在水中造一棟房子——以碧綠的荷葉
搭蓋成屋棚，將中庭砌上美麗的紫貝，用蓀草編成院牆，將芬芳的花
椒撒滿一室的馨香，再以桂木作棟梁，蘭木作房椽，辛夷作門楣，薜
荔編織成帷幔，蕙草做成隔扇，白玉作為席鎮，在荷花屋棚上鋪上芳
香芷草，四周再纏繞上杜衡草，讓百花百草滿庭馨香——以奇花異草
裝飾屋裡屋外，讓馨香滿溢門庭以迎接湘夫人的降臨。房子準備就緒
後，祭巫接續說道將迎請九嶷山的神靈都來迎接湘夫人的降臨。敘事
至此，皆在凸顯對湘夫人降臨的隆重其事。詩歌以賦的手法，鋪陳人
世間種種奇花異草，以表示人們對湘夫人到來的重視與歡樂。此段構

<hr>

〔註78〕詳參四部刊要／集部・楚辭類，〔宋〕洪興祖撰，《楚辭補注》〈九
　　　　歌章句第二湘夫人〉，台北縣：漢京文化，1983 年初版，頁 64～68。
〔註79〕朱熹《楚辭集注》釋"公子"之義說：「公子，謂湘夫人也。帝子而
　　　　又曰公子，猶秦已稱皇帝，而其男女猶曰公子、公主，古人質也。」
　　　　（台北市：文津，1987 年，頁 36）故"公子"在此猶言"帝子"，
　　　　指湘夫人。

築「水室」的敘事，主要是透過絢麗的鋪排以表現詩中主人公迎神的歡悅情緒，雖然詩中並未白描湘夫人的身姿形態是如何，但透過構築美麗「水室」的情節，無疑映襯出湘夫人的美麗。歷來論及九歌〈湘夫人〉形象者，皆說湘夫人是一美麗動人的神靈人物，而這"美麗動人"的形象，事實上是由詩中敘事氛圍所自然烘托出來的，此特質也可說是敘事詩呈現人物形象的美學特點。盛子潮、朱水涌先生便認為敘事詩中的人物塑造是以"暗示性"、"濃縮性"訴諸於讀者的想像，不像小說中所描繪的人物在外貌特徵上較具"具體性"：

> 敘事詩要塑造豐滿的人物形象，這大概是沒有異議的。但是，敘事詩人物形象較之一般敘事文學作品中的人物形象有何不同？或者說，敘事詩人物形象有一些什麼樣的美學特徵，則很少有人注意。大多數人在論到敘事詩時習慣於用一般敘事文學作品中人物形象的標準來要求敘事詩人物形象，總讓人隔著一層的感覺。敘事詩人物形象是一類特殊的人物形象，它的特殊性是受詩的質的規定性——抒情性——所制約的，在長期的藝術實踐中，敘事詩人物形象形成了自己鮮明的美學特徵。為了說明問題，我們以小說人物形象作為比較對象。當我們把視線投在小說人物身上，有一個有趣的發現：成功的、讓人難忘的小說人物是以具體的、雕塑感為我們所熟悉、所認識的。賈寶玉、林黛玉、阿Q、祥林嫂、約翰·克里斯朵夫……我們很少有說不出他們的外貌特徵的。當我們的目光從小說中投向敘事詩人物形象長廊，情況就不同了。木蘭（《木蘭詩》）、琵琶女（《琵琶行》）……無疑是優秀的敘事詩人物形象，然而大約很少有人能描繪一下他們的外貌特徵。這是為什麼？……小說作者畢竟可以通過細膩的筆墨去描繪人物肖像、心理狀態、行動細節、服飾裝扮等，因此，小說人物還是以具體性、可感性給人浮雕般的觀感。敘事詩則不然，它不能像小說那樣把大量的筆墨花在對人物的外貌神態的描寫上。這不是敘事詩所長，在這方面敘事詩可謂"惜墨

如金"。因此，敘事詩人物是以暗示性、濃縮性訴諸於讀
者的想像。小說人物是"實"的，彷彿如雕塑一樣可以觸
摸；敘事詩人物在一定程度上是"虛"的，給讀者留下廣
闊的聯想和想像的天地。拿陳鴻的《長恨傳》和白居易的
《長恨歌》作一比較是很能說明問題的。……陳鴻花費這
麼多筆墨描繪出的楊玉環形象遠不及在白居易筆下那樣為
人推崇和熟知。……小說是以情節為人物形象塑造的主要
手段，敘事詩則更強調氛圍的烘托。……敘事詩當然也有
一條單純的故事情節線，但比之於小說有很大不同，不僅
僅是敘事詩情節的推進如跨欄運動員跨欄，只是通過幾個
畫面的跳躍完成一個故事的敘述，更重要的是敘事詩的情
節是融化在詩的氛圍之中的，也就是說，敘事詩主要不是
以情節的曲折來塑造人物，而是以氛圍的烘托來完成人物
形象塑造。宋代畫家馬遠有一幅《寒江獨釣圖》，畫家幾筆
畫出垂釣者坐在一葉扁舟上，下襯幾筆水紋，畫面上留出
大片空白。正是這大片空白使人感到一種煙波浩渺，水天
一色的遼闊景象，在這氛圍下烘托出那個垂釣者的眉目。
這同敘事詩的人物形象頗有相似之處。〔註80〕

由盛子潮、朱水涌先生的分析，我們得以清楚敘事詩人物形象的美學
特徵。〈湘夫人〉一詩所敘述的湘夫人形象，雖未明白刻畫出其具體
外貌形象，但卻仍讓人得以去推想湘夫人必是一位仙逸飄然的美麗神
靈，其緣由在於敘事詩的人物形象塑造，並不像小說那般以大量筆墨
描寫人物的外貌神態，而大多是藉由人物周遭的環境氛圍以暗示性、
濃縮性訴諸於讀者的想像，而此首〈湘夫人〉更是典型範例。

　　再看〈大司命〉一篇，此詩的敘事手法與九歌其他諸篇較為不同，
其視角轉換的頻率較諸他篇顯然更豐富。該詩敘述統司人類生死的大
司命，其威風尊貴的神靈形象主要是透過與祭祀迎神者往來的"對
話"以呈現：

〔註80〕詳參盛子潮、朱水涌著，《詩歌形態美學》，福建：廈門大學出版社，
　　　　1987 年 12 月第一版，頁 185～188。

廣開兮天門，紛吾乘兮玄雲。令飄風兮先驅，使涷雨兮灑
塵。君迴翔兮以下，踰空桑兮從女。紛總總兮九州，何壽
夭兮在予？高飛兮安翔，乘清氣兮御陰陽。吾與君兮齋速，
導帝之兮九坑。靈衣兮被被，玉佩兮陸離。壹陰兮壹陽，
眾莫知兮余所爲。折疏麻兮瑤華，將以遺兮離居。老冉冉
兮既極，不寖近兮愈疏。乘龍兮轔轔，高駝兮沖天。結桂
枝兮延佇，羌愈思兮愁人。愁人兮奈何，願若今兮無虧。
固人命兮有當，孰離合兮可爲？〔註81〕

本詩起首四句，是描述大司命出場的非凡氣勢，「廣開兮天門」以下
四句，是採用大司命自白的方式以塑造此神靈形象，詩中的“令飄風
兮先驅”、“使涷雨兮灑塵”，使人得以想像大司命威風凜凜發號施
令的模樣。起首的敘事手法，主要是以對話形式將神靈的形象、身份
塑造出來。此外，〈離騷〉中曾敘述屈原上叩天門時，守門人帝閽只
是“倚閶闔而望予”罷了；但此處描述大司命出場則顯然有不同，「廣
開兮天門」二句說明大司命乘坐玄雲呼嘯而至天門前時，天門早已敞
開、恭候其大駕光臨，由此番自白，更加強大司命威嚴尊貴的形象。
「迴翔兮以下，踰空桑兮從女」兩句，則明顯地呈現視角的轉換；詩
中前四句是以大司命爲敘事視角，故詩中多有“吾”、“令”、“使”
等由第一人稱出發的用語；而五六句則敘事視角轉由祭巫出發，如同
與大司命對話般，由祭巫表達對神靈的崇敬心意，故詩中的稱呼轉爲
“君”以呈現祭巫對大司命的告白。接下來，敘事視角又轉回大司命
身上，「紛總總兮九州，何壽夭兮在予」說明大司命自言天下九州生
靈的生、死皆操縱在他手上。然後敘事視角再轉回祭巫身上，自「高
飛兮安翔」以下四句，說明祭巫希望能與大司命乘天地清氣，一同高
飛至九天。接下來，敘事視角又轉回大司命身上，「靈衣兮被被」以
下四句說明大司命飄揚著神衣、振響著玉珮，降臨於祭場，並以自炫
自誇的口吻說道天地陰陽的生生死死皆掌握在他手上，但一般人皆未

〔註81〕詳參四部刊要／集部・楚辭類，〔宋〕洪興祖撰，《楚辭補注》〈九
歌章句第二大司命〉，台北縣：漢京文化，1983 年初版，頁 68～71。

知是其所爲。詩歌敘事至此，已成功地將大司命威風不可一世的模樣全然描述出來，透過神靈出場的自白及其與祭巫的對話，形象性地將一幅敘事大司命往來天地人間的動態畫面展現出來。「折疏麻兮瑤華」以下各句，則以祭巫爲敘事視角，敘述人們開始對神靈的獻祭，採摘疏麻、供上鮮花，期望藉由祭祀以親近這位掌握人間生死的神靈，但倏忽之間大司命又駕著龍車疾馳回天，人神之間短暫而瞬息的會面，令思念大司命的祭巫與祭祀者皆感到無限惆悵。此篇〈大司命〉，亦是限知視角的運用，但詩中透過神、人的接續對話，視角的不斷轉換，將大司命的威凜氣質與祭巫的心理活動具體地表現出來，"劇詩"的戲劇性色彩與前面幾首詩歌比較起來，顯然更爲豐富。

〈少司命〉一詩，主要是透過祭巫的視角，敘述人們對少司命神靈的眷戀與思念〔註82〕。而其中少司命與祭巫"目成"一情節的敘述，似有人神相戀的隱約情節：

> 秋蘭兮麋蕪，羅生兮堂下。綠葉兮素枝，芳菲菲兮襲予。夫人自有兮美子，蓀何以兮愁苦！秋蘭兮青青，綠葉兮紫莖。滿堂兮美人，忽獨與余兮目成。入不言兮出不辭，乘回風兮載雲旗。悲莫悲兮生別離，樂莫樂兮新相知。荷衣兮蕙帶，儵而來兮忽而逝。夕宿兮帝郊，君誰須兮雲之際？與女遊兮九河，衝風至兮水揚波。〔註83〕與女沐兮咸池，晞女髮兮陽之阿。望美人兮未來，臨風怳兮浩歌。孔蓋兮翠旍，登九天兮撫彗星。竦長劍兮擁幼艾，蓀獨宜兮爲民正。〔註84〕

〔註82〕歷來對「少司命」究竟是司職何事的神靈，總是爭論不休，洪興祖、朱熹、林雲銘、陳本禮、馬其昶皆認爲應是指文昌星的第四星，亦即天上的星宿天神。而王夫之《楚辭通釋》則認爲少司命乃掌管凡人子嗣有無之神靈：「豈一星之謂乎。大司命統司人之生死，而少司命則司人子嗣之有無，以其所司者嬰稚，故曰少；大則統攝之辭也。」對應全詩內容來看，所謂「美子」、「幼艾」皆指子嗣而言，故本文採王說爲主。

〔註83〕王逸無注，古本無此二句。〔宋〕洪興祖撰，《楚辭補注》〈九歌章句第二少司命〉曰：「此二句，《河伯》章中語也。」（頁73）

〔註84〕詳參四部刊要／集部·楚辭類，〔宋〕洪興祖撰，《楚辭補注》〈九

詩歌起首四句，主要在於敘述祭神處的四周環境與氣氛。而「夫人自有兮美子」二句，則以跳躍性情節，刻意略過神靈降臨時的狀況描寫，直接說明祭巫深情地詢問神靈爲何神情愁苦，藉以說明少司命已悄然降臨在祭場。而「滿堂兮美人，忽獨與余兮目成」，應是指少司命與祭祀的女巫透過眼神含情致意，詩中強調"獨"與"余""目成"顯然是爲了凸顯神、人之間情意或情感的滋生與互動〔註85〕。而後，「入不言兮出不辭」則補充說明少司命降臨祭場時不發一言，離開祭場時也未說一聲就消逝於縹緲之中。再連接其後「荷衣兮蕙帶，儵而來兮忽而逝」及之前「蓀何以兮愁苦」的描述，則少司命衣裁綠荷、腰繫香蕙，來去迅疾倏忽而略帶憂愁神情的神靈人物形象即呈現出來。「與女沐兮咸池」以下四句，則爲祭巫內心獨白，敘述祭巫渴望能追尋少司命離去，同沐於咸池，並將頭髮曬乾於日出的暘谷，但因追尋不得，只好失意地臨風放歌。末了幾句除了對少司命熱情讚頌之外，並進一步對其整體形象刻畫，「孔蓋兮翠旍」說明其車乘之美，"登九天"、"竦長劍"描繪出手持長劍升登九天、英姿煥然的神靈模樣。從開頭至結尾，全詩運用簡單精鍊的情節，將祭祀少司命的情景敘述出來，並穿插少司命獨與祭巫"目成"的情節，以鋪陳神靈離去後祭巫內心無限思念的悲傷。故歷來討論〈少司命〉之學者，有學者便認爲本篇有涉及人神戀愛之情節〔註86〕。姑且不論此爲眞爲否，〈少司命〉一詩確實是以柔情纏綿的抒情筆調出之，但若因此而判定其爲抒情詩，則失之未全，因爲詩中敘述了一定長度的人神之間往來的故事情節，

〔註85〕　歌章句第二少司命〉，台北縣：漢京文化，1983年初版，頁71～73。
　　　　　"滿堂兮美人，忽獨與余兮目成"二句，王逸《楚辭章句》說：「言萬民眾多，美人並會，盈滿於堂，而司命獨與我睨而相視，成爲親親也。」又，王夫之《楚辭通釋》說"目成"即是「以目睇視而情定也」，又說「言神之來，下歆其視，而相眷顧也。芳草盈望，美人滿堂，人皆致其芳潔以事神，而己獨邀靈睞」。

〔註86〕　例如蘇雪林《九歌人神戀愛問題・序》（台北：文星書店，1967）、游國恩《楚辭概論》（台北：商務印書館，1970）、張松如《中國詩歌史・先秦兩漢》（高雄市：麗文文化，1994初版）等。

雖然簡短，但實可說是一首充滿情感的敘事詩。

〈河伯〉一篇，是祭祀"河神"的詩，但風格上較爲特殊，它有〈大司命〉那般氣勢宏偉的景象展示，又與〈湘君〉、〈湘夫人〉的哀婉風格不同。游國恩先生認爲此篇是詠河伯娶婦之事〔註87〕。張松如先生《中國詩歌史》亦認爲此篇是敘述河伯偕新婦乘水車、駕兩龍，遊於九河之上，並同歸於水中宮殿的故事〔註88〕。但試看其敘述，詩人似乎仍是以祭巫爲視角，構思迎神時，祭巫追隨河伯同遊黃河的情景，最後再把爲祂所準備的"美人"〔註89〕沈入江中，以結束整個祭祀活動：

> 與女遊兮九河，衝風起兮橫波。乘水車兮荷蓋，駕兩龍兮驂螭。登崑崙兮四望，心飛揚兮浩蕩。日將暮兮悵忘歸，惟極浦兮寤懷。魚鱗屋兮龍堂，紫貝闕兮朱宮。靈何爲兮水中？乘白黿兮逐文魚。與女遊兮河之渚，流澌紛兮將來下。子交手兮東行，送美人兮南浦。波滔滔兮來迎，魚鱗鱗兮媵予。〔註90〕

「與女遊兮九河」四句，以祭巫爲視角，向河伯表達想與"女"（汝）搭乘荷葉爲蓋的水車，乘風破浪一同遨遊黃河。而後敘事進入與神同遊的想像之中，遊河之後再登崑崙，俯瞰萬山皆伏、雲海茫茫的情景，直到暮色四合仍樂而忘返。然後，情節轉換，由遊河登山再轉到河伯所居住的水中宮殿——魚鱗所蓋的房子、金色龍鱗裝飾的廳堂、美麗紫貝鑲嵌的門闕、明珠裝潢的殿房——詩人將美輪美奐的水底世界，

〔註87〕 詳參游國恩著，《讀騷論微初集》，台北市：台灣商務，1967 臺一版。

〔註88〕 詳參張松如主編《中國詩歌史·先秦兩漢》，頁 253。

〔註89〕 《莊子·人間世》中有記載以牛、豬、人祭河的事。《史記·六國年表》載：「秦靈公八年，初以君主妻河。」《索隱》曰：「君主，猶公主也。妻河，謂嫁之河伯。」可見戰國時，祭祀河伯乃宗教顯事。〈河伯〉中"送美人兮南浦"一句，其中的"美人"，據《楚辭鑑賞集成》，認爲戰國時期，楚墓殉葬之風，已由陶俑取代活人，故"美人"應是泥製之俑。

〔註90〕 詳參四部刊要／集部·楚辭類，〔宋〕洪興祖撰，《楚辭補注》〈九歌章句第二河伯〉，台北縣：漢京文化，1983 年初版，頁 76～78。

藉由祭巫的神遊以敘述出來。「靈何爲兮水中」一句，看似問句，其實即說明河伯爲何要住在水中的原因。「子交手兮東行」四句，說明河伯要「東行」，與祭巫交手而別，迎神的活動，此時才進入爲神靈「娶婦」的高潮，將泥製女俑，披紅戴綠地送入清波，而滔滔的波浪與活繃歡跳的群魚都彷彿是來迎親的車駕一般。綜上，整首詩的敘事便是敘述迎祀河伯的情形。

　　再例如〈東君〉，亦是明顯地體現出敘事特質與敘事結構。此詩是敘述"東君"（日神）出現時的種種情景，詩人敘述東君出現及其高舉長劍、射擊天狼的情節皆極爲生動傳神，與荷馬史詩中描述太陽神阿波羅出現時的種種，都同樣體現出光芒萬丈、曄耀萬里、氣魄非凡的模樣。只不過希臘神話中的阿波羅是駕著有雙翼的神駒，拉著有噴射火花的金色車子，巡行在天上；而楚國神話中的東君，則是駕御飛龍、乘坐雷車（駕龍輈兮乘雷〔註91〕），居住在數千丈高的扶桑樹上（照吾檻兮扶桑〔註92〕），較有東方神秘色彩罷了。「青雲衣兮白霓裳，舉長矢兮射天狼。操余弧兮反淪降，援北斗兮酌桂漿。撰余轡兮高駝翔，杳冥冥兮以東行〔註93〕」幾句，圖像化地敘事了東君爲民除害舉長箭射天狼的豪俠之舉，射罷之後，端起北斗，斟滿桂酒放懷暢飲，直到夜色茫茫，再整轡驅車，疾行而去。這幾句成功地敘事了日神慷慨神勇的模樣，主要是藉由幾個"動作"組合而成一個簡鍊情節，再藉由情節的敘述把人物的形象生動地塑造出來。

　　〈東君〉一詩在敘事結構的安排上，與〈大司命〉相似，二者皆是以限知視角來鋪陳敘寫，透過神靈與祭巫的對話，將故事情節表達而出：例如自「暾將出兮東方，照吾檻兮扶桑。撫余馬兮安驅，夜皎皎兮既明〔註94〕」是東君的自白，「應律兮合節，靈之來兮蔽日〔註95〕」

〔註91〕詳參四部刊要／集部·楚辭類，〔宋〕洪興祖撰，《楚辭補注》〈九歌章句第二東君〉，台北縣：漢京文化，1983 年初版，頁74。
〔註92〕同前揭註，頁同。
〔註93〕同前揭註，頁75～76。
〔註94〕詳參四部刊要／集部·楚辭類，〔宋〕洪興祖撰，《楚辭補注》〈九

則是將視角變換爲祭巫，形容東君率眾神降臨時，車隊蔽日的情景。
「舉長矢兮射天狼。操余弧兮反淪降，援北斗兮酌桂漿。撰余轡兮高
馳翔，杳冥冥兮以東行」幾句，則又將視角轉換回東君，自述其持弓
矢射天狼、斟飲滿酒而後執轡返回東方之情形。

　　〈山鬼〉一詩，與〈湘君〉、〈湘夫人〉、〈少司命〉諸篇，同樣表
現出人神難分，哀婉淒惻宛如戀曲般的情節。但其情節則更富有神秘
化氣息，有的學者甚至認爲此詩描寫的「山鬼」即是希臘神話中的「酒
神」〔註96〕。〈山鬼〉一詩主要是以祭巫的敘事視角呈現祭巫尋覓"山
鬼"而不得相見的情節。據大多數學者的看法，"山鬼"應係楚國的
山神〔註97〕。試看〈山鬼〉一詩的敘事結構設計，先以祭巫幻想山神
似乎自山中乘赤豹、被薜荔，緩緩步出的描述作爲詩中第一個情節：

> 若有人兮山之阿，被薜荔兮帶女羅。既含睇兮又宜笑，子
> 慕予兮善窈窕。乘赤豹兮從文狸，辛夷車兮結桂旗。被石
> 蘭兮帶杜衡，折芳馨兮遺所思。〔註98〕

此段敘事主要呈現出一種對於山神即將出現的歡悅與期待，並設想山
神自白道她所居處的地方，終日不見天日，山路崎嶇難行，所以才會
來得如此遲緩（余處幽篁兮終不見天，路險難兮獨後來〔註99〕）；而後，
情節轉變，敘事由祭巫的幻想中拉回現實，第二個情節主要敘述祭巫
遍尋山神不著的悵然傷悲與無盡相思。大抵而言，〈山鬼〉與〈湘君〉、

歌章句第二東君〉，台北縣：漢京文化，1983 年初版，頁 74。
〔註95〕同前揭註，頁 75。
〔註96〕詳參蘇雪林著，〈山鬼與酒神〉，收錄於陳慧樺，古添洪編著，《從比較
　　　　神話到文學》，台北市：東大圖書出版，1993 年三版，頁 1～34。
〔註97〕例如郭沫若《屈原》（北京：人民文學出版，1953 年）認爲「山鬼」
　　　　應是「巫山女神」；馬茂元《楚辭注釋》亦採相同看法。陸侃如、馮
　　　　沅君《中國詩史》、傅錫壬《新譯楚辭讀本》、潘嘯龍〈九歌・山鬼〉
　　　　（周嘯天主編《楚辭鑑賞集成》）、常宗豪《楚辭──靈巫與九歌》
　　　　等，則皆認爲是山神，而不專指巫山女神。
〔註98〕詳參四部刊要／集部・楚辭類，〔宋〕洪興祖撰，《楚辭補注》〈九
　　　　歌章句第二山鬼〉，台北縣：漢京文化，1983 年初版，頁 79。
〔註99〕同前揭註，頁 80。

〈湘夫人〉的情節結構安排是一致的，都是以歡快迎神作為第一個敘事情節，而後情節出現轉變，以神靈未至的失落與思念作為第二個敘事情節，整體而言，詩歌雖沒有繁複曲折的情節結構，但卻是充分運用敘事詩精鍊化、跳躍式情節的特質以敘述人、神之間的浪漫故事。

　　至於〈國殤〉一詩，則不若上述諸篇是描述天地神祇的故事，而是敘述"人鬼"之事。詩歌中展現的戰爭情節極為寫實，自「操吳戈兮被犀甲」至「嚴殺盡兮棄原野」〔註100〕，皆是敘述殘酷血腥的戰爭場面，如實地呈現一幅敵我激戰、楚軍浴血奮戰、無數戰士曝屍荒野的動態場面。詩歌一開始是從近鏡頭展開，「操吳戈兮被犀甲，車錯轂兮短兵接〔註101〕」，描述戰士手持兵器身披盔甲與敵人交戰。而後近鏡頭放大至全景呈現，「旌蔽日兮敵若雲〔註102〕」一句，使畫面呈現出敵軍旌旗蔽天的場景。接下來再敘述楚國將士不畏敵眾我寡，奮勇力戰的英勇表現──「矢交墜兮士爭先。凌余陣兮躐余行，左驂殪兮右刃傷。霾兩輪兮縶四馬，援玉枹兮擊鳴鼓〔註103〕」──戰車左邊的馬已死去，右邊的馬也受了刀傷，車輪陷入泥淖之中，駟馬彼此牽絆，進退不得，卻仍繼續敲擊戰鼓奮戰著。詩歌以寫實的敘事筆法呈現出楚軍浴血奮戰的情形，最後再以戰士寡不敵眾，葬身原野作為戰爭的結束。詩歌後半部除了回顧當年帶長劍、挾秦弓，前往戰地奮戰的英雄之外，並熱烈讚頌戰士亡靈到了另一個世界，仍是可敬的"鬼雄"。〈國殤〉整首詩對於戰爭場景的敘述，是以"直賦其事"的寫實手法，將兩軍交戰的動態畫面作一呈現，而非如《詩經》中描述戰爭的作品，多只是敘述出征的一方，而不見激烈戰鬥的具體描寫〔註104〕，故此詩的敘事性，站在戰爭詩或邊塞詩的詩史角度來看，

〔註100〕詳參四部刊要／集部・楚辭類，〔宋〕洪興祖撰，《楚辭補注》〈九歌章句第二國殤〉，台北縣：漢京文化，1983年初版，頁82～83。
〔註101〕同前揭註，頁82。
〔註102〕同前揭註，頁82。
〔註103〕同前揭註，頁82。
〔註104〕例如《大雅・常武》、《秦風・無衣》、《小雅・車攻》等。

實有譜寫新扉頁的時代意義。

三、九歌諸神與希臘神話諸神"人格化"表現的象徵意涵

屈原運用豐富的想像力，把九歌中的神話人物一一賦予人格化的性格，讀其詩，我們感覺這些諸神如同人類一般具有喜怒哀樂、愛怨傷離的感情，而不再只是距人遙遠，供人膜拜的超然存在者。中國詩歌中將神話人物大量引進，塑造其人性化形象者，屈原當爲最早的文人詩人，他所敘事的神話人物雖然與古希臘史詩中的諸神性格有所差距，但二者在體現"人的主體覺醒"一意涵上，其實是有其相通之處的。

在《山海經》裡，神的形象都是怪誕的，《左傳》、《國語》中的「木石之怪」、「魑魅魍魎」亦是妖魅森怖氣息甚重，但到了《楚辭》時，除了神靈所乘的龍之外，獸身人面的詭怪神靈形象幾已不復存在，代之而起的是讓人有清綺之思或欽慕之情的神靈形象。〈九歌〉諸神中，雲中君是"爛昭昭兮未央"的光彩奪目樣；湘君是"美要眇兮宜修"的模樣；湘夫人是令人想採摘芬芳杜若送給她（搴汀洲兮杜若）、想要與她相偎相伴左右（聞佳人兮召予，將騰駕兮偕逝）的美麗動人模樣；大司命是"靈衣兮被被，玉佩兮陸離"的威嚴尊貴貌；少司命是衣裁綠荷、腰束香蕙，"倏而來兮忽而逝"略帶憂愁的輕盈飄忽模樣；東君是駕龍乘雷"青雲衣兮白霓裳"的非凡模樣；河伯是率領狂瀾，"乘水車"、"駕兩龍"充滿活力的模樣；山鬼是"既含睇兮又宜笑"的含情脈脈模樣。昔日神靈的猙獰面目一變而爲光燦耀眼、旖妮多情的人性模樣，我們實可說〈九歌〉中的諸神形象展現了人神交往和諧的景象，神靈的"人格化"、"世俗化"，甚且"親切化"，可說是九歌神話與上古舊神話的明顯區別。而這也顯現出人的自主性與主體性在神話中覺醒的投影。

再者，屈原不侷限於儒家政治倫理道德爲標準的角度，也是其筆

下神話人物較具"人格化"且"個性化"的原因，例如九歌中河伯的形象，是一個充滿活力的神靈，詩中開首的"與女遊兮九河，衝風起兮橫波"二句，即展現出人們對牠的欽慕之情，再如"將暮兮悵忘歸，惟極浦兮寤懷"二句，亦表現出詩中主人公與河伯同遊時的暢然忘我。但王逸注引傳卻說：

> 河伯化爲白龍游於水旁，羿見射之，眇其左目。河伯上訴天帝曰：「爲我殺羿！」天帝曰：「爾何故得見射？」河伯曰：「我時化爲白龍出游。」天帝曰：「使汝深守神靈，羿何從得射汝？今爲蟲獸當爲人所射，固其宜也。羿何罪？」
>
> 〔註105〕

王逸筆下的"河伯"是一般中原傳說中的形象，常常化爲白龍出遊，仍是一貫的活躍形象，但後來卻被夷羿射瞎了左眼，只因其其活躍不羈是較不被認同的行爲，故受到后羿的射傷或天帝的責難。但屈原〈九歌〉筆下的河伯卻是充滿活力而又受到肯定的，〈天問〉中屈原亦爲河伯鳴不平──帝降夷羿，革孼夏民，胡射夫河伯，而妻彼雒嬪？〔註106〕──顯現屈原對於神界和人間是採用同一原則加以衡量的，他並不將神話「歷史化」，反而是將神話更化爲「人化」，將神靈形象融入人性的世俗化色彩。再舉一例以證，例如〈東君〉中的日神東君，屈原以乘雷沖天、光照萬里、爲民除害等種種描述來塑造東君的英雄形象，但敘述神靈內心轉折時，卻有一頗爲詼諧的情節安排，令人愈發覺得此神靈極爲"人性化"：「駕龍輈兮乘雷，載雲旗兮委蛇。長太息兮將上，心低佪兮顧懷〔註107〕」幾句巧妙地敘述了東君本欲升天巡行，卻又眷戀著自己的居室而遲疑徘徊著。直到祭祀典禮上急管繁絃、輕歌曼舞大作，才又被人間祭享之禮給吸引出來，急急率領牠的隨從、車乘降臨到祭場，其陣仗幾乎把整個天空都遮蔽了，「羌聲色兮娛人，觀

〔註105〕詳參王逸注，《楚辭章句》，台北縣板橋：藝文，1974 年。

〔註106〕詳參四部刊要／集部・楚辭類，〔宋〕洪興祖撰，《楚辭補注》〈天問章句第三〉，台北縣：漢京文化，1983 年初版，頁 99。

〔註107〕同前揭註，《楚辭補注》〈九歌章句第二東君〉，頁 74。

者憺兮忘歸。緪瑟兮交鼓，簫鍾兮瑤虞，鳴篪兮吹竽，思靈保兮賢姱。
翾飛兮翠曾，展詩兮會舞。應律兮合節，靈之來兮蔽日〔註108〕」數句
即敍述此一情節。屈原塑造出的日神形象，令人倍覺親切，主要是因
爲祂也有著凡人一般的情感，當倦勤於工作而想在居處歇息時，卻又
被祭場上的聲色樂舞所振奮鼓舞，於是再度驅龍駕雷，沖天而起。由
此可知，詩人將神性與人性融合爲一，《九歌》中的神話人物不再是曚
昧虛妄的混沌形象或猙獰非人的模樣，而是融入人類愛憎情感、能夠
與人聲氣相通的形象。

　　楚國的多神信仰，與古希臘的多神信仰環境相似，九歌中所展現
的諸神形象是被人格化的，而非周朝人文思想中超然存在、只有展現
“德性”較無人格化情慾表現、且形象並不具象化的“皇天”或“上
帝”形象。九歌中諸神人格化的展現，事實上也顯示了人的主體性已
取代了初民時期對於神靈純崇拜的無自主性階段。此點與古希臘神話
的諸神描繪在創作精神上是相通的，因爲由神的人格化摹寫即已說明
了人的主體性已覺醒。古希臘神話中的諸神都是以“人形”之姿被敍
事的，且與地上人類一般有著喜怒哀樂的情感，充分展現其人格化、
自主化、世俗化的形象，這與他們的文化思想、宗教觀念自然有關係。
王德昭先生說道：

> 荷馬時期希臘人的宗教信仰顯然缺乏精神的和道德的意
> 義，因爲他缺乏對於超自然的企望和歸之於神命的道德的規
> 範。但從另一方面視之，則它自有其寶貴的精神和道德意
> 義。希臘人的神乃是希臘人本於自己而塑造的理想人格，比
> 人更強、更美、更多智慧；但不是全能也非至善。他們的神
> 超乎自然而仍一本於自然，超乎人而仍和人聲氣相通。所以
> 當希臘人取他們的神以爲人格的典型時，他們所求的乃是他
> 們自己所理想的人格的完成——勇敢、機智、忠誠、自律、
> 友愛和憎恨敵人，事實上，其後爲希臘理想的主要成分的思

〔註108〕同前揭註，《楚辭補注》〈九歌章句第二東君〉，頁74～75。

想觀念，多數在荷馬時期以見其端倪。〔註109〕

由此可知，古希臘神話的諸神形象，體現出神靈的人格化與世俗化，體現出與人類共通的情感特質，無一不是古希臘人將人的自主性與主體性，投射在神話中諸神形象塑造上所造成的。神靈人物與人聲氣相通，即是以“人”為模式套用上去的，這意味著人的覺醒——人神地位平等——神的概念與人的精神是互通的。換個角度來看，也可以說「古希臘神話是把諸神人格化來表現人在物的世界中占有的“之最”〔註110〕」簡而言之，神靈的人格化即象徵神靈具有“人”的內在價值、尊嚴和神聖地位，此點亦說明了《九歌》諸神的人格化形象，乃是屈原或楚國在宗教心靈上的自主性與主體性之覺醒。

顯然地，中外敘事詩中，“人格化”或“世俗化”的神靈性格塑造，不但使人物形象更為生動靈活，且對於故事情節的展開實有加分的效果。

綜合以上的分析，我們可以確定《九歌》的敘事性是不容抹滅的，除〈禮魂〉之外，各篇內容皆體現出敘事的基本特質，統合整體來看，《九歌》可說是敘述神、人故事，帶有濃厚神話傳說氣息的“劇詩”，所以自然也是典型的敘事詩。

第四節　以第三人稱全知視角呈現對話情節的〈卜居〉、〈漁父〉

一、將故事情節濃縮在“對話”中

屈賦作品中，〈卜居〉、〈漁父〉〔註111〕在敘事結構上來說，可

〔註109〕詳參王德昭著，《西洋通史・希臘人與希臘城邦》，台北市：五南，1999 年 3 月二版五刷，頁 66。

〔註110〕詳參楊亦軍著，《老莊學說與古希臘神話》，成都：巴蜀書社，2001 年 9 月第一版，頁 87。

〔註111〕游國恩先生認為屈原〈卜居〉、〈漁父〉的作品是以作者為主角、以第三者的口吻旁述，故乃是「後人依託之辭無疑」（《游國恩學術論

說是獨樹一幟的。因為兩首詩歌皆是以第三人稱的角度來敘事，亦
即運用敘事學中的全知視角來敘事。且二篇在敘事特質上，著重表
現於人物「對話」上，可說是藉由「對話」來完成基本故事情節的。

〈卜居〉與〈漁父〉在敘事結構上的安排，幾乎一致，詩歌的第
一個情節，都先作背景介紹，敘述屈原已被君王放逐，心煩慮亂、神
情憔悴，以作為詩中主要情節開展前的鋪敘。而後再引進第二個人物
登場，展開他與主角屈原的對話，以作為詩中主要敘事主題。例如〈卜
居〉一開始，即敘述「屈原既放，三年不得復見。竭知盡忠，而蔽鄣
於讒。心煩慮亂，不知所從〔註112〕」，這幾句已把事件發生的時間背

文集・宋玉大小言賦考》，北京：中華書局，1989，頁 205）。但戰
國時人著書，習慣用對話方式行文，見諸於辭賦者不少，故饒宗頤
先生於〈天問文體的源流〉（《文轍——文學史論文集》上，台北：
台灣學生書局，頁170）一文中，即引宋人洪邁之說加以說明：「這
種問答文體在戰國末期很是盛行。洪邁說：『自屈原假漁父日者問
答之後，後人作者悉相規仿。』舉〈子虛〉〈上林〉等為例（《容齋
五筆》卷七）他的意思是指〈卜居〉〈詹尹〉和〈漁父〉兩篇。這
二篇的作者問題，由於《荀子・不苟篇》有「新浴者振其衣，新沐
者彈其冠」，是抄襲自〈漁父〉的，而賈誼〈弔屈文〉中「吁嗟默
默，生之無故」，和〈卜居〉「吁嗟默默兮」語亦相同，足見二篇在
荀卿、賈誼之前已存在，故王逸定為屈原所自作。」此外，1972年
4月在山東臨沂銀崔山西漢初年一號墓，出土的大批竹簡，發現唐
勒賦的殘簡，由其體式可證「設辭問對」的賦體在戰國時代早已出
現，且〈卜居〉、〈漁父〉不為屈原所作的疑得以平反。簡宗梧先
生於〈賦與設辭問對關係之考察〉（《逢甲人文社會學報》第11期，
2005.12，頁20～21）一文中亦云：「屈原與鄭詹尹的對話，寫入〈卜
居〉，與漁父的對話，寫入〈漁父〉，宋玉與楚襄王的對話，寫入諸
賦，這猶如孟子與齊宣王、梁惠王的對話，寫入《孟子》；莊子與
惠施等人的對話，寫入《莊子》，並不值得大驚小怪。至於宋玉諸
賦，稱「楚襄王」，也一如《孟子》稱齊宣王、梁惠王，也應該沒
有什麼好奇怪的。……屈原〈卜居〉、〈漁父〉二賦，雖不在暇豫貴
遊之列，但以其雅好有韻的楚辭，於是韻文寫出對話，是很合理的。
更何況依《左傳》記載卜筮繇辭及古卜者之言，原本就有韻文化的
傾向，所以屈原以用韻的對話完成二賦，是可以理解的。」綜上，
我們認為〈卜居〉、〈漁父〉為屈原著作，實不應輕易剝奪其著作權。

〔註112〕詳參四部刊要／集部・楚辭類，〔宋〕洪興祖撰，《楚辭補注》〈卜

景先行交代清楚，接下來再敘述無所適從的屈原為解決心中煩亂，遂去請教太卜鄭詹尹：

> 乃往見太卜鄭詹尹曰：「余有所疑，願因先生決之。」詹尹乃端策拂龜，曰：「君將何以教之？」屈原曰：「吾寧悃悃款款樸以忠乎？將送往勞來斯無窮乎？寧誅鋤草茅以力耕乎？將遊大人以成名乎？寧正言不諱以危身乎？將從俗富貴以偷生乎？寧超然高舉以保真乎？將呢訾栗斯、喔咿儒兒，以事婦人乎？寧廉潔正直以自清乎？將突梯滑稽如脂如韋以潔楹乎？寧昂昂若千里之駒乎？將氾氾若水中之鳧，與波上下，偷以全吾軀乎？寧與騏驥亢軛乎？將隨駑馬之跡乎？寧與黃鵠比翼乎？將與雞鶩爭食乎？此孰吉孰凶？何去何從？世溷濁而不清；蟬翼為重，千鈞為輕；黃鐘毀棄，瓦釜雷鳴；讒人高張，賢士無名。吁嗟默默兮，誰知吾之廉貞？」詹尹乃釋策而謝曰：「夫尺有所短，寸有所長；物有所不足，智有所不明；數有所不逮，神有所不通。用君之心，行君之意，龜策誠不能知此事。」〔註113〕

我們可以清楚地看到此詩在結構設計上，並不像屈賦其他作品大都以第一人稱的限知視角來敘事；而是以第三人稱的方式來述說一段故事，敘事者將事件的前因後果敘述出來，如同他在場看見所有人事物的發生過程一般，這類的敘事角度，西方敘事學一般稱作"全知視角"。而其實全知視角的使用，在中國敘事文學中，是最常被使用的。屈賦之前的《詩經》已多有使用，例如《詩經》中的《大雅‧生民》、《大雅‧公劉》、《大雅‧綿》、《大雅‧皇矣》、《大雅‧大明》、《周南‧野有死麕》、《鄭風‧女曰雞鳴》、《鄭風‧溱洧》、《齊風‧雞鳴》等。只不過《詩經》在敘事結構上較為簡單，而不若〈卜居〉、〈漁父〉兩篇詩歌已像是微型小說一般，敘事性更為明顯。

居章句第六〉，台北縣：漢京文化，1983 年初版，頁 176
〔註113〕詳參四部刊要／集部‧楚辭類，〔宋〕洪興祖撰，《楚辭補注》〈九歌章句第二東皇太一〉，台北縣：漢京文化，1983 年初版，頁 176～178。

　　再看〈漁父〉一篇，起首時亦是先敘述故事發生的背景，作爲詩中第一個情節——屈原既放，游於江潭。行吟澤畔，顏色憔悴，形容枯槁〔註114〕——我們彷彿看見一個神情憔悴名叫屈原的人，在沼澤旁一邊走一邊低聲吟唱著一般。而後，詩中第二個人物再登場，與屈原展開對話，這是詩中主要情節：

> 漁父見而問之曰：「子非三閭大夫與？何故至于斯？」屈原曰：「舉世皆濁我獨清，眾人皆醉我獨醒，是以見放。」漁父曰：「聖人不凝滯于物，而能與世推移。世人皆濁，何不淈其泥而揚其波？眾人皆醉，何不餔其糟而歠其醨？何故深思高舉，自令放爲？」屈原曰：「吾聞之：新沐者必彈冠，新浴者必振衣。安能以身之察察，受物之汶汶者乎？寧赴湘流，葬於江魚之腹中。安能以皓皓之白，而蒙世俗之塵埃乎？」漁父莞爾而笑，鼓枻而去。乃歌曰：「滄浪之水清兮，可以濯吾纓，滄浪之水濁兮，可以濯吾足。」遂去，不復與言。〔註115〕

由上面的引文，我們可以看出詩歌的敘事手法主要是透過人物對話內容以展現，敘事者以全知視角客觀化地展現詩中兩個角色的不同思想意識，以烘托出主角（屈原）的人生態度，並在二人問答之中，將敘事主題自然地呈現出來。

　　除了將故事情節濃縮在“對話”中表現出來之外，〈卜居〉、〈漁父〉二詩在對話中亦展現“賦”的鋪陳技巧。此種敘事結構，也影響了若干漢代民間敘事詩在敘事結構上的安排。例如漢代民間敘事詩「東門行」、「病婦行」、「陌上桑」、「羽林郎」、「上山採蘼蕪」等，皆是與〈卜居〉、〈漁父〉之敘事結構相近者。雖然〈卜居〉、〈漁父〉在情節結構上，較爲簡單，不若〈孔雀東南飛〉、〈木蘭詩〉等來得成熟飽滿，但作爲早期敘事詩而言，實已有其開創意義，我們不妨說此二

〔註114〕詳參四部刊要／集部・楚辭類，〔宋〕洪興祖撰，《楚辭補注》〈漁父章句第七〉，台北縣：漢京文化，1983 年初版，頁 179。
〔註115〕同前揭註，頁 179～181。

詩是運用全知視角，並透過人物對話呈現精鍊情節的敘事詩源頭。

二、散文化傾向更利於敘事

　　除了敘事角度皆為全知視角，且敘事結構的設計相同之外；〈卜居〉、〈漁父〉二詩在語言形式上，詩歌散文化傾向頗為明顯，若以現代詩歌的術語來說，也可說是類似“散文詩”。麻守中先生便認為屈原的詩是揉合了戰國時代的散文語言，故其詩的散文化傾向較為濃厚〔註116〕。

　　事實上，散文詩和敘事詩在某些文學表現上非常接近，二者在敘事表現的文學條件上，是較相近的，只不過敘事詩主要是在“敘事”，而散文詩則不一定皆要表現“敘事”，純抒情的散文詩也有。散文詩是一種介於新詩與散文之間的邊緣文體，最早是由外國翻譯過來的，在英文中寫作“poem prose”，譯為中文則指用散文的語言抒發情感的一種詩歌體裁。自由體詩於形式上的重要標誌是分行排列，且多半押韻。但這種形式有時無法滿足詩人充分馳騁才情和創新、變化的需要，於是便產生了一種外型像散文、形式上揚棄韻文和分行排列的詩歌，此即散文詩的產生過程。一八六〇年左右，法人波德萊爾開始小散文詩的創作。其後，散文詩進一步擴展至歐洲大陸、美國和中東、印度等地，出現了馬拉美、藍波、惠特曼、里爾克、屠格涅夫、高爾基、泰戈爾、紀伯倫等一系列有影響力的散文詩作家〔註117〕。等到散文詩傳到中國來，約在五四以後；最先使用散文詩這個概念的，是五四前的美學家——王國維。王國維在〈屈子文學之精神〉一文中曾說：「莊列書中之某些篇章，即謂之散

〔註116〕詳參麻守中著，《中國古代詩歌體裁概論》，吉林：吉林大學出版社出版，1988 年 9 月第一版，頁 58～59。簡宗梧先生亦說賦是散文化的詩（簡宗梧著，《賦與駢文》，台北市：台灣書店，1998 年初版，頁 5）。

〔註117〕詳參杜紆主編《世界散文詩鑑賞大辭典》序言，北京：北京廣播學院出版社，1992。

文詩，無不可也。〔註 118〕」他這裡所講的「散文詩」雖沒有嚴格界線或定義，但若將屈原詩歌的形式與一般齊言式的韻文詩歌作一比較，並結合現代散文詩的概念來看，則屈原詩歌的散文化傾向確實較爲濃厚，也可姑且說是古代的散文詩。散文詩利於“敘事”的展現，主要是在詩歌形式上較爲自由，且字數無一定限制，所以當寫作手法是以敘事爲主時，自然較容易鋪敘，茲引杜十三散文詩〈苔〉爲例，以資說明散文詩的利於敘事：

> 夜深的時候，一條巷子幽幽的哭泣了起來，帶著紙錢焚燒的味道。月亮蒼白的掛上枝頭，把一片冷冷的光拋向靜寂的巷道，藉著婆娑的葉影調出一種詭異的亮度，斑斑駁駁的塗在幾户人家的牆上，而後，一陣風飄過，兩排緊閉的門窗便跟著慌亂的抖動起來，在巷底深處的某個角落，喚起一陣淒厲的狗吠。
>
> 如此悽慘的，一個女人哀怨的哭聲和著一隻野狗共鳴的悲啼，把痙攣躺在兩排森冷門階前面，長久不雨的巷道當成一條乾涸的喉嚨，夜夜對著一輪慘白的冷月，不斷的呼號著某種失去的東西----直到第七個夜晚之後，紙錢焚燒的味道消逝了，月亮才逐漸恢復白潤的臉色。
>
> 很久以後，有人從巷底抬出一具女人的屍體，她的手上緊緊的抱住一個男人綘著黑邊的靈照，積滿淚痕的臉上，則斑斑駁駁的爬滿了新綠的苔蘚。〔註 119〕

〈苔〉這首詩是以意象的經營取勝的散文詩。冷月、幽巷、緊閉的門窗、淒厲的狗吠、焚燒的紙錢、爬滿苔蘚的臉龐，無疑是詩中有機組合的意象，自然有其敘事的象徵意涵；但詩歌主要是透過敘事的手法勾勒出人事物背景，且體現一定的情節發展，當敘事者以全知視角展開敘述時，彷若引領人進入了「聊齋」般的故事中。由此可知，散文

〔註 118〕詳參王國維著，徐洪興編選，《求眞・求善・求眞：王國維文選》，上海市：上海遠東，1997 年第一版。

〔註 119〕詳參杜紓主編《世界散文詩鑑賞大辭典》〈苔〉，北京：北京廣播學院出版社，1992。

詩有其善於"敘事"的條件。我們之所以花費篇幅說明散文詩利於敘事的緣由，主要是爲了同理證明〈卜居〉、〈漁父〉——乃至屈原所有詩歌——的散文化傾向，正是其詩歌利於敘事表現的有利條件。

第四章　漢賦的敘事詩特質分析

　　長久以來，在詩歌史裡，"賦"始終不被列入詩林之中，一般的文學史，多半將"賦"視爲一種非詩非文的特殊文體，或將其視爲介於詩與文之間的中間文體，甚或將之視爲近於「文」的文體。關於賦的文體屬性，可說一直是個爭論未休的議題。但賦的文體屬性攸關本文主題探討之方向及相關問題之開展，故本章擬先辨明"賦"本就是"詩"的一種體裁，而後於此認知基礎之上，進而分析漢賦的敘事特質，並論析漢賦的興盛標誌著中國早期敘事詩的黃金時期。茲依序概述於后。

第一節　詩爲賦心，賦爲詩體

一、"賦"在古代學者心目中之定位

　　"賦"在漢朝學者的看法，認爲它是詩的別類，且是由"詩"這主流系統所延伸而出的支流，所以仍是將它歸屬於詩歌的系統中。例如，班固在〈兩都賦序〉中說：「賦者，古詩之流也。〔註1〕」又說：「或以抒下情而通諷諭，或以宣上德而盡忠孝，雍容揄揚，著於後嗣，

─────────────

〔註1〕詳參周啓成等註譯，《新譯昭明文選》，台北市：三民，1997年初版，頁4。

抑亦雅頌之亞也。〔註2〕」班固在此即表示"賦"是淵源於詩，並認為賦的價值僅次於雅頌的作品，這讓我們清楚地瞭解漢人心目中，"賦"是和古詩放在同一範疇內去作評價的，賦儼然是源於古詩、銜接詩歌系統而來的新詩體。

　　再者，劉歆《七略》將詩賦共為一略，班固亦如是，可見二者在性質上本就難以分割。《漢書・藝文志・詩賦略》中說道：「不歌而誦謂之賦，登高能賦，可以為大夫。〔註3〕」所以賦的性質，在於"不歌而誦"，古時候公卿大夫交接鄰國，揖讓之時，必定賦詩以明其志，故又說：「春秋列國朝聘，賓客多賦詩言志，蓋隨時口誦，不待樂也。〔註4〕」以上引文除了強調出"賦"的產生過程，是淵源於賦詩之賦，亦說明了賦是不需弦而歌之，是可隨時口誦、不歌而誦的。《國語・周語》中便記載了賦詩之事：「邵公曰：『……故天子聽政，使公卿至於列士獻詩，瞽獻曲，史獻書，師箴，瞍賦，矇誦。』〔註5〕」《周語》所說的"瞍賦"，便是指沒有瞳仁的盲人吟誦公卿大夫所獻的詩。此外，《左傳》中亦記載了許多賦詩的事，著名者如"魯隱公元年鄭伯克段于鄢"，敘述鄭莊公因恨其母姜氏助弟共叔段作亂，遂立誓死後在黃泉下才要相見。但後來反悔了，便掘地見泉，在隧道中和母姜氏相見。史傳中記載他們於隧道中互相賦詩：「公入而賦：『大隧之中，其樂也融融。』姜出而賦：『大隧之外，其樂也泄泄。』遂為母子如初。〔註6〕」此段記載，郭紹虞先生在〈中國文學演進之趨勢〉中說：「此時的賦，體制極為簡單，由其不歌而誦的作用而言，固可以稱為短賦，由其發抒情志的性質而言，亦不妨稱為小詩。〔註7〕」所以，賦一開始，便是詩歌的體制，若要嚴格區分其與詩之分別，則賦可說

〔註2〕前揭書，頁4。
〔註3〕詳參《漢書》卷三十〈藝文志〉第十。
〔註4〕詳參《漢書》卷三十〈藝文志〉第十。
〔註5〕詳參《國語》卷第一周語上。
〔註6〕《春秋左傳》隱公元年。
〔註7〕參見麻守中著，《中國古代詩歌體裁概論》，頁71。

是不歌而誦的詩，而不若早期的詩幾乎都是歌唱的。

《漢書・藝文志・詩賦略》中又提到：

> 春秋之後，周道寢壞，聘問詠歌，不行於列國，學詩之士，
> 逸在布衣，而賢人失志之賦作矣。大儒孫卿及楚臣屈原，
> 離讒憂國，皆作賦以風，咸有惻隱古詩之義，其後宋玉、
> 唐勒。漢興，枚乘、司馬相如，下及揚子雲，競爲侈麗閎
> 衍之詞，沒其風諭之義。〔註8〕

「咸有惻隱古詩之義」或「沒其風諭之義」的評價，都在說明 "賦"
在漢人的心中，是與古人作詩之精神銜接而相通的。凡此，都證明了
賦是淵源於古詩之流，它在漢代人心中，一直是屬於詩之家庭的一份
子。

對於 "賦" 與詩之關係，齊梁劉勰也認爲 "賦自詩出"，他在《文
心雕龍・詮賦》便說：「詩有六義，其二曰賦。」，又說：

> 賦也者，受命於詩人，拓宇於楚辭也。於是荀況禮智，宋
> 玉風釣，爰錫名號，與詩畫境，六義附庸，蔚成大國。述
> 主客以首引，極聲貌以窮文，斯蓋別詩之原始，命賦之厥
> 初也。〔註9〕

〈詮賦〉篇的 "贊" 亦說：「賦自詩出，分歧異派。寫物圖貌，蔚似
雕畫。抑滯必揚，言庸無隘。風歸麗則，辭翦荑稗。〔註10〕」綜上可
知，劉勰是由詩六義的立足點出發，他認爲賦是從六義中延伸出來的
分枝或別派，所以說賦是 "六義附庸，蔚成大國"，文學表現主要在
於描寫物象、繪畫事物形貌，又說賦的特質在於文采華麗豐富，內容
廣闊而不狹隘，風格趨於豔麗正則。

大體而言，班固認爲賦是源於古代的 "賦詩" 之賦；而劉勰則
認爲賦是由詩六義風、賦、比、興、雅、頌中的 "賦" 所發展出來

〔註 8〕詳參《漢書》卷三十〈藝文志〉第十。

〔註 9〕詳參劉勰著，周振甫注，《文心雕龍注釋》，台北市：里人書局，1984
　　　年，頁137。

〔註10〕前揭書，頁139。

的〔註11〕。這二者的主張雖有所差別，但我們也可就此看出，不論是在漢人或南朝人的心中，"賦"作爲一個文體而言，它始終是與"詩"緊密相依的，二者關係之深，主要在於賦原本即是詩歌之體製。

劉熙載於《藝概·賦概》中，對於"賦"與"詩"的關係，亦說：

> 詩爲賦心，賦爲詩體。詩言持，賦言鋪，持約而鋪博也。古詩人本合二義爲一，至西漢以來，詩賦始各有專家。
>
> 賦起於情事雜沓，詩不能馭，故爲賦以鋪陳之。斯於千態萬狀，層見迭出者，吐無不暢，暢無或竭。
>
> 樂章無非詩，詩不皆樂；賦無非詩，詩不皆賦。故樂章，詩之宮商者也；賦，詩之鋪張者也。〔註12〕

由上可知，劉熙載亦認爲賦本是詩之體製，並提出「詩爲賦心，賦爲詩體」之主張，且認爲賦之產生，主要是因爲"情"、"事"紛雜奔至，詩歌的一般體製無法表現得淋漓盡致時，便由"詩"轉而爲"賦"以鋪陳之，因爲詩主要在於"持約"，而賦則可以"鋪博"（「賦，詩之鋪張者也」），亦即透過敘事描寫的鋪陳，將情志或事件的千態萬狀更明確地敘述出來，達成「吐無不暢，暢無或竭」的效果。所以，詩賦本爲一家，「賦無非詩」，後因其表現方式或涉及主題、內容等等因素之關係，方造成「西漢以來，詩賦始各有專家」之局面。但正本清源來說，賦實應歸屬於詩歌的系統，是由詩之主幹所旁生出的別枝，所以前人才會總說它是「古詩之流」。此外，劉熙載又說：

> 以賦視詩，較若紛至沓來，氣猛勢惡。故才弱者往往能爲詩，不能爲賦。積學以廣才，可不豫乎？〔註13〕

這又點明了賦在敘述鋪陳的特質之上，往往體現出一種氣勢奔騰的風

〔註11〕范文瀾在《文心雕龍注》一書中，批駁了劉勰的看法，認爲"賦詩之賦"較之於"六義之賦"而言，在時間發展上更早，所以他認爲賦源於六義之說，較難成立，賦應是源於賦詩之賦。

〔註12〕詳參劉熙載著，《藝概·賦概》，頁122。

〔註13〕前揭書，頁138。

格（例如漢大賦之風格），而不若一般的詩總以抒情為主。「才弱者往往能為詩，不能為賦」主要是為了強調賦家大多是飽讀典籍，文學造詣高深的文人才士，他們大多嫻於辭令，辭必盡麗，如皇甫謐於〈三都賦序〉所說：「賦也者，所以因物造端，敷弘體理，欲人不能加也」。

二、目前學界對"賦"本為"詩"之論見

朱光潛先生於《詩論》中，亦認為"賦本是詩中的一種體裁"：

> 賦本是詩中的一種體裁。漢以前的學者都把賦看做詩的一個別類。《詩經·毛序》以賦為詩的「六義」之一，《周官》列賦為「六詩」之一。班固在〈兩都賦〉的「序」裏說，「賦者古詩之流」。據《漢書·郊祀志》，賦與詩同隸於漢武帝所立的樂府。到齊梁時，劉勰《文心雕龍》裏仍承認「賦自詩出」。賦的鼎盛時代是從漢朝到梁朝，隋唐以後雖然代有作者，已沒有從前那樣蓬勃了。後人逐漸把詩和賦分開，把賦歸到散文一方面去。比如姚鼐的《古文辭類纂》原是一部散文選，詩歌不在內而「詞賦」卻佔很重要的位置。近來文學史家也往往沿襲這種誤解，不把「詞賦」放在「詩歌」項下來講。胡適《白話文學史》裏把詞賦完全丟去，還可以說是因為著重「白話文學」的緣故；陸侃如、馮沅君著《中國詩史》卻也不留一點篇幅給詞賦，似未免忽略詞賦對於中國詩體發展的重要性了。〔註14〕

由此可知，不論是在漢代還是之前，賦一開始就是詩的一種體裁，只是說它較一般的詩，有其特有的風格及其表現方法，但前人一直是把它視為一種詩體的。這就好比詞也是詩、曲也是詩的情況一般，它們都是從詩歌這一系統中所發展出來的詩的別類，雖各自有其風格面貌，但究其本質來說，仍是應將它們置於詩歌這一文體中。但後世文學史家卻總把賦由詩歌項下劃分開來，忽略了它在歷史的發展中，一路以來從未離開詩歌系統的事實。

〔註14〕詳參朱光潛《詩論·中國詩何以走上「律」的路（上）——賦對於詩的影響》，台北市：國文天地雜誌社，1990年3月初版，頁244。

　　此外，朱光潛先生認為若要將賦與一般的詩比較的話，那麼賦可說是"一種大規模的描寫詩"：

　　　賦是一種大規模的描寫詩。《詩經》中已有許多雛形的賦。
　　　例如〈鄭風・大叔于田〉鋪陳打獵的排場：「大叔于田，乘
　　　乘馬，執轡如組，兩驂如舞。叔在藪，火烈具舉，襢裼暴虎，
　　　獻于公所。將叔無狃，戒其傷女。」以及〈小雅・無羊〉描
　　　寫牛羊的姿態：「誰謂爾無羊？三百爲群。誰謂爾無牛？九
　　　十其犉。爾羊來思，其角濈濈；爾牛來思，其耳濕濕。」「或
　　　降于阿，或飲于池，或寢或訛。爾牧來思，何蓑何笠，或負
　　　其糇，三十維物，爾牲則具。」如果出於漢魏以後人的手筆，
　　　這種題材就可以寫成長篇的賦了。〈大叔于田〉可以參較司
　　　馬相如的〈上林賦〉和揚雄的〈羽獵賦〉；〈無羊〉可以參較
　　　禰衡的〈鸚鵡賦〉和顏延之的〈赭白馬賦〉。詩所以必流於
　　　賦者，由於人類對於自然的觀察，漸由粗要以至精微；對於
　　　文字的駕馭，漸由斂肅以至於放肆。〔註15〕

朱光潛先生認為由於人類對自然的觀察，漸趨精微，且對於文字駕馭
的功力，愈來愈純熟流暢，所以，在《詩經》中可以幾句話寫完的，
表現爲賦時，自然就是長篇大幅、洋洋灑灑的風貌了。又加以賦總是
以較長的篇幅來描寫事物，恣意鋪陳情事，所以可說是種"大規模的
描寫詩"。

　　而簡宗梧先生在〈漢賦爲詩爲文之考辨〉一文中，也從各個不同
的角度，精闢考辨出漢賦本爲詩體，且是「偏向敘事描寫的詩〔註16〕」，
又因爲漢賦在"形式上"有散文化的傾向，所以認爲漢賦也可說是散
文化的詩：

　　　形式是釐析文學體類的一項標準，如前所謂：有韻爲文，
　　　無韻爲筆；或有韻爲詩，無韻爲文，都是就文學韻律形式

〔註15〕詳參朱光潛《詩論・中國詩何以走上「律」的路（上）——賦對於
　　　　詩的影響》，頁 245～246。
〔註16〕詳參簡宗梧著，《漢賦史論・漢賦爲詩爲文之考辨》，台北市：東大，
　　　　1993 年初版，頁 143。

來區分的。我們若以有韻無韻爲詩文畫分的指標，那麼漢賦是散文化的詩。因爲漢賦絕大部分是韻文，極少部分是散文。……如司馬相如的〈子虛賦〉，自「楚使子虛始於齊」，到「僕對曰唯唯」兩百餘字，是散文體的問對，是鋪敘楚王之獵的引文。自「臣聞楚有七澤」，到「於是齊王無以應僕也」約八百字，是賦的主體，用韻文形式。「烏有先生曰」以下近三百字，以散文爲主，偶用韻句。至於〈上林賦〉自「亡是公听然而笑曰」，到「獨不聞天子之上林乎」約一百五十字，也是散文體的引言。自「左蒼梧」，「心愉於側」約一千六百字，是鋪敘天子上林狩獵的主體，爲韻文。自「於是酒中樂酣」以下四百餘字，是諷諭之所存，乃散文韻文互用，各佔其半。〈子虛賦〉和〈上林賦〉是西漢古賦的典型，後來賦篇大體仿此。賦的主體是韻文，前後參雜散文體，稱其爲散文化的詩，不亦宜乎！我們稱它爲散文化，不只是前後散文體的穿插，還包括句式的參差和提頭接頭語詞的運用。中國正統的詩，句式或四言、或五言、或七言，雖其間或有參差，但大都句式畫一整齊。但賦篇句式，則變化多端，如〈子虛〉、〈上林賦〉，其押韻的句子，忽作三字句排比，忽作四字句排比，又忽而作五字句或七字句排比。……其變化自如似散文，但連緜排比則似詩。……中國詩句不但可以不用冠詞和前置詞，也可以不用一個虛字，甚至主詞動詞也可省去，更不用那些提頭接頭語詞了。漢賦既鋪采摛文，聚事典物類，綴以成篇，勢必借重這些語詞，以見排比侖則，使文理氣勢連貫，於是用散文的語詞，有散文的流暢。運用這些提頭接頭語詞，並不限於古賦，也見於騷體賦，如揚雄〈甘泉賦〉在騷體句中，也大量用「於是」、「乃」、「夫」等語詞，也有明顯的散文化傾向。至於古賦，連篇章結構都採用「述主客以首引」的散文章法。若說賦是詩，稱它爲散文化的詩，應該是很恰當的。〔註17〕

〔註17〕同前揭書，頁 137～139。

簡宗梧先生由賦的形式上著眼，認為賦的形式雖比詩參差，但從整體結構上來看，它像是參雜散文的詩，忽而三字句排比，忽而四字句排比，又忽而六字句排比，詩句變換自由如同散文一般。又說賦和散文的文法一樣，使用大量的提頭接頭語（如"其"、"於是"、"於是乎"、"若夫"等）；不像傳統的詩總是省略冠詞、前置詞，甚至主詞，且不使用提頭接頭語詞，所以總括賦的性質如同散文化的詩。

我們在第三章第四節中，曾論證屈賦散文化傾向，正是其詩歌利於敘事表現的有利條件；同理，漢賦的散文化詩歌特質，不啻也是其體現濃厚敘事表現的重要因素。

除了上述先進對於賦本為詩的研究之外，李師立信於〈論賦的文體屬性〉一文中，亦從賦的外在形式特點（押韻、駢句、齊言、對仗、麗詞與用典等）、寫作習慣（同題共作、唱和、應詔、贈答、擬作等）、詩賦關係等角度逐一切入，透過科學的統計方式，在材料的量化分析與佐證下，精闢論證出"賦即是詩"——賦與詩是具有濃厚血緣關係的同一文體——之結論：

> 押韻、駢句、對仗、齊言和麗詞用典，都是「賦」外在形式上的特色。但細加推敲，這幾項特色，何嘗不也是詩歌的特色呢？詩和文之所以屬於兩種不同的文體，最明顯的原因之一就是：文不需押韻，而且基本上是不可以押韻的；但詩則必須押韻，而且是絕不可不押韻的，這是詩文的最大分野所在，而賦是押韻的，自與「文」劃界。詩文的第二大分野在於是否為駢句。一般的「文」，有話則長，無話則短，字數的長短並無一定，所以，組成「文」的句子一定是長短參差不齊的，不可能由駢句組成。但在古典詩歌當中，天生就是以兩句為一組，所以古典詩絕大多數是在偶數句的最後一個字押韻。在詩歌中，兩句組成一聯，「聯」是詩歌的基本單位，所以歷來引詩，多以聯為單位。前面說到賦是要押韻的，賦的韻腳也多是在偶數句的最後一字。韻腳的位置，基本上就是代表一個完整意義，詩和賦

基本上都由駢句組成。這充分說明，賦與詩本是一家，而與散文相去甚遠。再者，詩文的第三大分野，在於刻意的對仗，對仗是由於我國文字的特點所造成。詩和文都是由文字組成，所以不只是詩，在文中也一樣可以對仗；但是任何事情刻意與自然總是不同的，也會導致不同的結果。在文中，只有自然的對仗，而無刻意的對仗（駢文不在內）。在詩歌裡頭，可以有自然的對仗，但也可以有刻意的對仗。《詩經》中的對仗，大體皆自然的對仗，當然更是刻意的對仗。而賦，自屈作以下到兩漢齊言賦，對仗日增，六朝俳賦更是以對仗為賦了。從對仗這一角度來看，賦當然近詩而遠文。一般的「文」，句子長短並無定式，通常都是由長短參差不齊的句子組成；而詩歌，往往是由整齊、固定長度的句子組合成的。我國的古典詩，絕大部分是齊言，尤以五、七言佔絕大多數；而兩漢的「賦」，平均也百分之八十以上也是四、六言，這和由「長短參差不齊的句子組成」的「文」，相去十萬八千里；而和由「整齊固定的句子組成」的詩，基本上是一致的。那麼賦究竟是詩是文，已經十分明顯了。〔註18〕

由上可知，「賦」的外在形式特點與「詩」幾乎一致，而與「文」相去甚遠，這主要是因為賦本就是由古詩之流中所發展出來的新詩體，此點在第三章論屈賦特質時，我們也分析過賦與詩的淵承關係，現再透過歷史的觀照與史料的分析，得以更清晰地瞭解賦的文體屬性。茲就上述引文所言「賦」在形式上與「詩」相同之各特色（押韻、駢句、對仗、齊言和麗詞），說明於下：

（一）**押韻**：賦是要押韻的，自應歸屬於韻文的範圍。例如賈誼〈弔屈原賦〉、司馬遷〈悲士不遇賦〉等騷體賦，用韻皆頗為嚴格；而班彪的〈覽海賦〉、李尤〈平樂觀賦〉等齊言賦，也是篇篇入韻；被稱為問答體散文賦的〈子虛〉、〈上林〉等賦，仍是入韻，可見賦與

〔註18〕詳參李師立信著，〈論賦的文體屬性〉，南京大學主辦《第四屆國際賦學學術研討會論文集》，1998，頁7～8。

詩相同之處。再者，賦的押韻方式，也大抵與詩韻相同，大多皆是偶句押韻。

（二）駢句：所謂駢句，是指由兩個字數相等的句子，組合成一個完整意思的獨立單位。兩漢的齊言賦，現存約百五十篇左右（連殘篇合計），這些齊言賦，基本上是由四言或六言組成，也有由四、六言混合而成的，除了賦前的序文爲散文外，賦的正文幾乎全由駢句組成。即使連序文混合在一起計算，齊言賦也有百分之九十以上的駢句。至於兩漢的騷體賦，表現上看來雖然句式參差不齊，但仔細觀察騷體的句式，可發現其極有規律性，且其駢句的比例更高達百分之九十以上。至於問答體散文賦，雖名之爲「散文」，但其駢句卻是高達百分之八十二，甚至司馬相如的〈子虛賦〉、〈上林賦〉、張衡的〈西京賦〉等，都超過百分之九十，可見漢賦的駢句化特色與詩基本上就是由駢句組成的特色，事實上是一致的。

（三）齊言：漢賦的外在形式，就主要句式而言，基本上都是由四言句和六言句所組成的。漢代騷體賦如不將其語尾助辭「兮」、「些」等計入，則四言約佔百分之二十幾，六言則高居百分之六十幾左右，若將四、六言合計，則可達到百分之八十幾左右。至於問答體散文賦，四、六言所佔的比例亦不少，如四言句即高達百分之五十五左右，六言則佔百分之十五左右，若將四、六言合計，則佔百分之七十左右，可見雖名曰散文賦，但實則是以四、六言爲基調的。再者，所謂齊言賦，大體皆爲四、六言之小賦，若就現存的齊言賦加以統計，則四言約佔百分之五十二左右，六言則約佔百分之三十六左右，兩者合計也將近百分之九十。可見漢賦大體是由四、六言構成的，而這種整齊固定趨向的句式，自是另一種齊言形式。而這種「齊言」的形式，事實上便是「詩」與「文」最大的區別之所在。

（四）對仗：詩、文最大的分野之處，便在於「文」基本上只有自然的對仗、而無刻意的對仗（駢文除外），而詩則較爲強調刻意的對仗。就此點來看漢賦，可發現漢賦在對仗上的頻率極高。例如就齊言賦而言，如蔡邕的〈彈琴賦〉、〈蟬賦〉、彌衡〈鸚鵡賦〉、王粲〈遊海賦〉等，對仗句皆超過百分之五十，至於朱程〈鬱金賦〉、王粲〈酒賦〉等，對仗句甚且高達百分之七十以上，就全部的齊言賦而言，對仗比例也在百分之四十三左右。而問答體散文賦，如班固的〈東都賦〉、〈答賓戲〉、崔駰〈達旨〉、揚雄〈解嘲〉、張衡〈骷髏賦〉、蔡邕〈七辯〉等，對仗句都在百分之五十以上。就全部問答體散文賦而言，對仗句也佔了百分之四十一。此外，兩漢騷體賦，對仗句也佔百分之三十五左右。如果說漢賦的發展是由漢初的騷體賦，進而為問答體散文賦，再轉變為齊言賦，則對仗在賦中的發展比例，正是以漸進方式遞增的，此不啻符合文學發展的規律。

（五）麗詞：從《楚辭》開始，中國文學首度出現了絢麗華美的詞藻，源出於屈賦的宋玉，也於作品中大量使用麗詞；而兩漢的賦篇，便是完全繼承了這種華辭麗藻。故揚雄曾說「詩人之賦麗以則，詞人之賦麗以淫」，無論是「則」抑或「淫」，賦的「麗詞」本色，乃是其特質。曹丕亦說「詩賦欲麗」，可見「賦」的特點即在於「麗」，而此特點亦正是「詩」有別於其他文體外在形式上的特點。〔註19〕

此外，由賦與詩的「寫作習慣」上去分析，也可看出二者獨有的相同之處：

> 除了詩和賦有同題共作的寫作習慣之外，其他的文學作品，似乎很難看到這種現象。……除了詩之外，賦也可以用來唱和；而且同樣有和意、和韻的分別。……除了詩賦之外，其他作品似未見有應詔，……古人視詩賦為同類於此可見。……除了詩可以贈答之外，賦亦可用於贈答。……詩與賦在寫作習慣上，還有一個現象是常見的，那就是「擬作」。〔註20〕

從寫作習慣上來說，同題共作、唱和、應詔、贈答及擬作，在詩歌創

〔註19〕上述（一）～（五）點，乃是參考李師立信〈論賦的文體屬性〉一文（頁2～7）而統整。

〔註20〕詳參李師立信著，〈論賦的文體屬性〉，頁9～11。

作上是習以爲常的，同樣的，在賦的創作上，也是常見的現象，這兩者之間有這麼多的相似地方，可見二者本就是具有相同屬性的文體。

再者，詩集及賦集的編定者，在分別詩、賦作品時，也常無法截然劃分，同一作品有時既被詩集編入、又被賦集搜羅，這無非都昭示著詩賦本是一家的現象。例如梁鴻的〈適吳詩〉，被《古詩紀》、《先秦漢魏晉南北朝詩》認爲是詩而收入，但陳元龍的《歷代賦彙》卻也將此作品收入，並名之爲〈適吳賦〉。沈約的〈憫衰草詩〉，被《古詩紀》、《玉臺新詠》、《先秦漢魏晉南北朝詩》認爲是詩而收入，但陳元龍的《歷代賦彙》同樣也收了此作品，並名之爲〈憫衰草賦〉。再如劉希夷的〈死馬賦〉，被王重民所編的《全唐詩補》所收錄，顯然認爲它是一首詩〔註21〕。所以，詩和賦的難以劃分，無非顯示它們本就是屬於同一文體，可見在當時的賦家心中，他們也必是將賦當作詩來看待的，正所謂「詩爲賦心，賦爲詩體」，詩賦實是同源同流的同一文體。故麻守中先生於《中國古代詩歌體裁概論》中亦說：

> 賦，是詩中的一種體裁，是繼詩經體、楚辭體之後而產生的一種新的詩體。賦誕生於戰國，興盛於漢代，是漢代文學的一種主要形式。過去常說詩經、楚辭、漢賦、唐詩、宋詞、元曲，又常說"詩詞歌賦"，可見賦在詩歌發展史上的地位。賦，是詩向散文化發展的一個結果，賦常常是韻散結合，介於詩和散文之間，但是和詩更爲接近。雖然過去有些論著把賦歸到散文中去，但是從賦和詩的密切關係上看，從賦對唐詩、宋詞、元曲的影響上看，還是把賦歸到詩歌中比較合理。〔註22〕

綜合以上各家論述，我們認爲賦本就是詩歌之體製，且由於賦在句式上變換自由如同散文一般，故可說它是詩歌向散文化發展的一種呈現。再者，由於賦的文體性質利於敘事描寫、鋪張揚厲，故就此角度而言，賦實應歸屬於敘事文學的範疇，且是敘事詩之範疇。所以，吉

〔註21〕詳參李師立信著，〈論賦的文體屬性〉，頁13
〔註22〕詳參麻守中著，《中國古代詩歌體裁概論》，頁69。

川幸次郎在《中國詩史》一書中，便曾說「賦」與「史書」是中國兩大敘述文學〔註23〕。他雖沒有明確地舉例說明賦之敘事特質，但也已揭示出「賦」本身所具有的濃厚敘事性。以下便就漢賦的敘事性特色及其淵源予以分析論述。

第二節　漢賦的敘事性特色及其淵源

朱光潛先生於《詩論》中曾說：

> 賦大半描寫事物，事物繁複多端，所以描寫起來要鋪張，才能曲盡情態。因爲要鋪張，所以篇幅較長，詞藻較富麗，字句段落較參差不齊，所以宜於誦不宜於歌。一般抒情詩較近於音樂，賦則較近於圖畫，用在時間上綿延的語言表現在空間上並存的物態。詩本是「時間藝術」，賦則有幾分是「空間藝術」。〔註24〕

朱先生在此將"抒情詩"與"賦"對舉，認爲一般抒情詩較近於音樂，而賦這種詩則較近於圖畫，且有幾分"空間藝術"的氣息。事實上，試看漢賦中的許多作品，可發現其中所體現的內容，就如同一幅幅動態的圖畫般，展現出人事物在其間發展的敘事畫面。但必須說明的是，賦的特質，並不僅侷限於展現空間上並存的物態，在許多時候，時間的流動性也都伴隨著空間的變化而顯現出來，且它不僅止於體物、詠物而已，在言情述志的宗旨中，敘事手法常是其運用的手段。

綜觀漢賦篇章，可發現不論是文士賦還是俗賦，都有濃烈的敘事性；遺憾的是，論及漢賦的敘事特質者，歷來較少被討論，而其與中國敘事詩之關係，更是乏人問津。我們於第三章中，已分析過屈賦的敘事特質；那麼，深受屈賦影響的漢賦，難道在敘事特質的展現上，未曾有所浸染？文學的傳承與影響，實是不可忽略的。故本節爲明瞭

〔註23〕詳參吉川幸次郎著，劉向仁譯，《中國詩史‧中國文學史概說》，台北市：明文書局，1983年4月初版，頁7。

〔註24〕詳參朱光潛《詩論》，頁245。

漢賦的敘事特質，擬先由文學淵源角度印證漢賦的敘事性，再論述分析漢賦的敘事性特色，以論述漢賦實為中國敘事詩一員的因由。

一、從文學淵源角度印證漢賦的敘事性

漢賦受到屈賦或楚歌影響的看法，歷來多有論述，例如王逸云：

> 屈原之辭，誠博遠矣。自終末以來，名儒博達之士，著造辭賦，莫不擬則其儀表，祖述其模範，取其要妙，竊其華藻，所謂金相玉質，百世無匹，名垂罔極，永不刊滅者矣。

「莫不擬則其儀表，祖述其模範」，可知屈原對後世辭賦的影響，實是非常深厚。劉勰《文心雕龍・時序》亦云：

> 爰至漢室，迄至成哀，雖世漸百齡，辭人九變，而大抵所歸，祖述楚辭，靈均餘影，於是乎在。〔註25〕

「祖述楚辭」、「靈均餘影」皆說明了屈賦對漢賦的影響性。再如〈詮賦〉篇云：

> 繁積於宣時，校閱於成世，進御之賦，千有餘首，討其源流，信興楚而盛漢矣。〔註26〕

此處仍是肯定屈賦或楚歌實是漢賦的源流，兩者間的文學脈絡是息息相關的。而漢賦受到屈原的影響，應不只是「自鑄偉辭〔註27〕」、「驚采絕豔〔註28〕」等語言藝術方面的啟迪，對於屈賦那種天馬行空、上天入地，以敘事來抒情寫志的手法，應也多有承繼。此外，劉熙載《藝概》亦云：

> 長卿「大人賦」出於「遠遊」，「長門賦」出於「山鬼」；王仲宣「登樓賦」出於「哀郢」；曹子建「洛神賦」出於「湘君」、「湘夫人」，而屈子深遠矣。〔註29〕

凡此論述，皆可明瞭屈賦對後世辭賦的影響極為深遠。不論是在語言

〔註25〕詳參劉勰著，周振甫注，《文心雕龍注釋》，頁814。
〔註26〕詳參劉勰著，周振甫注，《文心雕龍注釋》，頁137。
〔註27〕詳參劉勰著，周振甫注，《文心雕龍注釋・辨騷》，頁64。
〔註28〕同上註。
〔註29〕詳參劉熙載《藝概・賦概》，頁125～126

藝術的直承，還是內容結構的效法，辭賦作家"祖述楚辭"、受到"屈子深遠"之影響的事實都是不容抹滅的，例如〈招魂〉、〈大招〉中對於四方、六合的鋪陳敘寫，便爲〈子虛〉、〈上林〉等賦中羅列複沓的鋪陳路數所沿襲〔註30〕。

　　此外，漢賦在敘事模式上，亦受到戰國諸子之影響，例如章太炎《校讎通義》卷三〈十五之二〉中曾云：「古之賦家者流，原本《詩》、《騷》，出入戰國諸子：假設問對，莊、列寓言之遺也；恢廓聲勢，蘇、張縱橫之體也；排比諧隱，《韓非》儲說之屬也；徵材聚事，《呂覽》類輯之義也。」誠然，先秦諸子寓言的故事性，便有許多爲漢賦所承繼，例如《莊子・讓王》中所記載的伯夷、叔齊的故事，便爲杜衡〈首陽山賦〉所本，並進一步更完備其敘事性〔註31〕。再如張衡的〈骷髏賦〉敘事情節，亦是以《莊子・至樂》爲母本而加以改編。此外，論及漢賦淵源者，亦有學者認爲〈子虛賦〉、〈上林賦〉鋪陳苑囿的敘事模式，乃是祖述《山海經》的神話敘介模式〔註32〕。凡此，皆在在說明了漢賦在文學淵源上所承襲的敘事性。

　　本文第二章中，曾論述中國敘事詩的特徵在於運用"賦"的敘事筆法，亦即"鋪陳其事，展開來寫"，且認爲只要詩中是以記敘人物、事件爲主要表現手法的詩歌就是敘事詩。而屈賦和漢賦在敘事筆法上的共通性，都是透過人物與事件來展開，有時更是透過人物的對話來開展內容的敘事性，這都是二者在敘事手法上的相似之處。就屈賦和漢賦的敘事模式來看，可發現它們在敘事結構上都是極力鋪陳所見人事物，雖然在情感的表述上，屈賦較爲"愁神苦思〔註33〕"，有其風

〔註30〕詳參洪興祖著，《楚辭補注》，台北：台灣中華書局，1996 年，卷九〈招魂〉頁 2b～5a、卷十〈大招〉頁 1b～3a。

〔註31〕錢鍾書《管錐編》曾說：「杜篤〈首陽山賦〉……玩索斯篇，可想像漢人小說之彷彿焉。」冊三，頁 994。

〔註32〕詳參朱曉海著，《習賦椎輪記》，台北市：台灣書局，1999 年初版，頁 69～71。

〔註33〕班固曾說屈原「愁神苦思，強非其人，忿懟不容，沈江而死，亦貶

格上的區別，但究二者的整體內容而言，無論是在敘事特質上，或敘事結構、藝術手法上，其實都充分地運用了鋪陳的敘事賦筆，加以情感的渲染，以達到"圖寫聲貌"的動態敘事畫面。

由於中國文學對敘事作品的探討或理論的建構並未健全，長久以來敘事文學幾乎是被忽略的，所以屈賦及漢賦作品的敘事性自然也未被正視。若比較屈賦與漢賦作品，可發現二者在敘事特質上有其共通性，但漢賦在敘事特質上則較屈賦之表現更為多元，諸如敘事情節結構、人物塑造、視角運用等，皆更具規模，不論是為人所熟知的文士賦，或晚近發現的俗賦，都有著鮮明的敘事性色彩，作為早期敘事詩的表現範式之一，賦的敘事性研究空間值得我們重視，正如同吉川幸次郎先生認為除了史書之外，賦實是中國兩大敘述文學之一〔註34〕，所以，作為賦的主要代表之漢賦，其敘事性特質的探討實值探究。

二、漢賦的敘事性展現

日人竹田晃先生認為漢賦可說是中國小說萌生的源頭，可見其對於漢賦"敘事性"之肯定：

> 它們是由具有個性的某一特定作者，有意識地設置虛構來展開故事，以表述自己的想法，可以說是名符其實的虛構文學、虛構性創作。〔註35〕

所謂虛構文學、虛構性創造，便是敘事文學的一環，如同史傳文學也是敘事文學之一環。大體而言，漢賦的敘事性，主要是體現在賦中的"有事可尋"；其敘事內容，大多是記載天子田獵、宮殿苑囿、深宮景況、仙境傳說等情節結構，創作方式幾皆以敘事（說故事）筆法來

　　　絮狂狷景行之士。」
〔註34〕詳參吉川幸次郎著，劉向仁譯，《中國詩史‧中國文學史概說》，台
　　　北市：明文書局，1983 年 4 月初版，頁 7。
〔註35〕詳參竹田晃，〈以中國小說史的眼光讀漢賦〉，《文學遺產》，1995 年
　　　第四期。

取代純議論或說理性的枯燥，以增強文學的感染力。例如，以虛擬人物的對話來呈現天子田獵、宮殿苑圃等敘事情節者，如〈子虛賦〉、〈上林賦〉、〈兩都賦〉、〈兩京賦〉、〈長楊賦〉等，皆是箇中楚翹。此外，敘事者將自身設定爲文本之主角，與另一設定的虛擬人物構築出寓言式的故事情節者，亦爲數不少，茲以〈逐貧賦〉、〈骷髏賦〉爲主以述明其敘事性。此外，漢賦中亦有些作品，雖然篇幅短小，不若漢大賦的大肆鋪陳，但小說意味甚濃，其敘事性自是不言而喻，茲以〈首陽山賦〉、〈夢賦〉爲例以述明之。再者，晚近出土的西漢賦作〈神烏賦〉，其敘事結構相當完整，敘事風格雖較不同於一般上層文人所爲之漢賦風格，但其自身呈現的敘事性具有一定的時代意義，故本文亦將其列入重點探討。茲依序分述於后〔註36〕：

（一）以長篇對話呈現故事發展的敘事結構

　　漢大賦幾乎通篇都是由敘事和議論所構成，且其結構特色在於透過人物的對話，以構築出故事發展。此類型之賦作之著名代表如司馬相如的〈子虛賦〉、〈上林賦〉、班固〈兩都賦〉(〈西都賦〉、〈東都賦〉)、張衡的〈兩京賦〉(〈西京賦〉、〈東京賦〉)及揚雄的〈長楊賦〉等，便皆是以長篇的對話，鋪陳敘述天子打獵之「事」及其都城境域繁盛之景況。

　　〈子虛賦〉、〈上林賦〉是採用"全知視角"〔註37〕呈現的，兩賦綜合起來是一整體事件————關於天子畋獵事件始末的敘事〔註

〔註36〕漢賦作品，普遍具有敘事性特質，故本文將漢賦敘事表現概分五點，並援引較具代表性之賦作以辨明漢賦的敘事性。因本章篇幅有限，無法一一分析漢賦各篇之敘事性，故根據《全漢賦》將漢賦中以敘事手法呈現之作品，舉其要者羅列於文末【附錄三】以爲參考。

〔註37〕「全知視角」，是指敘事者無所不知，知道並能説出作品中任何一個人物或事件的所有發展，也可以説在這類作品中，敘事者是由一個匿藏的敘述者來交代人物或事件的發展；通常"第三人稱敘事法"是全知視角較常運用的手法。(關於敘事視角之看法，可參考本文第三章註26。)

〔註38〕《史記》、《漢書》司馬相如傳中，只提及〈子虛賦〉，而將〈上林賦〉，

38〕。一開場，先是由敘事者交代事情發生之因由：

> 楚使子虛始於齊，王悉發車騎與使者出畋。〔註39〕

說明故事的發生背景是起因於楚國派遣子虛先生出使到齊國，齊王遂率領了聲勢浩大的車騎隨從，與子虛一同畋獵。而後，再透過子虛、烏有及亡是公三位"人物"的陸續出場，而將「事」藉由人物對話呈現出來。漢賦的敘事性較少被重視，主要是因為漢賦的對話篇幅往往極為廣大，有時由於敘述過於冗長，易使讀者忘了這些內容仍是屬於某一人物的對話內容；再加上辭賦家大多因襲相同的敘事模式來創作，這種制式化、固定化的敘事模式，難免使整體的藝術魅力不若屈賦來得鮮明深刻。但賦中有"人物"、"事件"、"對話"、"情節"、"時間流動"、"空間變化"等敘事特質，以組合成一基本的敘事結構，這也是確然之事。例如〈子虛賦〉中，子虛先生與齊王畋獵之後，來到烏有先生處，其敘事情節如下：

> 另稱為〈天子游獵賦〉：「上讀子虛賦而善之，曰：『朕獨不得與此人同時哉！』得意曰：『臣邑人司馬相如自言為此賦。』上驚，乃召問相如。相如曰：『有是。然此乃諸侯之事，未足觀也，請為天子游獵賦，賦成奏之。』」（《史記‧司馬相如列傳》）；《文選》則析為〈子虛〉、〈上林〉兩篇。明清以來的學者，大多認為〈子虛〉、〈上林〉本是一篇，至蕭統《文選》，方析之為二，所以亡是公雖出現於〈子虛賦〉篇首，而終篇無言，主要言論則在〈上林賦〉中。馬積高《賦史》（頁75）則云：「《子虛》、《上林》這兩篇賦，現在看來已融成一篇，然本傳明言他在梁時作《子虛賦》，至武帝召見時，他才"請為天子游獵之賦"，則《上林》自是續作。但他既要用前篇作后篇的反襯，當然可能會稍加修改，把前后貫串起來。儘管如此，我們仍然可以看到：前篇和后篇仍有相對的獨立性。前篇是假設子虛與烏有先生的問答，以齊、楚對比，批評楚的"遊戲之樂，苑囿之大"，不合諸侯之制。……是典型的藩國文學。后篇則設亡是公之言，極力誇張天子上林苑的廣大，游獵的壯觀，……是一種典型的天子宮廷文學。與前篇聯繫起來，此賦又含有張大天子、壓倒藩國的意思，這正是天子宮廷文學應有的特色。因此《子虛》《上林》不論是作一篇賦看還是作兩篇賦看，都反映著藩國宮廷文學向天子宮廷文學的轉變，反映著皇帝對諸侯的勝利。這就是這兩篇賦的主要歷史意義。」
>
> 〔註39〕 詳參周啓成等注譯，《新譯昭明文選》，台北市：三民，1997年初版，頁284。

畋罷，子虛過姹烏有先生，亡是公存焉。坐定，烏有先生
問曰：「今日畋樂乎？」子虛曰：「樂。」「獲多乎？」曰：
「少。」「然則何樂？」對曰：「僕樂齊王之欲誇僕以車騎
之眾，而僕對以雲夢之事也。」曰：「可得聞乎？」子虛曰：
「可。……」〔註40〕

賦的敘事結構，主要在於作者能謀篇佈局，妥善安排人物與事件的次
序，以使人物與事件的交織，能呈現出意義，而非散漫無組織。楊義
《中國敘事學》認爲中國文學的敘事結構在於"道與技的相合關
係"，他認爲這是中國人思維方式的雙構性，影響了敘事作品結構的
雙重性。所謂「結構之道」乃是指"潛隱結構"，亦即作品「深層的
文化密碼」；而「結構之技」乃是指"顯層結構"，亦即敘事作品呈
現出來的形式要素，例如情節安排、人物敘述、時空安排等〔註41〕。
故就漢賦來說，"技"即是敘事模式，爲形式層面；"道"即其敘事
義涵，爲內容層面。上述引文的敘事模式是透過敘事者來敘述當日的
情景，子虛與烏有是虛擬的人物，透過他們的對答，勾勒出事情的前
因，並適當地運用敘事技巧，鋪設"懸疑性"〔註42〕，以引發讀者閱

〔註40〕詳參周啓成等注譯，《新譯昭明文選》，頁284。
〔註41〕詳參楊義著，《中國敘事學‧結構篇第一》，嘉義縣大林鎮：南華管
理學院，1998年初版，頁51：「中國人思維方式的雙構性，也深刻
影響了敘事作品結構的雙重性。它們以結構之技呼應著結構之道，
以結構之形暗示著結構之神，或者說它們的結構本身也是帶有雙構
性的，以顯層的技巧性結構蘊含著深層的哲理性結構，反過來又以
深層的哲理性結構貫通著顯層的技巧性結構。……敘事作品結構的
以道貫技的雙重形態，獲得了文化思維模式的深厚的支持。它在深
層次上瓦解了作品結構的封閉性，拓展了作品結構的開放性。」
〔註42〕「懸疑」手法的運用，是敘事者驅使讀者對敘事作品產生好奇的關
鍵要素。據顏元叔主編《西洋文學辭典》"Suspense 懸疑"條目云：
「懸疑手法是所有虛構作品（FICTION）造成興趣保持趣味的主要
方式之一，共有兩種重要形態：其一是結果非定，懸疑在於人或事
或下一步情形的發展；另一種是由先發生的事故可知某一結果已無
法避免，懸疑在恐怖的期待中產生，問題在於結果將於何時發生。」
（台北市：正中書局，1991年九月臺初版，頁731）。又，文學批評
家呂肯絲（Lukens）認爲故事情節的安排，若要吸引人，一定要有

讀下去的興致。爲什麼子虛向齊王對以雲夢之事後，齊王即不再誇耀？這是運用敘事的懸疑性技巧。"懸疑性"事件的鋪設，都是出於敘事者有意的結構佈局，故讀者對"雲夢之事"的好奇心，事實上亦是透過烏有先生的「可得聞乎？」爲發聲窗口。其後，在子虛的答話中，將時間與空間場景拉回之前他與齊王打獵時的閒談，以"倒敘"還原當時的情景，並展開對楚國雲夢極盡夸飾的敘述，這段敘述篇幅廣長，主要是運用"賦"的敘事鋪陳技巧：

> 子虛曰：「可。王車駕千乘，選徒萬騎，畋於海濱。列卒滿澤，罘網彌山。掩兔轔鹿，射麋腳麟。騖於鹽浦，割鮮染輪。射中獲多，矜而自功，顧謂僕曰：『楚亦有平原廣澤游獵之地，饒樂若此者乎？楚王之獵，孰與寡人乎？』僕下車對曰：『臣，楚國之鄙人也。幸得宿衛，十有餘年，時從出游，游於後園，覽於有無，然猶未能徧覩也，又焉足以言其外澤乎！』齊王曰：『雖然，略以子之所聞見而言之。』僕對曰：『唯唯。』
>
> 『臣聞楚有七澤，嘗見其一，未覩其餘也。臣之所見，蓋特其小小者耳，名曰雲夢。雲夢者，方九百里。其中有山焉，其山則盤紆岪鬱，隆崇嵂崒。岑崟參差，日月蔽虧。交錯糾紛，上干青雲。罷池陂陀，下屬江河。其土則丹青赭堊，雌黃白坿，錫碧金銀，眾色炫耀，照爛龍鱗。其石則赤玉玫瑰，琳瑉昆吾，瑊玏玄厲，碝石碔砆。其東則有蕙圃：衡蘭芷若，芎藭菖蒲，茳蘺麋蕪，諸柘巴苴。其南則有平原廣澤，登降陁靡，案衍壇曼，緣以大江，限以巫山。其高燥則生葴菥苞荔，薛莎青薠。其埤濕則生藏莨蒹葭，東薔彫胡。蓮藕觚盧，菴閭軒于。眾物居之，不可勝圖。其西則有湧泉清池，激水推移。外發芙蓉菱華，內隱鉅石白沙。其中則有神龜蛟鼉，瑇瑁鼈黿。其北則有陰林，其樹楩柟豫章。桂椒木蘭，檗離朱楊。樝梨梬栗，橘柚芬

芳。其上則有鵷雛孔鸞，騰遠射干。其下則有白虎玄豹，
蟃蜒貙犴。』……〔註43〕

此處以子虛先生爲視角人物，由其向烏有先生敘述雲夢之富及楚王遊
獵之盛，並歷述雲夢澤的地形與物產：中部有高山，有各種礦產和美
玉、美石；東面有蕙草之圃，生長了蘅蘭芷若等各種香草；南面爲丘
陵、平原，地勢高低起伏有致，也生長了難以計數的植物；西面爲流
泉池沼，水面開滿荷花、菱花，水中有神龜、蛟、鼉、瑇瑁、鱉等；
北面爲森林，樹木種類繁多，鳥獸亦多。從子虛所敘述的雲夢景觀，
可發現司馬相如所佈局的空間結構是以循環式繞景來呈現（中→東→
南→西→北→上→下），彷彿電影鏡頭的順序移轉，由中央景致而起，
再歷敘四方及上下方位，隨著空間畫面的轉移，一一出現敘事空間中
的種種事物。這種空間陳述的依序呈顯，是敘事模式的顯層結構，但
亦與隱層結構的五行相生哲學互爲表裡，兩相呼應，可說是充分體現
中國敘事作品“道技相融”的雙構性〔註44〕。〈子虛賦〉對於雲夢景
致的敘事，可說是爲了烘托出其後出場的楚王畋獵活動的別緻。〈上
林賦〉的敘事結構亦大體相同，先藉由亡是公之口，鋪陳上林苑四方
地理形勢、珍禽異獸、玉石草卉、奇石寶樹、離宮別館、歌舞聲色等
更勝於楚國與齊國，其敘述主要以“類”相從，每一類皆體盡其繁
盛，再以之聯結到漢天子狩獵之事的浩大。

　　但這種依中、東、西、南、北、上、下等空間方位鋪陳景象的漢

〔註43〕詳參周啓成等注譯，《新譯昭明文選》，頁284～286。
〔註44〕詳參梁淑媛撰，《賦的敘事成素研究——自漢迄唐爲範圍》，輔仁大
　　　　學中文所博士論文，頁54：「〈子虛賦〉依地理方位排列出來的宇宙
　　　　圖示，（除東方外）大都與『五行相生』圖式相合。因爲以『方位』
　　　　與『五行』搭配的關係來看，中間屬土、東方屬木、南方屬火、西
　　　　方屬金、北方屬水；但由『五行相生』的關係來看，土生金（山：
　　　　藏『錫碧金銀』）、木生火、火生土（平原）、金生水（泉池）、水生
　　　　木（巨林）、充分顯現其“綿延交替”、“反復循環”的結構。並且
　　　　在各個方位裡，亦也“對稱地”分成上、下或內、外，已自成一個
　　　　小宇宙。」

賦敘事手法，其實在《楚辭・招魂》中便已有此結構：

> 魂兮歸來，去君之恆幹，何爲四方些。舍君之樂處而離彼
> 不祥些。魂兮歸來，東方不可呂託些，長人千仞，惟魂是
> 索些，十日代出，流金鑠石些，……魂兮歸來，南方不可
> 以止些，雕題黑齒，得人肉以祀，以其骨爲醢些，……魂
> 兮歸來，西方之害，流沙千里些，旋入雷淵，靡散而不可
> 止些，……魂兮歸來，北方不呂止些，增冰峨峨，飛雪千
> 里些，歸來兮，不可以久些。魂兮歸來，君無上天些，虎
> 豹九關，啄害下人些，……魂兮歸來，君無下此幽都些，
> 土伯九約，其角觺觺些，……魂兮歸來，入修門些，工招
> 祝君，背行先些，……魂兮歸來，反故居些。〔註45〕

上述引文中，以鋪陳手法，歷敘東南西北四方空間之不可居處，而後
再收束於舊宇故居的種種美好──陳設的種種珍奇寶物與美食、美女
的充陳──此種敘事結構實即爲漢大賦所承繼。

再如班固的〈兩都賦〉(〈西都賦〉、〈東都賦〉)、張衡的〈兩京賦〉
(〈西京賦〉、〈東京賦〉)及揚雄的〈長楊賦〉等，都是透過虛擬人物
的互相對話將敘事情節呈現出來的〔註46〕。這一類漢賦的敘事模式相
因承襲，主要是透過賓主間的辯論或問難，將基本的敘事情節套用於
公式化對話結構中。所以，人物本身的描寫著墨較少，可以說都十分
模糊，人物形象較不具體化呈現；因爲此類型漢賦的敘事結構，基本
上是將重點放在"對話內容"上，人物只是營造故事情節進展的發聲
窗口而已。此類型敘事結構之漢賦頗多，茲將幾篇代表性賦作歸納爲
下表（詳見下頁），以見一般：

〔註45〕 詳參傅錫壬註譯，《新譯楚辭讀本》，頁 159～162。
〔註46〕 〈兩都賦〉是透過虛擬人物"西都賓"及"東都主人"的對話，以
呈現敘事情節的發展。〈兩京賦〉亦是透過虛擬人物"憑虛公子"和
"安處先生"的對話，以呈現敘事情節。〈長楊賦〉仍是虛構了子墨
客卿和翰林主人兩個人物，以對話方式將敘事情節呈顯出來。

【表 4-1】漢賦以長篇對話呈現出故事始末的敘事結構略舉表

篇目＼敘事特質	子虛賦	上林賦	兩都賦（西都賦、東都賦）	兩京賦（西京賦、東京賦）	長楊賦
敘事人物	子虛、烏有先生	亡是公、子虛、烏有先生	西都賓、東都主人	憑虛公子、安處先生	子墨客卿、翰林主人
透過對話內容　→展現→　故事情節	子虛向烏有先生陳述齊王向他誇耀齊國兵勢之勝和游獵之樂，他並述及楚國雲夢之富及游獵之盛。烏有先生聽完子虛之言後，反駁子虛肆言楚王侈靡之生活，實有傷爲臣之德，並說明齊國物產豐饒、土地廣大，齊王只是不願以此誇耀而已作結。	亡是公批評烏有先生所述齊國之狀，不合諸侯之禮。而後開始敘述上林苑壯麗的場景與天子游獵之情景等事。最後，以子虛與烏有先生皆向亡是公承認自己的孤陋寡聞，願意接受其教誨而作結。	西都賓問東都主人是否見過西都（西漢首都）的規模？東都主人回答沒有，並希望西都賓能將漢代長安的壯麗景觀說出以開其眼界，於是西都賓展開對西都長安種種風光及天子狩獵之盛大過程的述說。東都主人批評西都賓觀念上之錯誤，認爲他矜誇揚東漢朝廷的禮儀法度與天子行獵時不盡殺種種情形。最後，以西都賓承認自己的觀念錯誤作結。	憑虛公子向安處先生述說西京的地理位置及奢華盛況，諸如未央宮的營造過程及未央宮後宮的侈靡景象、天子微服出遊及在後宮享樂的情景等事。安處先生批評憑虛公子所言之失當，指出憑虛公子以肆奢爲賢、蔽善揚惡的錯誤觀點，並起而敘述洛邑地理位置之適中及營建過程，又敘述天子郊祀天地、祭祀祖先的盛況及天子施行親耕籍田、大射之禮、養老之禮等事宜。最後以憑虛公子心悅誠服接受安處先生之指教作結。	子墨客卿向翰林主人指責成帝長楊校獵、勞師蔽民，有悖爲君之道。翰林主人則站在成帝立場爲其辯護（表面歌頌，實含諷諭之旨），一面歌頌天子盛德，一面說此次田獵是在五穀豐收之年舉行的，皇帝馬上要捨棄觀獵回宮，一心一意施行仁政與禮樂等等。最後以子墨客卿降席再拜，悅服於翰林主人之說法作結。

　　因上述諸賦的情節內容基本上較爲一致，〈子虛賦〉、〈上林賦〉
已說明於前，故再以〈兩都賦〉爲例，說明此類敘事賦的結構模式，
以見一般：賦一開始，作者皆先藉由兩位虛擬的主、客，以論辯對話
的模式將敘事情節展開。例如〈西都賦〉起首便是以西都賓之口來向
東都主人誇耀舊日西都宮室苑囿的豪華壯麗及皇家生活的豪奢逸
樂，賦一開始便先鋪設賓、主的對話內容：

> 有西都賓問於東都主人曰：「蓋聞皇漢之初經營也，嘗有意
> 乎都河洛矣。輟而弗康，寔用西遷，作我上都。主人聞其
> 故而觀其制乎？」主人曰：「未也。願賓攄懷舊之蓄念，發
> 思古之幽情。博我以皇道，弘我以漢京。」賓曰：「唯唯。……」
> 〔註47〕

引文中，西都賓問東都主人是否曾聽過或見過昔日西都的規模，東都
主人回答「沒有」，並邀請西都賓能將昔日長安的盛況道出以開其眼
界，此即爲敘事的背景動機。而後，西都賓便展開對西都長安的描述。
其中，關於天子在皇家禁苑畋獵的盛大場面、勇士徒搏野獸的狩獵過
程及天子犒賞將士的歡騰情形等，敘述得極爲細緻：

> 爾乃盛娛游之壯觀，奮泰武乎上囿。因茲以威戎夸狄，耀
> 威靈而講武事。命荊州使起鳥，詔梁野而驅獸。毛群內闐，
> 飛羽上覆。接翼側足，集禁林而屯聚。水衡虞人，修其營
> 表。種別群分，部曲有署。罘網連紘，籠山絡野。列卒周
> 匝，星羅雲布。於是乘鑾輿，備法駕，帥群臣，披飛廉，
> 入苑門。遂繞酆鄗，歷上蘭。六師發逐，百獸駭殫。震震
> 爚爚，雷奔電激。草木塗地，山淵反覆。蹂躪其十二三，
> 乃拗怒而少息。爾乃期門佽飛，列刃鑽鍭，要趹追蹤。鳥
> 驚觸絲，獸駭值鋒。機不虛掎，弦不再控，矢不單殺，中
> 必疊雙。颮颮紛紛，矰繳相纏。風毛雨血，灑野蔽天。平
> 原赤，勇士屬，猿狖失木，豺狼懾竄。爾乃移師趨險，並
> 蹈潛穢。窮虎奔突，狂兕觸蹶。許少施巧，秦成力折。掎

〔註47〕詳參周啓成等注譯，《新譯昭明文選》，頁8。

　　僄狡，拉猛噬。脫角挫脰，徒搏獨殺。挾師豹，拖熊螭，
　　曳犀牦，頓象羆。超洞壑，越峻崖，蹶嶄巖，鉅石隤。松
　　柏仆，叢林摧。草木無餘，禽獸殄夷。於是天子乃登屬玉
　　之館，曆長楊之榭。覽山川之體勢，觀三軍之殺獲。原野
　　蕭條，目極四裔。禽相鎮壓，獸相枕藉。然後收禽會眾，
　　論功賜胙。陳輕騎以行炰，騰酒車以斟酌。割鮮野食，舉
　　烽命釂。〔註48〕

引文中將天子與將士在皇家禁苑中的狩獵過程，形象化地敘述出來。
情節可概分為三個部分，每一部份皆環環相扣：第一部份情節由「爾
乃盛娛游之壯觀」至「星羅雲布」，敘述天子先命令荊州、梁州人民
與士卒等驅趕鳥獸到禁苑之中，再命令將士整治軍隊、分別所屬於各
自的位置，捕獸網張張相連，圍繞了山野。獵場周圍的士卒，整齊列
隊如同雲層密佈般的眾多。第二部分的情節，主要是狩獵過程的詳盡
敘事，由「於是乘鑾輿」至「禽獸殄夷」，敘述天子乘坐六馬車駕出
場，率領著群臣，由飛廉館急馳而出，進入禁苑門、繞過酆鄗，通過
上蘭觀，六師隨同追逐百獸，百獸們驚恐地四處竄逃。草木都慘遭踐
踏，山川大地為之震動，直到獵殺了十分之二三的動物，將士們才稍
事休息。而後，期門、佽飛等近侍武官，排開雪刃、集聚利箭，或攔
截驚嚇狂奔的動物，或跟蹤追擊牠們。天上的飛鳥，驚嚇飛竄而誤觸
圍網，地上奔逃的動物四處逃竄時也誤撞兵刃。滿天箭雨齊飛，風中
滿是獸毛，「風毛雨血，灑野蔽天」，動物們的鮮血染紅了平原，而勇
士的獵殺興致卻愈來愈高漲。接著軍隊轉移到險惡之處，踏入深密的
叢林中，勇猛的"許少"與"秦成"，徒手搏殺凶猛的動物。將士們
挾制獅豹，制服熊螭，曳拉犀牦，推倒象羆，直到草木全倒，百獸殺
盡為止，狩獵活動方終止。第三部分的情節，由「於是天子乃登屬玉
之館」至「舉烽命釂」止，敘述獵殺活動結束後，天子進入屬玉館，
登上長楊樹，觀看三軍的狩獵成果。只見原野蕭條，群獸屍體堆積於

〔註48〕詳參周啟成等注譯，《新譯昭明文選》，頁 24～25。

地。天子依功勞大小賜給祭肉。於是將士們開始進行烤肉，酒車也奔
馳於其間斟酒，大家在野地高燃著烽火，歡騰地慶祝狩獵的豐收。上
述這些敘事情節的描述，將天子率眾畋獵的情形如實地敘述出來，實
為天子畋獵的實況報導，即便有所夸飾，但動態的敘事畫面，並非雜
然無組織的，而是有"時序性"的，如同一幕幕相續的"動作"描
繪，讀之使人感受到當日畋獵時，人獸戰鬥的緊張與激烈場面。而這
些敘事內容乃是透過西都賓之口陳述的。故直到末段，又出現以第一
人稱自稱的「若臣者徒觀迹於舊墟，聞之乎故老，十分而未得其一端，
故不能遍舉也〔註49〕」，使讀者意識到整個冗長的敘述，仍是在西都
賓的談話之中，亦即仍是透過西都賓這一人物為敘事視角。接著，於
〈東都賦〉中，東都主人便展開對西都賓的駁難：

> 東都主人喟然而歎曰：「痛乎風俗之移人也！子實秦人，矜
> 夸館室，保界河山，信識昭襄而知始皇矣，烏覩大漢之云
> 為乎？……」〔註50〕

整首〈東都賦〉，透過東都主人之口，先描寫王莽篡位後，百姓所遭
受的空前浩劫，再極力頌揚東漢光武帝的功勳與仁義威德等政績。敘
事過程是按"時序性"來敘述東漢朝廷的作風，以反諷耽於逸樂的西
都朝廷之不可取，例如：

> 往者王莽作逆，……且夫建武之元，天地革命，……至乎
> 永平之際，重熙而累洽。……〔註51〕

而敘述光武帝畋獵的過程，則刻意與〈西都賦〉的血腥激烈有所區別：

> 若乃順時節而蒐狩，簡車徒以講武。則必臨之以王制，考
> 之以風雅。曆〈騶虞〉，覽〈駟驖〉，嘉〈車攻〉，采〈吉日〉。
> 禮官整儀，乘輿乃出。於是發鯨魚，鏗華鐘，登玉輅，乘
> 時龍。鳳蓋棽麗，龢鑾玲瓏。天官景從，寢威盛容。山靈
> 護野，屬禦方神。雨師泛灑，風伯清塵。千乘雷起，萬騎

〔註49〕詳參周啓成等注譯，《新譯昭明文選》，頁28。
〔註50〕詳參周啓成等注譯，《新譯昭明文選》，頁31。
〔註51〕詳參周啓成等注譯，《新譯昭明文選》，頁32、35、36。

> 紛紜。元戎竟野，戈鋋彗雲。羽旄掃霓，旌旗拂天。焱焱
> 炎炎，揚光飛文，吐熖生風，欲野歠山。日月爲之奪明，
> 丘陵爲之搖震。遂集乎中圍，陳師按屯。駢部曲，列校隊。
> 勒三軍，誓將帥。然後舉烽伐鼓，申令三驅。輶車霆激，
> 驍騎電騖。由基發射，范氏施禦。弦不睼禽，轡不詭遇。
> 飛者未及翔，走者未及去。指顧倏忽，獲車已實。樂不極
> 盤，殺不盡物。馬踠餘足，士怒未渫。先驅復路，屬車案
> 節。於是薦三犧，效五牲，禮神祇，懷百靈。〔註52〕

此段對話內容主要是先說明聖君行獵時處處講究合古制、合正禮，並
著重形容天子大駕儀飾之盛和天神護衛的情景——天子的車隊出發
之後，山神在山野護衛，四方之神在屬車駕馭，雨師灑道，風伯掃塵。
而後再敘述狩獵的開始和結束，需秉持「弦不睼禽，轡不詭遇」及「殺
不盡物」的仁慈之風。

　　〈東都賦〉末尾，則由冗長的對話回歸到人物身上，描述西都賓
聽完東都主人對東漢朝廷仁德作風的敘述後，神情惶恐、情緒沮喪地
拱手欲告辭，東都主人請他回座並再授予五篇詩以使西都賓明白正道
之旨：

> 主人之辭未終，西都賓矍然失容。逡巡降階，慄然意下，
> 捧手欲辭。主人曰：「復位，今將授子以五篇之詩。」賓既
> 卒業，乃稱曰：「美哉乎斯詩！義正乎楊雄，事實乎相如。
> 匪唯主人之好學，蓋乃遭遇乎斯時也。小子狂簡，不知所
> 裁。既聞正道，請終身而誦之。」其詩曰：……〔註53〕

上述引文中，有人物的動作與對話，並有一些人物心緒與表情的細部
描寫，使整體敘事不致流於純說理，而有故事性色彩的注入。雖然敘
事中是帶有說理成分的，但因爲是將議論說理包涵於故事形式中，故
敘事藝術的感染力自是增加不少。凡此，皆是"敘事特質"融入賦中
的具體表現。

〔註52〕詳參周啓成等注譯，《新譯昭明文選》，頁38～39。
〔註53〕詳參周啓成等注譯，《新譯昭明文選》，頁47～48。

　　此外，敘事者將自身置入文本中，成爲主角人物（作者將文本中的主角命名爲自己之姓名），並透過與另一虛擬人物的對話以營造敘事情節者，也有許多作品，其中如揚雄的〈逐貧賦〉及張衡的〈髑髏賦〉者，其情節較具特殊性，茲概述於下。

（二）浸染莊列寓言之風

　　章學誠《校讎通義》中曾說：「古者賦家者流，……莊列寓言之遺也。〔註54〕」可見漢賦作品中，其敘事風格往往沿襲莊列寓言之風。茲以揚雄的〈逐貧賦〉及張衡的〈髑髏賦〉作爲此類型賦作之主要探討對象。

　　揚雄的〈逐貧賦〉與張衡的〈髑髏賦〉，皆是敘事者將自身設定爲作品中的主角，置入一虛擬的情境中，並與另一虛擬人物展開對話，再藉由對話內容使人瞭解整個事件的過程與發展，其敘事情節與結構性皆頗爲完整。

　　〈逐貧賦〉是指久居貧窮的揚雄，由於不勝其苦，遂對"貧"下逐客令，雙方並展開對話：

> 揚子遁世，離俗獨處，左鄰崇山，右接曠野。鄰垣乞兒，終貧且窶。禮薄義弊，相與群聚，惆悵失志，呼"貧"與語：「汝在六極，投棄荒遐。好爲庸卒，刑戮是加。匪惟幼稚，嬉戲土砂。居非近鄰，接屋連家。恩輕毛羽，義薄輕羅。進不由德，退不受呵。久爲滯客，其意謂何？人皆文繡，余褐不完。人皆稻粱，我獨藜飧。貧無寶玩，何以接歡？宗室之燕，爲樂不槃。徒行負賃，出處易衣。身服百役，手足胼胝。或耘或籽，霑體露肌。朋友道絕，進宮凌遲，厥咎安在，職汝爲之。舍汝遠竄，崑崙之顛。爾復我隨，翰飛戾天。舍爾登山，巖穴隱藏。爾復我隨，陟彼高岡。舍爾入海，泛彼柏舟。爾復我隨，載沉載浮。我行爾動，我靜爾休。豈無他人，從我何求！今汝去矣，勿復久

〔註54〕詳參章學誠《校讎通義・漢志詩賦第十五》，台北：里仁書局，1984年9月，頁1065。

留！」〔註55〕

「呼"貧"與語」說明了"貧"在揚雄的敘事文本中亦是作爲一"人
物"〔註56〕出場，與以第一人稱出現的揚雄在此場景、事件中展開對
話與動作。事實上，〈逐貧賦〉可說是作者將內心獨白化爲"主客對
答"的形式以呈現之。敘事者先將自身放入敘事中，以第三人稱說故
事的方式，述說"揚雄"遁世離俗獨處之生活，而後再與另一虛擬人
物（貧）共同完成"事件"的敘述，並達成"以事抒情"的著作宗旨。
引文中，一開始先敘述揚雄的處境與所居之地的荒僻，而後，揚雄向
"貧"（抽象人物）說道自己「人皆文繡，余褐不完。人皆稻粱，我
獨藜飧」，自身處境的貧苦落魄、霑體露肌、朋友道絕，使他「舍汝
遠竄」、「舍爾登山」、「舍爾入海」，想與"貧"徹底分道揚鑣；但"貧"
卻仍跟隨在他左右，始終不離去。讓他不禁斥責道：「豈無他人，從
我何求！今汝去矣，勿復久留！」到此，已清楚地透過敘事交代出事
情的因由與發展，接下來，出現在揚雄談話中的"汝"，便正式登場：

> "貧"曰：「唯、唯。主人見逐，多言益嗤。心有所懷，願
> 得盡辭。昔我乃祖，宣其明德，克佐帝堯，誓爲典則。土
> 階茅茨，匪彫匪飾。爰及世季，縱其昏惑。饕餮之群，貪
> 富苟得。鄙我先人，乃傲乃驕。瑤台瓊榭，室屋崇高，流
> 酒爲池，積肉爲崤。是用鶴逝，不踐其朝。三省吾身，謂
> 子無嚳。處君之家，福祿如山。忘我大德，思我小怨。堪
> 寒能暑，少而習焉。寒暑不忒，等壽神仙。桀跖不顧，貪
> 類不干。人皆重蔽，子獨露居；人皆恍惕，子獨無虞。」
> 言辭既磬，色屬目張，攝齊而興，降階下堂。「誓將去汝，
> 適彼首陽，孤竹二子，與我連行。」〔註57〕

〔註55〕詳參費振剛，胡雙寶，宗明華輯校，《全漢賦‧逐貧賦》，北京大學
出版社，1997 年 3 月第二次印刷，頁 211。

〔註56〕佛司特在《小說面面觀》中說道，人物包括"眞實人"與"虛構
人"，所以寓言性的「物」或抽象事物自然也包括在虛構人範疇內。
（台北市：志文出版社，2002 年 1 月，頁 77）

〔註57〕詳參費振剛，胡雙寶，宗明華輯校，《全漢賦‧逐貧賦》，頁 211～212。

“貧”向揚雄回答說「主人見逐，多言益嘻。心有所懷，願得盡辭」，於是便滔滔不絕地向揚雄說道自己伴隨揚雄至今，主要是秉持著「克佐帝堯」、樂仁好德、不欲貪富的心態，但揚雄卻「忘我大德，思我小怨」，甚至要驅趕他離去等等。除了言語流露感情性之外，對於“人物”的表情、動作描寫，揚雄亦有著墨，如“色屬目張”、“降階下堂”等形容，便讓人得以聯想“貧”說完話後，盛怒拂袖，亟欲離去的形象化模樣。使人物的生命性有其精彩的表現。

　　而後，揚雄有感於“貧”所陳辭之義，信服其處世仁義之德，便趕緊向其道歉，挽留“貧”不要離去。但敘事視角至此有所轉變：

> 余乃避席，辭謝不直：「請不貳過，聞義則服。長與汝居，
> 終無厭極。」“貧”遂不去，與我遊息。〔註58〕

在「余乃避席」之前，敘事視角都是以「第三人稱全知視角」來敘述故事的；但“貧”說完「誓將去汝」之後，卻接續「余乃避席」，乃至文末的「“貧”遂不去，與我遊息」，此二處用語說明了敘事視角已轉換為「第一人稱的限知視角」。故〈逐貧賦〉之視角可說是由「第三人稱全知視角」混合「第一人稱限知視角」所組成的。整首賦的敘事結構，仍是以“對話”方式展開，將情節濃縮表現於對話之中，透過人物的對話，讀者得以明瞭情節的緣由與故事發展。雖然敘事簡短，但結構性頗為完整，有人物、有對話、有事件發展起迄等，實可說是深具敘事性特質。此首〈逐貧賦〉，主要是以寓言的形式，象徵揚雄清貧樂道，追求真理的心志；故敘事者虛擬一“貧”的角色，作為與主角（揚雄）對峙的對手人物，透過彼此的對話與行為，將揚雄的“內心獨白”化為“戲劇式”來呈現，亦可說是敘事者將其心聲分飾為兩個角色具體呈現，以使單一化的“抒情”模式能夠因寓言敘事性的展開而更富有文學感染力。

　　此外，張衡的〈骷髏賦〉則更有戲劇性效果，此賦主要是化用《莊子》〈至樂篇〉的情節，並再加以改編，使人物、情節更有變化性。

〔註58〕詳參費振剛，胡雙寶，宗明華輯校，《全漢賦‧逐貧賦》，頁212。

　　〈至樂篇〉中，本是莊子向骷髏提問；但到了〈骷髏賦〉中，骷髏變成了莊的化身，而由"張衡"取代〈至樂篇〉中莊子原本之角色，對莊子骷髏提出問題：

> 張平子將游目於九野，觀化乎八方。星回日運，鳳舉龍驤。南遊赤野，北沺幽鄉，西經昧穀，東極浮桑。於是季秋之辰，微風起涼。聊回軒駕，左翔右昂。步馬于疇阜，逍遙乎陵岡。顧見骷髏，委於路旁。下居淤壤，上有玄霜。張平子悵然而問之曰：「子將并糧推命，以天逝乎？本喪此土，流遷來乎？爲是上智，爲是下愚？爲是女子，爲是丈夫？」於是肅然有靈，但聞神響，不見其形。〔註59〕

賦一開始，有一開頭場景的描繪：點出了時間、地點與季節，而後再敘述張衡騎馬於疇阜陵岡上時，看見一委身於地的骷髏，便向骷髏詢問他的來歷：是上智？下愚？抑或女子？丈夫？於是骷髏開口回答道：

> 答曰：「吾宋人也，姓莊名周。遊心方外，不能自修。壽命終極，來而玄幽。公子何以問之？」〔註60〕

由人物的對答中，我們得以知道張衡將骷髏的本尊設定爲先秦時代的莊周，並在文本中與張衡展開一場死生榮辱的對話，使敘事融入生命哲理的意義。《莊子・至樂篇》是一篇哲理性寓言，所闡釋的是道家對於生死的逍遙與"生爲勞碌、死爲解脫"的生命態度。在〈至樂篇〉中，作者藉骷髏之口向主角「莊子」訴說自身對於生死相泯的生命價值觀。張衡便是以此爲底本，進行加工再創作，將「人物」作了一番變化，於是莊子化身爲骷髏，轉而向張衡說明"死爲休息，生爲役勞"、"與道俱化"的道家人生哲理：

> 對曰：「我欲告知於五岳，禱之於神祇。起子素骨，反子四支，取耳北坎，求目南離；使東震獻足，西坤授腹；五內皆還，六神皆復；子欲之不乎？」骷髏曰：「公子言之殊難也。

〔註59〕詳參費振剛，胡雙寶，宗明華輯校，《全漢賦・骷髏賦》，頁472。
〔註60〕同前揭註，頁472。

死爲休息，生爲役勞。冬冰之凝，何如春冰之消？榮位在身，不亦輕於塵毛？巢、許所恥，伯成所逃。況我已化，與道逍遙。離朱不能見，子野不能聽。堯舜不能賞，桀紂不能刑。虎豹不能害，劍戟不能傷。與陰陽同其流，與元氣合其樸。以造化爲父母，以天地爲床蓐。以雷電爲皷扇，以日月爲燈燭。以雲漢爲川池，以星宿爲珠玉。合體自然，無情無欲。澄之不清，混之不濁。不行而至，不疾而速。」於是言辛響絕，神光除滅。顧時發軫，乃命僕夫，假之以縞巾，衾之以玄塵，爲之傷涕，酹於路濱。〔註61〕

在〈骷髏賦〉中，由人物、對話、情景敘述等而形成基本的故事情節，並且在敘述上有明顯的"時序性"，依照事件的始末發展呈現出時間的流動性。最後的結局安排，是張衡爲莊子骷髏安排了祭禮，爲死者悲傷流淚，灑祭酒於路濱。此種結局安排顯然是儒家式行爲模式，而非道家式行爲，就此亦可看出張衡雖然襲用〈至樂篇〉情節，但其生死觀與道家生命思考模式仍是有所衝突，遂透過賦中張衡與莊子骷髏的對話，深刻反映出其內心既嚮往道家精神的自由卻又無法完全做到生死相泯的掙扎。如同斯蒂芬·歐文所說：

在莊子筆下，骷髏所說的話，同棄之於荒野的骸骨那不明的身份是相符的，它講的是生的勞碌和死的解脫。在張衡的筆下，爲了除去疑惑這根鯁喉之骨，故事又有了第二處變動。在賦的結尾，我們驚訝的發現自己似乎又置身於祭禮之中了——壽衣、葬禮、奠酒，爲死者悲傷流淚，灑祭酒於路濱。張衡的這種作法和骷髏話中的寓意是直接矛盾的；雖然，張衡的這種作法說明他未能體會到事情的一個方面，但是卻表明了他很好地領會到了事情的另一方面。莊子以爲脫離了與人世間親戚的干係會給人帶來快樂，張衡卻讓骸骨回到自己的家族裡，使他成爲莊姓氏族的血脈，重新有了父母。張衡自己扮演了孝子賢孫的角色，他出席葬禮，灑淚于祭奠，使得傳統的祭禮與情感的傾瀉完

美無缺的結合起來。張衡在莊子的舊瓶裡裝進了自己的新
酒；骨骸有了姓名，有了同活著的聯繫，有了親族。〔註62〕

總之，揚雄的〈逐貧賦〉與張衡的〈骷髏賦〉，皆是敘事者將文本中
的主角，設定為以自身命名的人物，並透過與另一虛擬人物（抽象事
物或鬼魂）展開對話，藉由"對話內容"構築出事件情節的發展始
末，且其敘事風格類於莊列寓言，有其各自鮮明的象徵意義，可說皆
是「借事逞懷」的文本。二者間唯一的區別則在於：〈骷髏賦〉是以
「第三人稱全知視角」來敘述故事的，而〈逐貧賦〉則起始為「第三
人稱全知視角」，故事盡尾聲時，視角則轉換為「第一人稱限知視角」。

（三）筆記小說式的敘事手法

有些漢賦作品，雖然篇幅相較漢大賦而言，顯得較為短小，但其
敘事結構儼然如同筆記小說之形式，敘事性亦是相當濃厚，例如杜篤
的〈首陽山賦〉和王延壽的〈夢賦〉。

〈首陽山賦〉是以第一人稱限知視角來寫作的，杜篤自述他到首
陽山去，忽然看見兩個老人，神情從容地在摘採薇菜，於是上前攀談，
詢問其為何人，為何結伴同遊此地：

嗟首陽之孤嶺，形勢窟其槃曲。……青羅落漠而上覆，穴
溜滴瀝而下通。高岫帶乎巖側，洞房隱於雲中。忽吾睹兮
二老，時採薇以從容。於是乎乃訊其所求，問其所脩：「州
域鄉黨，親戚足儔，何務何樂，而並茲遊矣。」〔註63〕

〈首陽山賦〉的結構佈局，一開始先描述首陽山的地形概況，而後以「忽
吾睹兮二老」一句，同時帶出敘事中的三位人物登場："吾"（以第一
人稱自稱的敘事者）、二老。引文中先鋪陳二老於首陽山從容採薇，氣
定神閒的模樣，以引人遐想；此亦可說是充分運用敘事作品"懸疑感"
的創作手法，以使讀者對首陽山二老之出現引起好奇，而後杜篤向二老

〔註62〕詳參斯蒂芬·歐文（Stephen Owen）著，《追憶》，上海：上海古籍出
版社，頁45。
〔註63〕詳參費振剛，胡雙寶，宗明華輯校，《全漢賦·首陽山賦》，頁271。

之提問，亦可說是滿足讀者探知答案之動機。二老向杜篤回答：

> 其二老乃答余曰：「吾殷之遺民也。厥胤孤竹，作蕃北湄，
> 少名叔齊，長曰伯夷。聞西伯昌之善救，育年艾於胡耇，
> 遂相攜而隨之，冀寄命乎餘壽，而天命之不常。伊事變而
> 無方，昌伏事而畢命，子忽遘其不祥。乃興師於牧野，遂
> 干戈以伐商。乃棄之而來遊，擔不步於其鄉。余閉口而不
> 食，並卒命於山傍。」〔註64〕

由二老的回答中，可以得知他們本是殷商遺民，年少者叫叔齊，年長
者叫伯夷。因為聽聞西伯昌善於養生，所以二人相攜來找他，希冀往
後歲月能跟隨他一同修身餘壽；可惜天命無常，西伯昌不久就逝世
了，其子繼位之後，大興干戈欲伐殷商，於是二人「棄之而來遊」，
來到首陽山，從此以後「閉口而不食」，最後二人皆「卒命於山傍」。

有關伯夷、叔齊二人的記載，於《莊子·讓王》、《呂氏春秋·季
冬紀·誠廉》及《史記·伯夷列傳》中皆有所記載，但都是指二人"求
仁得仁"的德行事蹟之敘述；而非如杜篤〈首陽山賦〉出之以小說式
的寫法，將二老設定為以死之魂再現首陽山，從容行事地與杜篤交
談。此般的敘事設計，給予人情節離奇，引人遐思之感：已死之人向
在世之人款款訴說自己本是殷商遺民，後因唾棄西伯昌之子的作為而
避居至首陽山，並餓死於山上等事。顯然杜篤所遇到的二老是鬼魂而
非人，且結局的安排終止於二老的自述，而無後續進一步的說明，更
予人無限的想像空間，使此賦的情節設計格外特別，小說意味更為濃
厚。故錢鍾書說道：「杜篤〈首陽山賦〉……玩索斯篇，可想像漢人
小說之彷彿焉。〔註65〕」

此外，王延壽的〈夢賦〉，亦是以短小篇幅進行敘事之作，雖無
長篇鋪敘，但其描述夢中鬼怪出現並與之打鬥的情形，甚為逼真：

> 余夜寢息，乃有非恒之夢。其為夢也，悉睹鬼神之變怪，
> 則蚖頭而四角，魚首而鳥身，三足而六眼，龍形而似人。

〔註64〕詳參費振剛，胡雙寶，宗明華輯校，《全漢賦·首陽山賦》，頁 271。
〔註65〕詳參錢鍾書著，《管錐篇》，冊三，頁 994。

群行而筆搖，忽來到吾前。申臂而舞手，意欲相引牽。於
是夢中驚怒。膈臆紛紜。〔註66〕

引文中以第一人稱限知視角自敘：作者夜寢時，夢中出現鬼怪，或為
蚰頭四角、或為魚首鳥身、或為三足六眼、或為龍形似人，紛紛來到
作者面前，對著他伸臂舞手，想要帶走他，使他感到又驚又怒。而後，
作者自思「吾含天地之純和，何妖孽之敢臻?」遂揮手振拳，在夢中
與鬼怪奮力打鬥：

乃揮手振拳，雷發電舒。口戰遊光，軒猛跳。狒毅，斫鬼
魃，捎魍魎，荊諸渠，撞縱目，打三頭，……爾乃三三四
四，相隨踉傍而歷僻。朧朧磕磕，精氣充布。翰翰疊疊，
鬼驚魅怖。或盤跚而欲走，或拘攣而不能步。或中創而婉
轉，或捧痛而號呼。奄霧消而光蔽，寂不知其何故。嗟妖
邪而怪物，豈干真人之正度。耳聊嘈而外朗，忽屈申而覺
寤。〔註67〕

上述引文中，將王延壽揮手振拳、砍殺鬼魃，及鬼怪驚怖、倉皇逃走
的模樣敘述得相當細緻，使人如同親見人與鬼怪作戰的動態敘事情
景，就敘事性而言，可謂生動至極。

　　總之，〈首陽山賦〉與〈夢賦〉的敘事表現，皆如同筆記小說式
的敘事手法，雖然不若漢大賦的大肆鋪陳，但其微型小說之結構甚為
完善，故其敘事性自是應被重視的。

（四）情節井然，結構完整的擬人化敘事

　　一九九三年二月至四月，江蘇省連雲港市東海縣溫泉鎮尹灣村西
南發掘到六座漢墓。其中第六號，乃是問世後備受矚目的〈神鳥賦〉
竹簡。據《尹灣漢墓簡牘》〔註68〕記載，〈神鳥賦〉作者不詳，與其

〔註66〕詳參費振剛，胡雙寶，宗明華輯校，《全漢賦‧夢賦》，頁534
〔註67〕詳參費振剛，胡雙寶，宗明華輯校，《全漢賦‧夢賦》，頁534。
〔註68〕詳參連雲港市博物館、東海縣博物館、中國社會科學院簡帛研究中
　　　　心、中國文物研究所，《尹灣漢墓簡牘》，北京：中華書局，1997年，
　　　　〈前言〉頁1、4及〈附錄‧尹灣漢墓發掘報告〉頁166。

同批出土的簡牘資料,大多為漢成帝元延年間之物,故初步判定〈神鳥賦〉的寫成時代,應是在漢成帝元延年間或之前。自〈神鳥賦〉出土面世以來,學者多將它與敦煌講唱文學中的〈燕子賦〉並論,而將〈神鳥賦〉視為漢代俗賦:

> 新出的〈神鳥傳(賦)〉,是一篇亡佚兩千多年的基本完整的西漢賦。其風格跟以往傳世的大量上層文人學士的漢賦有異,無論從題材、內容和寫作技巧來看,都接近於民間文學。此賦以四言為主,用擬人手法講述鳥的故事,跟曹植的〈鷂雀賦〉和敦煌發現的〈燕子賦〉(以四言為主的一種)如出一轍。它的發現把這種俗賦的歷史提早了二百多年,在古代文學史上的意義是不言而喻的。〔註69〕

由引文中可知,〈神鳥賦〉被視為不同於一般上層文人學士所為之漢賦風格,而被視為近於民間文學的漢代俗賦。

據馬積高先生《賦史》所云,"俗賦"是指「清末從敦煌石室發現的用接近口語的通俗語言寫的賦和賦體文」,他並認為唐代俗賦的出現,與唐代都市文化的繁榮及變文的流行有密切的關係。此外,他又認為唐代俗賦在歷史上有其淵源,例如漢代王褒的〈僮約〉、漢末魏初曹植的〈鷂雀賦〉、西晉左思的〈白髮賦〉,皆是當時的俗賦;而東晉袁淑的俳諧文〈雞酒錫文〉,也同唐代俗賦的發展有密切關係〔註70〕。但關於馬積高先生的"唐代俗賦是受到變文流行之影響所致"之說法,簡宗梧先生有不同的看法,他認為:

> 由於〈僮約〉等作品的存見和敦煌俗賦的發現,以及歷來篇章大量亡佚、俗賦不能登大雅之堂等事實,我們應可推斷:俗賦的傳統從西漢以至隋唐,綿遠流長,不是到唐代受到「變文等俗文學的影響」才產生的。俗賦從〈僮約〉以來,一向都是故事性很強的作品,它可以說是用韻散夾

〔註69〕詳參連雲港市博物館、東海縣博物館、中國社會科學院簡帛研究中心、中國文物研究所,《尹灣漢墓簡牘》,頁1。

〔註70〕詳參馬積高著,《賦史·唐代的俗賦》,上海:上海古籍出版社,1987年7月第一版,頁374~375。

　　雜來傳述民間故事或寓言的文學形式。〔註71〕

綜合以上諸家所論，就現有的文獻來看，"俗賦"應是從西漢起便存在，其特徵為"故事性強"、"以接近口語的通俗語言所寫成的賦"、"近於民間文學"。總之，〈神烏賦〉的發現，無疑是為漢賦之敘事性特質，作了更強有力的證明。〔註72〕

　　〈神烏賦〉是擬人化的敘事，其故事主要是敘述神烏的鶼鰈情深及透過神烏的建材被盜、雌烏與盜烏兩造爭鬥、雌烏負傷被捕、盜烏反而逍遙法外等故事情節以反映社會公平正義的失衡與抨擊執法者的懦弱。

　　〈神烏賦〉全篇是以第三人稱的全知視角來敘事，起首的敘事者概述，即已將故事內容作一簡單的交代：

　　　惟此三月，春氣始陽。眾鳥皆昌，蟄蟲彷徨。螺蜯之類，
　　　烏最可貴。其性好仁，反餔於親。行義淑茂，頗得人道。
　　　今歲不翔，一烏被央。何命不壽？狗麗此咎？〔註73〕

全篇起首由敘事者口中道出"烏"是所有鳥類中最可貴的，性情好仁，頗具人性。並以「何命不壽？狗麗此咎？」的詰問語氣，作為悲

〔註71〕 詳參簡宗梧著，《賦與駢文・唐五代辭賦與駢文》，頁169。

〔註72〕 朱曉海先生於〈論〈神烏傳〉及其相關問題〉一文中，認為俗賦之特質究竟為何，迄今未見辨明，故是否將〈神烏傳〉歸於俗賦，他認為仍須斟酌。但朱先生對於〈神烏傳〉的敘事性，則持完全肯定之看法，且有極精闢之分析（詳參朱曉海著，《習賦椎輪記》，台北市：台灣學生，1999年初版，頁87～132）。故就漢賦的敘事性表現而言，神烏賦實值重視。

〔註73〕 〈神烏賦〉的引文及釋文，乃是參考以下各家而定，茲後所引不再一一注明：連雲港市博物館、東海縣博物館、中國社會科學院簡帛研究中心、中國文物研究所，《尹灣漢墓簡牘》頁148～150；裘錫圭〈《神烏賦》初探〉，《文物》第一期，1997年1月，頁52～53；虞萬里〈尹灣漢簡〈神烏賦〉箋釋〉，中山大學中國文學系、中國訓詁學會主編，《第一屆國際暨第三屆全國訓詁學學術研討會論文集》，台北：文史哲出版社，1997年，頁833～850；周鳳五〈新訂尹灣漢簡神烏賦釋文〉，政治大學文學院主編《第三屆國際辭賦學學術研討會》，台北：政治大學，1996年。

劇結局的伏筆。

〈神烏賦〉的故事中，主要角色爲雄烏、雌烏、盜烏三個人物，爲勾勒出人物的鮮明個性，敘事者以擬人化的生動對話及通過描述人物的表情、情緒反應、肢體動作等敘事特質來呈現之。例如當神烏決定在府君官署作宮室以居住，雄烏前去尋覓建材時，雌烏因發現雄烏所搜集的建材被盜烏偷盜，於是便疾追上前大聲呼叫：

> 欲勳南山，畏懼猴猿。去危就安，自託府官。……遂作宮室，雄行求材。雌往索荻，材見盜取。未得遠去，盜與相遇。見我不利，忽然如故。(雌烏) 〔註74〕發忿，追而呼之：「咄！盜還來。吾自取材，於彼深萊。已行胱腊，毛羽墮落。子不作身，但行盜人。難就宮室，豈不怠哉！」盜烏不服，反怒作色：「□□汨涌，泉姓自託。今子相意，甚泰不事。」雌烏曰：「吾聞君子，不行貪鄙。天地綱紀，各有分理。今子自己，尚可爲士。夫惑知反，失路不遠。悔過遷臧，至今不晚。」盜烏嘖然怒曰：「甚哉！子之不仁。吾聞君子，不意不信。今子□□□，毋□得辱。」雌烏沸然而大怒，張目揚眉，撟翼申頸，……「汝不亟走，尚敢鼓口。」遂相拂傷，雌烏被創。

引文中，敘述神烏本想遷徙到南山居住，但因爲畏懼猿猴的騷擾，遂選擇了府君官署作爲託身之處。爲了建造宮室，雄烏開始去尋覓建材，而後當雌烏在搬運建材時，卻意外發現盜烏在偷盜建材，遂與盜烏發生衝突。敘事者以擬人化的敘事筆調，將雌烏與盜烏之間的爭執以代言體的方式呈現，透過鮮明的對話展示，及細膩的肢體動作的描寫（如沸然大怒、張目揚眉、撟翼申頸等），使人物的塑造更爲生動具體化。且透過兩造之間的對話，亦將情節的衝突與緊張性節節升高，使此賦洋溢的故事性更爲濃厚。

而當雌烏被「賊曹捕取，繫之於柱」時，雄烏見雌烏負傷被捕，便繞樹飛翔於其左右，想解開雌烏身上的縛綁，卻使繩索纏繞得更

〔註74〕（ ）內的文字，係依前揭註以補之脫字。

緊，因而感到忱惕驚恐，知道雌鳥解脫無望，遂伏於雌鳥身上，決定與其共生死。此段的敘事甚為感人，文學感染力甚強：

> 賊曹捕取，繫之於柱。……絕繫有餘，紈樹懼悚。自解不
> 能，卒上伏之。不肯他措，縛之愈固。其雄惕而驚，撟翼
> 申頸，比天而鳴：「蒼天蒼天！視顏不仁。方生產之時，何
> 與其盜！」顧謂其雌曰：「命也夫！吉凶浮沇，願與汝俱。」

據裘錫圭先生解釋，雌鳥雖被曹吏繫之於柱，但後來有幸被釋放，只是身上的繩索仍未鬆綁，雄鳥想幫忙解開，結果卻使繩索纏繞得更緊，雄鳥擔心惶恐不已，遂伸長脖子向蒼天發出悲淒的控訴，而後又對雌鳥說「一切既然是命定，則無論是福是禍，我都與你一同共生死。」便俯身於雌鳥身上，誓死相護不肯離去。

雌鳥看到雄鳥如此鶼鰈情深，不禁涕泣傷悲地勸導雄鳥要顧念孩子，希望他另娶賢婦，但不要一味聽信後婦之言而苦了孤子，希望他能好好撫育孩子等等；最後便移動身軀，自投污廁而死：

> 雌曰：「佐子、佐子。」涕泣候下，「何戀互家。□□□已。
> （曰）□（君）□，我求不死。死生有期，各不同時。今
> 雖隨我，將何益哉！見危授命，妾志所踐。以死傷生，聖
> 人禁之。疾行去矣，更索賢婦。毋聽後母，愁苦孤子。《詩》
> 云：『青繩止於杆。幾自君子，毋信讒言。』懼惶向論，不
> 得極言。」遂縛兩翼，投于污廁。肢體折傷，卒以死亡。
> 其雄大哀，躑躅徘徊，徜徉其旁，涕泣縱橫。長炊泰息，
> 憂逸嘑呼，毋所告愬。盜反得完，雌鳥被患。遂棄故處，
> 高翔而去。

當雌鳥移動被綑綁的身軀，自投污廁而死之後，雄鳥悲痛萬分，在其身邊躑躅徘徊良久，涕泣悲傷，不停地發出憂怨的呼聲，滿腔的苦楚無人可告，「盜反得完，雌鳥被患」二句，訴盡內心對於社會不公的血淚控訴，最後以雄鳥離開本欲築巢之地，高飛而去結束，使人讀之無不感其遭遇之苦。

〈神烏賦〉的主題除了控訴社會的亂象與執法者的不公之外，神

烏鶼鰈情深的刻畫，實是使故事情節更富文學感染力之主要因素。通篇情節分明，環環相扣，人物塑造頗爲鮮明圓熟，舉凡敘事性特質如人物、事件、情節、對話、時間流、空間變化等皆一應具足，且敘事技巧頗爲成熟，充分製造出緊張、衝突與高潮等情節設計，故其藝術價值實不容小覷。且其撰作時代爲西漢時期，可見西漢賦的敘事性早已具備一定的水平。萬光治先生便認爲〈神烏賦〉的敘事表現，有其時代意義，其敘事的成熟表現，似不應爲一枝獨秀或空前絕後，也許在西漢時，仍有更多敘事賦作，只是遺佚缺失或仍未得見：

> 〈神烏賦〉作爲純粹的敘事之作，不僅空前，而且絕後，確乎不可思議；依常理而言，如此成熟的敘事作品，在當時不應該絕無僅有。班固敘錄漢賦一千零四篇，今所存完整或不完整者，不過百篇左右，〈神烏賦〉似不應一枝獨秀。如果上述推論有一定道理，則漢代賦文學題材、手法與風格的多樣性，更有重新估價的必要。〔註75〕

第三節　漢賦的興盛標誌中國早期敘事詩的黃金時期

　　劉勰《文心・詮賦》所說的賦與詩畫境〔註76〕，其主要差別，應在於賦除了可抒情之外，亦充分體現了敘事、議論、說理等特質，而非如詩（指狹義的詩）主要在於抒情。如同班固所云「賦者，古詩之流也」，早已表明了賦爲詩體之事實，亦即賦乃是詩歌主流所分化出來的支流，只不過漢賦此種詩體，其敘事性特質成爲其主要的文學表現，故與一般狹義的詩有所區別。蕭統於《文選・序》中亦云：「嘗試論之曰：〈詩序〉云：『《詩》有六義焉：一曰風，二曰賦，三曰比，

〔註75〕詳參萬光治著，〈尹灣漢簡《神烏賦》研究〉，《辭賦文學論集》，南京大學中文系主編，江蘇教育出版社，1997年12月，頁179。

〔註76〕《文心雕龍・詮賦》：「賦也者，受命於詩人，拓宇於楚辭也。於是荀況禮智，宋玉風釣，爰錫名號，與詩畫境，六義附庸，蔚成大國。述主客以首引，極聲貌以窮文，斯蓋別詩之原始，命賦之厥初也。」

四曰興，五曰雅，六曰頌。』至於今之作者，異乎古昔，古詩之體，今則全取賦名。荀、宋表之於前，賈、馬繼之於末。」無論是《文心》抑或《文選》，皆可說是代表了當時的文學觀點，由引文中，我們可清楚地知悉至少在南朝時，賦仍被認定是古詩之一種體裁（只是後來全被統稱爲"賦"），那麼，漢賦之確然爲詩體，實是有史實可證的。既然漢賦此種詩體，異於一般抒情詩，而於敘事表現上多所展現，則就敘事詩史之研究面向而言，誠有討論之必要。

　　歷來對漢代敘事詩的研究論述，總是以漢樂府爲主，而未曾論及漢賦。在本章第一節中，我們已述明漢賦本爲詩的文體屬性；而第二節中，我們亦援引重要作品，將漢賦自身所具有的濃厚敘事性，概論於上，故綜合以上討論，我們可知漢賦實應視爲中國敘事詩之一種表現體式。它與屈宋賦在敘事展現上有其傳承關連性，且各自有其傑出之展現；若以中國敘事文學的角度來審視自詩經、楚辭至漢賦之詩歌史發展歷程，則流貫串連於其間的"敘事性"軌跡，實值吾人細加探究。

　　但目前學界，論及漢代敘事詩者，大都以漢樂府民歌中的〈陌上桑〉、〈孤兒行〉、〈婦病行〉、〈十五從軍征〉、〈羽林郎〉等及漢末建安的〈薤露行〉、〈蒿里行〉、〈七哀詩〉、〈飲馬長城窟行〉、〈駕出郭北門行〉、〈悲憤詩〉、〈胡笳十八拍〉等詩爲主來論述，而未曾將漢賦視爲敘事詩看待。例如高永年《中國敘事詩研究》、程相占《中國古代敘事詩研究》、邱燮友《中國歷代故事詩》、黃景進〈中國敘事詩的發展〉等專書與單篇論文，或學位論文如吳國榮《中國敘事詩研究》、林彩淑《漢魏敘事詩研究》等，皆於論述漢代敘事詩時，未曾將漢賦置入中國敘事詩行列以討論之。而敘事詩選集如簡恩定等編著之《敘事詩》、吳慶峰《歷代敘事詩賞析》、彭功智《中國歷代著名敘事詩選》、路南孚《中國歷代敘事詩歌——先秦兩漢魏晉南北朝編》及丁力選；喬斯析《歷代敘事詩》等，在漢代敘事詩的編選部分，亦皆無網羅漢賦。之所以未將漢賦視爲敘事詩看待，應係與學者們對賦的文體性質之認知有關，例如黃景進先生〈中國敘事詩的發展〉即云：「漢朝的賦雖有完整的故事，但因雜有散文，故不以敘事詩討論〔註77〕」。但漢賦本為詩的文體性質，本文已辨析於前，則此種詩體所特有的自由句式與濃厚敘事性實應正視，故若要全面看待中國敘事詩，卻排除漢賦的敘事詩屬性，實是殊為遺憾之事。

賦在漢代的興盛，是文學史上被公認的事實。而漢賦自身形式的利於敘事及其對漢樂府敘事性的影響，以及漢代政治環境、社會經濟環境的利於敘事詩發展等，卻是較少被討論的，茲為述明漢賦的興盛象徵中國早期敘事詩的黃金時期，擬由上述面向切入，以求更明瞭敘事詩史中，漢賦承先啓後的重要性。

一、詩歌篇幅擴大利於敘事及敘事手法的前驅意義

漢賦的篇幅，普遍廣長，即使是篇幅較為短者，與一般詩歌相比（指狹義之詩）也顯得篇幅較具規模。詩歌的"長度"與"敘事"之展現，事實上應有一定的關連。傅修延先生於《先秦敘事研究》中曾說：

> 敘事學不是數學，一個事件需要多少文字來敘述，不可能作出精確的界定，但事件的時間、地點、過程與涉及的人物等基本要素必須在敘述中得到體現，因此任何敘事文本實際上都有一個最低限度的文字量，少於此則基本要素無法容納。再則，僅僅達到起碼的文字量是不夠的，因為敘事的目的不只是記述基本要素，為了在讀者心目中喚起感同身受的印象，敘事還應進一步傳遞更細緻的信息，如人物的動作、語言、心理、外形、神態、服飾以及事件發生的外在環境等，這就需要更多的文字。如果有關信息能夠有序地組織於文本當中，在讀者腦海激發出一幕幕栩栩如生的行動場景，那麼這種敘事可謂達到了文本與故事的基本對稱。……《詩經》的史詩片斷如《生民》、《閟宮》等已具一定的敘事長度，但總的來說篇幅不夠，因為投入的文字與所對應的歷史不成比例；《氓》中的敘事倒是圓滿周

〔註77〕詳參羅宗濤等著，《中國詩歌研究‧中國敘事詩的發展》，台北市：中央文物供應社，1985年，頁6。

　　詳，但整個三百篇也就只有這一篇。〔註78〕

傅修延先生的看法，是站在是否具足敘事學各組成要素的立場來看待
敘事文學作品。其說法適當地提供我們審視敘事作品的路徑。但若要
在詩中體現「事件的時間、地點、過程與涉及的人物等基本要素」，
且「進一步傳遞更細緻的信息，如人物的動作、語言、心理、外形、
神態、服飾以及事件發生的外在環境等」敘事要素，則沒有相當的篇
幅，是難以將上述要件體現得完整的。故自《詩經》之後的屈賦、漢
賦，在詩歌長度上皆具有一定的規模，明顯地比《詩經》中的普遍詩
歌長度來得廣長，以便將敘事畫面形象化地呈現或使敘事所要鋪敘的
人物、事件得以有發揮的空間，以引起文學感染力，「在讀者心目中
喚起感同身受的印象」。

　　詩歌內容的得當表現關乎形式的選擇，篇幅長短乃是"形式"選
擇的考量之一。敘事詩首先至少要將"事件"呈顯而出，故短小篇幅
的敘事詩至少亦具備一精鍊化的情節；而長篇幅的敘事詩，則可容納
較多人物、情節、時空背景等要件，以將所欲敘述之"事"較為完整
地體現出來。以是之故，綜觀目前被視為中國敘事詩之顯著詩篇，如
〈孔雀東南飛〉、〈木蘭詩〉、〈琵琶行〉、〈長恨歌〉、〈圓圓曲〉等，在
詩歌篇幅上，皆是以廣長著稱。所以，具備一定程度的詩歌篇幅，確
實在敘事上，較能提供敘事者進行敘事結構的安排，展現出人物、情
節、事件、時間流動、空間變化等敘事特質的完整交織。即便中國敘
事詩與西方敘事詩相較，在故事情節或敘事結構上，皆顯得較不具規
模〔註79〕；但就中國詩歌本身而言，被視為是成熟或傾向於成熟的敘
事詩作品，大多在詩歌篇幅上，展現出一定的長度，此應是因為"敘
事性"的表現，大多需透過"鋪陳"、"敘述"、"情節展現"等基

〔註78〕詳參傅修延著，《先秦敘事研究》，北京：東方出版社，1999 年 12 月
　　　　第一版，頁 197。
〔註79〕王國維在《文學小言》中，認為與西方史詩相比，中國的敘事詩、
　　　　史詩的發展尚在幼稚的時代。

本敘事條件，才能展現出其風貌，將所欲呈現之"事"，最低程度化地基本交代清楚。因此，就此形式因素來審視漢賦，可以發現漢賦之敘事詩色彩之所以甚為濃烈，除了因為它自身屬性符合"詩體"之基本要求之外，且其"鋪采摛文"的特色，也適合在詩歌篇幅上發展出一定之長度，以將所欲概述之事，適切地鋪陳出來，而這都是有利於敘事詩存在條件的。

再者，漢賦中的情節演進，常常是透過敘事畫面的連接、跳躍，以概括情節的相續性，亦即藉由敘事畫面的轉換與貫串，使讀者體察時空的變化與故事情節的演進線索與來龍去脈〔註80〕。這種藉由畫面的跳躍、承接，呈顯出概括性的情節敘述，也可說是中國敘事詩之特點。例如〈子虛賦〉中為敘事楚國雲夢的繁富，其敘事手法便是透過幾個主要畫面的描述——雲夢澤的地形與物產、楚王出獵時的車乘、裝扮及將士的武勇之舉、楚王與侍女一同行獵及遊於清池的情景等——將楚國雲夢大澤的壯麗與楚王奢靡的生活勾勒出來。這些跳躍性的敘事畫面，並非是靜態的，而是帶有動態性的，且彼此之間在所表述之事件上有同質相關性，故在閱讀或聽取的過程中，閱聽者對於敘事畫面之間的連接組合，自然會運用思維將其組織在一起，而使整體敘事成為有機的組合，而非漫無結構的一堆敘事材料而已。這種敘事手法，並非僅體現於漢賦之中，在中國歷代較長篇的敘事詩中，也多半都是借鑑於此種手法：

> 那些規模較大的敘事詩篇，它們包容了較多的生活畫面，
> 其情節的演進不是"線性的"推移，而是借助畫面的組
> 合、承遞和跳躍，讓讀者體察到時空的變化和世事的脈動。

〔註80〕浦安迪《中國敘事學》中，亦曾分析中國敘事文學中空間感優於時間感的特點，他以神話為例：「希臘神話以時間為軸心，故重過程而善於講述故事；中國神話以空間為宗旨，故重本體而善於畫圖案。」（頁42～43）以此觀點來看漢賦，亦可發現漢賦的敘事，往往是透過空間畫面的組合以傳遞出時間的流動，其空間感成分大於時間感的特質，頗為明顯。

請看《長恨歌》，除了一些交待故事來龍去脈的陳述性語言外，此詩共有四幅畫面：漢皇與楊妃兩情相得、盡情歡樂的畫面；帝、妃逃難，馬嵬坡賜死楊妃的畫面；漢皇歸來，痛苦思念楊妃的畫面；方士招魂，玉環悲喜交加迎接"天子使"的畫面。四幅畫面若獨立起來看，可視為四首小型敘事詩；若連貫起來看，我們就見到了一條不斷推進的情節線索，一個比較完整、複雜的故事。詩人對每幅畫面所用的筆墨是放縱而恣肆的，而對每衣服畫面的銜接和遞進，則是著墨儉省，或點到為止，或讓一二詩句從中暗示與勾連。……詩人善於捕捉典型的生活畫面，加大情感投入，以濃墨重彩渲染其中的生活事件（行動），並借此放縱抒情；至於畫面之間的遞進，他們則有意從簡，讓讀者去領會、去補充。〔註81〕

上述引文是高永年先生針對唐代敘事詩之藝術手法所作的評論。歷來談論中國敘事詩者，較少正視漢賦這塊園地；但我們換個角度來看，分析歷代敘事詩的寫作手法時，其特點往往亦體現於漢賦之創作手法中，二者之間的關係，其實正點明了中國敘事詩慣用手法的一脈相傳。故上述引文中分析唐代敘事詩之看法，其實亦進一步說明了在敘事詩史上，漢賦早已示範出中國敘事詩獨特的敘事手法。當然，後代敘事詩在敘事手法與故事情節的組織上，故事性更為濃厚、敘事質地更為縝密，此乃後出轉精的自然呈現，但身為早期敘事詩的漢賦，其所象徵的前驅意義，實有不可抹滅的時代意義。

二、漢代詩論說對漢賦敘事性的積極推動

漢代的詩歌環境，幾皆是以"敘事"為主的，這也是漢賦之敘事性特色與時代緊密呼應之處。班固《漢書·食貨志》云：「孟春之月，群居者將散，行人振木鐸徇於路以采詩，獻於太師，比其音律以聞於天子。」此是有關漢代采詩風俗的記載。《漢書·藝文志》中又云：「自

─────────────

〔註81〕詳參高永年著，《中國敘事詩研究》，頁 71～72

孝武立樂府而采歌謠，於是有趙代之謳，秦楚之風，皆感於哀樂，緣事而發。」由此可看出漢代詩歌之內容都是本於哀樂之事而述。從詩歌所載之"事"而知風俗厚薄，乃是采詩之目的。何休《公羊傳·宣公十五年注》亦云：「男女有所怨恨，相從而歌，飢者歌其食，勞者歌其事。男子六十、女子五十無子者，官衣食之，使之民間求詩。鄉移於邑，邑移於國，國以聞於天子。故王者不出牖戶，盡知天下所苦。」引文中的"飢者歌其食，勞者歌其事"，其實皆是"感於哀樂，緣事而發"之意義。總之，漢初設樂府令，其采詩之宗旨，乃是以發掘詩中之"事"為主，而此詩論說，事實上是與詩歌的政教功能密切配合的。民間詩歌中，體現一定具體事件，能直接反映民生之作品，成為在上位者考察政教善惡的借鏡。另一方面，此種緣事而發的詩論說，不僅體現在民歌之上，在當時文人普遍創作之賦上，亦是以"緣事而發"作為出發。

　　例如〈長門賦〉本文前有一小序，即說明作此賦是因為陳皇后失寵，謫居長門宮，悲愁幽悶，故奉以黃金百斤請司馬相如為其代筆，使武帝能因此而回心轉意：

> 孝武皇帝陳皇后，時得幸，頗妒。別在長門宮，愁悶悲思。聞蜀郡成都司馬相如，天下工為文。奉黃金百斤為相如、文君取酒，因于解悲愁之辭。而相如為文以悟主上，陳皇后復得親幸。〔註82〕

透過序文，我們得以清楚地明瞭長門賦所敘之事為何。但若無此序，其實就〈長門賦〉全詩來看，亦可發掘出其所敘之事件為何。再如班固〈兩都賦〉之本文開展前亦有"序"，亦說明了詩中所欲敘述之事為何：

> 西土耆老，咸懷怨思，冀上之睠顧，而盛稱長安舊制，有陋雒邑之議。故臣作〈兩都賦〉，以極眾人之所眩曜，折以今之法度。〔註83〕

〔註82〕詳參周啟成等註譯，《新譯昭明文選》，頁627。
〔註83〕詳參周啟成等註譯，《新譯昭明文選》，頁7。

再如揚雄〈甘泉賦〉亦有序說明賦中所述之事、所示之旨爲何：

> 孝成帝時，客有薦雄文似相如者。上方郊祀甘泉泰時、汾
> 陰后土，以求繼嗣。召雄待詔承明之庭。正月從上甘泉還，
> 奏〈甘泉賦〉以風。〔註84〕

〈甘泉賦〉是揚雄中年時初到京師所獻四賦的首篇。甘泉宮本是秦的離宮，漢武帝將之整修擴大，使之雕楔彩繪，十分氣派華麗。據《漢書·揚雄傳》記載，初從田畝陋屋之中出來的揚雄，對於甘泉宮之奢華侈靡難以認同，遂採取「推而隆之」的敘事手法，於推崇甘泉宮的高臺巍闕之中隱含譏刺，認爲這是因襲夏桀、商紂建築琁室、傾宮的作法，希望成帝能如臨深淵般保持戒愼之心。而其〈羽獵賦〉之序，亦將賦中所述之事的宗旨說明一番：

> 孝成帝時，羽獵，雄從。……又恐後世復修前好，不折中
> 以泉臺，故聊因校獵，賦以風之。〔註85〕

〈羽獵賦〉雖然沒有採用主客問答詰難的敘事模式，但其仿效〈子虛賦〉、〈上林賦〉用濃墨重彩以渲染天子儀衛之盛、騎卒壯士之勇與羽獵時聲勢浩大的種種壯觀場景之描述，皆有敘事因襲之處。事實上，從任何一篇賦作來看，無論其有無序言，賦中至少皆可發掘出一事件出來。

　　賦家作賦時，雖其用意皆在於諷諭之旨，但單純說理只會使文學性降低，顯得枯燥乏味。故透過敘事以傳達所欲訴之情或所欲諷之旨，乃是漢賦的基本模式。而詩中要體現"事"，作詩時要能"緣事而發"的漢代詩論，對於漢賦敘事性的發展，應有一定的積極導向意義。

三、漢賦對敘事樂府的影響

　　朱光潛先生於《詩論》中曾指出賦的出現是中國詩歌表現手法的轉變關鍵：

> 中國詩轉變的第一大關鍵是由《詩經》到漢魏樂府五言，

〔註84〕詳參周啓成等註譯，《新譯昭明文選》，頁260。
〔註85〕詳參周啓成等註譯，《新譯昭明文選》，頁324～325。

> 我們已經說過。這個轉變之中有一個媒介，就是《楚辭》。
> 《楚辭》是詞賦的鼻祖，它還帶有幾分〈國風〉的流風餘
> 韻，但是它的音節已不像波浪線而像直線，它的技巧已漸
> 離簡樸而事鋪張了。樂府五言大膽地丟開《詩經》的形式，
> 是因爲《楚辭》替它開了路。所以詞賦對於詩的影響還不
> 僅在律詩，古風也是由它脫胎出來的。〔註86〕

朱先生指出從《詩經》到漢魏樂府，可以見出中國詩歌之轉變，而導
致轉變之媒介乃是《楚辭》，此論點極有見地。一般的文學史看法，
總將《楚辭》視爲抒情詩，而忽略其"敘事"之面向，事實上，若要
追溯漢賦與漢樂府的敘事性淵承，實不可忽略《楚辭》於他們之前所
開創出的「漸離簡樸而事鋪張」的詩歌手法，因爲"事於鋪張"的藝
術手法與"敘事"的表現手法，其相關性是很接近的。而漢賦的敘事
鋪張手法，也在很多方面影響了漢樂府的創作，所以整個漢代詩歌可
以說是充滿了敘事色彩的。陳來生於《史詩‧敘事詩與民族精神》中，
雖未將漢賦視爲敘事詩，但其對於漢賦影響漢樂府的說法，頗有精闢
之見，其云：

> 歷來論詩者每每讚嘆漢魏敘事詩的繁榮發達，並常常從詩
> 歌由四言向五言的過渡爲詩人提供了表現形式的便利這一
> 點上來說，這雖然也不失爲一個重要原因，但更直接的推
> 動力，似乎並未論及。辭賦，上承《詩經》、《楚辭》及先
> 秦散文的淵源，下啓後代詩歌的鋪排特色，是中國詩歌發
> 展史不可缺少的一個環節。……漢賦的富麗堂皇、鋪張揚
> 屬，正適應著漢朝的強大和宮廷的需要，反映著貴族的藝
> 術趣味和藝術水平。它們大都經賦家嘔心瀝血、辛苦經營
> 而成，集中體現了兩漢文人創作的成果和經驗，積累了豐
> 富的文學辭藻和純熟的描寫技巧，對後世詩文有著深遠影
> 響，其狀物敘事的手法對敘事詩的創作尤其有著直接影
> 響。漢賦狀物敘事，往往按照方位、順序、物類等，從古

〔註86〕詳參朱光潛著，《詩論》，頁 246。

　　寫到今，從天上寫到地下，從東西南北寫到上下左右，從
　　山河形勢寫到物產礦藏，從宮殿樓台寫到苑囿馳射，從珍
　　禽異獸寫到奇樹異花，羅列鋪排。……而漢魏樂府裡的敘
　　事詩，幾乎全是對話體，在具體描寫上也多以時間、地點、
　　方位的依次排列作為鋪敘的套式，與辭賦極其相似。〔註87〕

陳來生先生認為漢賦狀物敘事、鋪張揚厲的寫作手法及慣用的對話體
敘事結構，很深刻地影響了漢樂府的敘事手法。誠然，文學的交相影
響，本就是常見之事，更何況是同一時代空間裡的主流文學，其影響
力自不待言。

　　例如〈陌上桑〉中，對羅敷的美貌描述，通過行者、少年、耕者、
鋤者等各種人物的態度反襯出來，乃是運用排比的技巧，而對羅敷及
其丈夫的服飾打扮等描述，則是運用事類的鋪陳，而對於羅敷丈夫的
仕途敘述，則是以年齡為序來鋪排。此種敘事手法，與漢賦慣用的事
類排比、鋪陳，依時間、地點、方位等依次鋪敘的模式實是相同。只
是一為微型敘事，一為巨型敘事之別。

　　此外，漢代社會經濟的發達，也為敘事詩提供了蓬勃發展的空間：

　　漢賦賴以產生的社會經濟基礎也給敘事長詩的發展提供了
　　條件。為什麼同是民歌，漢以前的詩篇抒情為重，敘事則
　　往往只有模糊的影子，而漢樂府的敘事功能則大大增
　　加？……兩漢興盛昌明的社會環境，給人們提供了創作更
　　為宏偉壯觀的文學藝術的可能性，過去人們常以“振大漢
　　之天聲”稱此，極有見地。社會經濟的發展，開拓了人們
　　的眼界，也提高了人們綜合概括和表達的能力。敘事文學
　　作品對邏輯思維有著十分直接的依賴，比如對生活中各種
　　社會現象、各種因果關係的分析理解的程度，以及將人物
　　和事件加以組織構架的的能力，都離不開邏輯思維的幫
　　助。正如史詩之所以能在野蠻社會之末、文明社會之初產
　　生，是因為人們的思維能力已發展到較高水平一樣，漢魏

────────────

〔註87〕詳參陳來生著，《史詩‧敘事詩與民族精神》，頁123～125。

時期發展了的社會經濟及其提供的發展了的思維能力，與
別的因素（諸如詩歌的發展形式、表現手法等）一起，造
就出一批篇幅較長、摹寫較細的敘事詩來，並從而影響到
建安詩人以及更後面的文人詩歌創作。漢魏期間文人因受
賦的影響較大，所以其詩作所呈現出來的鋪排成分也就更
濃。民間詩歌雖然早在《詩經》裡就已有了重章疊句的鋪
排摹寫，但客觀敘述性的詩篇，卻是在漢代才正式出現，
這不能不與漢代的發達的社會經濟和鋪張揚厲型的文學風
格結合起來考慮，雖然這裡面的種種聯繫較爲幽隱不明。
吉川幸次郎認爲，自漢至唐宋之交，賦一直爲中國文化所
熱心仿效。自晉經南北朝至唐初，賦、五言詩和修辭性散
文一直是文學的三種重要形式，對文學產生著重大影響，
在這種盛行一時的賦的潛移默化的影響下，說樂府敘事詩
與之有著較爲密切的關係，當不無道理。〔註88〕

上述引文中，雖是針對漢樂府的敘事發達與漢代社會經濟息息相關的
面向來談，而並未將漢賦納入漢代敘事詩一員而一併討論之，但引文
中論述漢樂府與漢代社會經濟之關係，事實上亦適用於漢賦自身。因
爲在漢代社會經濟環境發達的情況下，漢賦的富麗堂皇、鋪張揚厲，
是極受到漢室宮廷之歡迎的，且漢賦本身所特有的敘事性，強化了詩
歌的故事性色彩，使閱聽者在當時小說不發達的情況下，亦能藉由賦
所夾帶的敘事得以滿足愛聽故事的人類本性，例如漢賦作家往往透過
敘事來傳達諷諭之旨，其“曲終奏雅”的成效雖往往不彰，但賦中所
敘之栩栩如生的事件，卻往往使閱聽者墜入所述情景中深爲著迷，所
以漢賦之興盛，實是有其時代性因由。無論是漢賦或漢樂府，我們都
可以見出敘事詩在此時的蓬勃綻放。

因爲文化生成及文學表現的不同，中國敘事詩的論斷依據絕不能
完全套用西方敘事詩對於“敘事性”的衡量標準，但西方敘事學中對
於敘事特質的建構，若能援引得當，不啻可因此而發掘學界傳統分析

〔註88〕詳參陳來生著，《史詩・敘事詩與民族精神》，頁 130～132。

中未曾正視的面向。本文於分析漢賦的敘事詩特質上，除了由中國敘事詩本身所自具有之特點來論述，亦多所借鑑西方敘事學中之分析，以期全面透析漢賦之所以爲敘事詩之因由。

　　就現代的觀點而言，構成敘事詩的諸要素——如人物、事件、情節、故事等，是判別敘事詩是否爲敘事詩之依據。考察中國典籍，並無"敘事詩"之名，但並不代表就無敘事詩之實。畢竟許多文類的界定或觀念的建立，都是後人站在前人之作品上，所作的系統化分類，以使文學能以更詳實之面貌呈現之。漢人作賦時，或許無撰作敘事詩之創作意識，但若就現存篇章審視之，則漢賦本身所具有的濃厚敘事性，及當時賦家皆以作詩之精神爲之的創作理念，皆表示當時早已有敘事詩作品存在之實。我們實可說，漢賦的存在，在文學史上，向來被視爲是漢代文學之代表，則它的興盛不啻象徵著中國早期敘事詩的黃金時期。